GERECHTIGKEIT FÜR CORRIE

BADGE OF HONOR: DIE TEXAS HEROES
BUCH 3

SUSAN STOKER

Copyright © 2024 Susan Stoker
Englischer Originaltitel: »Justice for Corrie (Badge of Honor: Texas Heroes Book 3)«
Deutsche Übersetzung: Ute Heinzel für Daniela Mansfield Translations 2024
Alle Rechte vorbehalten. Dies ist ein Werk der Fiktion. Namen, Darsteller, Orte und Handlung entspringen entweder der Fantasie der Autorin oder werden fiktiv eingesetzt. Jegliche Ähnlichkeit mit tatsächlichen Vorkommnissen, Schauplätzen oder Personen, lebend oder verstorben, ist rein zufällig.
Dieses Buch darf ohne die ausdrückliche schriftliche Genehmigung der Autorin weder in seiner Gesamtheit noch in Auszügen auf keinerlei Art mithilfe elektronischer oder mechanischer Mittel vervielfältigt oder weitergegeben werden.
Ohne die ausschließlichen Rechte der Autorin [und des Herausgebers], die sich aus dem Urheberrecht ableiten lassen, auf irgendeine Weise einzuschränken, ist jegliche Verwendung dieser Veröffentlichung zum »Training« generativer Technologien der Künstlichen Intelligenz mit dem Ziel der Generierung von Texten ausdrücklich untersagt. Die Autorin behält sich das Recht vor, Lizenzen für den Gebrauch dieses Werkes für das Training generativer Künstlicher Intelligenz und die Entwicklung von Sprachmodellen für maschinelles Lernen zu vergeben.
Titelbild entworfen von: Chris Mackey, AURA Design Group
ISBN Taschenbuch: 978-1-64499-415-3

Besuchen Sie Susan im Netz!
www.stokeraces.com
facebook.com/authorsusanstoker
twitter.com/Susan_Stoker
bookbub.com/authors/susan-stoker
instagram.com/authorsusanstoker
Email: Susan@StokerAces.com

EBENFALLS VON SUSAN STOKER

Badge of Honor: Die Texas Heroes
Gerechtigkeit für Mackenzie
Gerechtigkeit für Mickie
Gerechtigkeit für Corrie (1 Mar)
Gerechtigkeit für Laine (1 Mar)
Sicherheit für Elizabeth (1 Apr)
Gerechtigkeit für Boone (1 Apr)
Sicherheit für Adeline (1 Jun)
Sicherheit für Sophie (1 Jun)
Gerechtigkeit für Erin
Gerechtigkeit für Milena
Sicherheit für Blythe
Gerechtigkeit für Hope
Sicherheit für Quinn
Sicherheit für Koren
Sicherheit für Penelope

Die Männer von Alpha Cove

Ein Soldat für Britt (12 Aug)
Ein Seemann für Marit (3 Mar)
Ein Pilot für Harper
Ein Wächter für Jordan

Ein Spiel des Glücks

Ein Beschützer für Carlise
Ein Prinz für June
Ein Held für Marlowe
Ein Holzfäller für April

Die Männer von Silverstone

Vertrauen in Skylar
Vertrauen in Taylor
Vertrauen in Molly
Vertrauen in Cassidy

SEALs of Protection: Alliance

Schutz für Remi
Schutz für Wren
Schutz für Josie
Schutz für Maggie
Schutz für Addison
Schutz für Kelli
Schutz für Bree

Die Rescue Angels

Hilfe für Laryn (1 Jul)
Hilfe für Amanda (4 Nov)
Hilfe für Zita
Hilfe für Penny
Hilfe für Kara
Hilfe für Jennifer

Das Bergungsteam vom Eagle Point
Ein Retter für Lilly
Ein Retter für Elsie
Ein Retter für Bristol
Ein Retter für Caryn
Ein Retter für Finley
Ein Retter für Heather
Ein Retter für Khloe

Die SEALs von Hawaii:
Die Suche nach Elodie
Die Suche nach Lexie
Die Suche nach Kenna
Die Suche nach Monica
Die Suche nach Carly
Die Suche nach Ashlyn
Die Suche nach Jodelle

Die Zuflucht in den Bergen
Zuflucht für Alaska
Zuflucht für Henley

Zuflucht für Reese
Zuflucht für Cora
Zuflucht für Lara
Zuflucht für Maisy
Zuflucht für Ryleigh

SEALs of Protection: Legacy
Ein Beschützer für Caite
Ein Beschützer für Brenae
Ein Beschützer für Sidney
Ein Beschützer für Piper
Ein Beschützer für Zoey
Ein Beschützer für Avery
Ein Beschützer für Kalee
Ein Beschützer für Jane

Mountain Mercenaries:
Die Befreiung von Allye
Die Befreiung von Chloe
Die Befreiung von Morgan
Die Befreiung von Harlow
Die Befreiung von Everly
Die Befreiung von Zara
Die Befreiung von Raven

Ace Security Reihe:
Anspruch auf Grace
Anspruch auf Alexis

Anspruch auf Bailey
Anspruch auf Felicity
Anspruch auf Sarah

Die Delta Force Heroes:
Die Rettung von Rayne
Die Rettung von Emily
Die Rettung von Harley
Die Hochzeit von Emily
Die Rettung von Kassie
Die Rettung von Bryn
Die Rettung von Casey
Die Rettung von Wendy
Die Rettung von Sadie
Die Rettung von Mary
Die Rettung von Macie
Die Rettung von Annie

Delta Team Zwei
Ein Held für Gillian
Ein Held für Kinley
Ein Held für Aspen
Ein Held für Jayme
Ein Held für Riley
Ein Held für Devyn
Ein Held für Ember
Ein Held für Sierra

SEALs of Protection:

Schutz für Caroline

Schutz für Alabama

Schutz für Fiona

Die Hochzeit von Caroline

Schutz für Summer

Schutz für Cheyenne

Schutz für Jessyka

Schutz für Julie

Schutz für Melody

Schutz für die Zukunft

Schutz für Kiera

Schutz für Alabamas Kinder

Schutz für Dakota

Schutz für Tex

Eine Sammlung von Kurzgeschichten

Ein langer kurzer Augenblick

OHNE TITEL

(Badge of Honor: Die Texas Heroes, Buch Drei)

von

Susan Stoker

KAPITEL EINS

»Hallo, Mr. Treadaway. Wie geht es Ihnen heute?«

»Hi, Corrie. Es geht mir gut.«

»Es ist schon eine Weile her, seit Sie das letzte Mal zur Justierung hier waren.«

»Ich weiß, ich habe es etwas zu lange rausgezögert.«

»Haben Sie sehr starke Schmerzen?«

»Ja.«

»In Ordnung, Sie können sich fertig machen. Sie kennen das Prozedere ja. Sobald ich mir mit meinem Assistenten Ihre neuesten Röntgenaufnahmen angesehen habe, bin ich wieder da. Dann werde ich Sie untersuchen und Sie können mir sagen, wo die Schmerzen am stärksten sind. Wir werden die Justierung vornehmen und ich erwarte, dass Sie mich beim nächsten Mal früher aufsuchen. Alles klar?«

»Ja, Ma'am.«

Corrie konnte die Belustigung in der Stimme des älteren Mannes hören. Jake Treadaway war Anfang fünfzig. Er hatte eine leise Stimme, die angenehm für ihre Ohren war. Er war durchschnittlich groß, nicht besonders muskulös, aber auch nicht übergewichtig. Er war größer als sie mit ihren eins fünfundsiebzig, wenngleich nicht viel.

Als eine blinde Chiropraktikerin musste Corrie sich auf ihre Hände und ihren Tastsinn verlassen, um ihre Patienten richtig zu diagnostizieren und korrekte Anpassungen vorzunehmen. Sie wusste, dass es viele Menschen gab, die weiterhin nicht davon überzeugt waren, dass sie diesen Job ausüben konnte, aber Corrie tröstete sich damit, dass sie sehr viele Patienten hatte, die *durchaus* an sie glaubten und kein Problem mit ihrer Behinderung hatten.

Nach ihrem Abschluss hatte sie sich beworben und beim Großteil der Chiropraktiker in San Antonio vorgestellt, doch der einzige, der ihr eine Chance gegeben hatte, war Dr. Garza. Er hatte ihr nicht sofort eine Absage erteilt, nachdem er herausgefunden hatte, dass sie blind war, und als sie ihm zeigte, dass sie wusste, was sie tat, hatte er sie auf Probe eingestellt. Es hatte geklappt und beide waren begeistert gewesen. Dr. Garza wollte mehr Zeit mit seiner Familie verbringen und hatte sich gefreut, eine Partnerin einzustellen. Für gewöhnlich wechselten sie sich mit den Arbeitstagen ab, damit sie beide Freizeit haben konnten.

Es gab einige Patienten, die sich wegen ihrer Behinderung unwohl fühlten und sich weigerten, sich von ihr justieren zu lassen, aber Dr. Garza hatte kein Problem damit, sich um die weniger unvoreingenommenen Patienten zu kümmern.

Corrie wollte sich nicht dafür entschuldigen, wer sie war und was sie tat. Sie hatte hart gearbeitet, verdammt hart sogar, um ihre Ausbildung zur Chiropraktikerin abzuschließen. Zum Glück hatte es vor ihr ein paar andere blinde Auszubildende gegeben, die ihr den Weg geebnet und die Schulen dazu gezwungen hatten, den blinden Schülern angemessene Unterkünfte zur Verfügung zu stellen, damit sie in der Lage waren, die rigorose Ausbildung zu absolvieren.

Ihre Eltern hatten ihr gesamtes Leben lang für ihr Recht gekämpft, »normale« Schulen besuchen zu dürfen. Sie war Einzelkind und Chad und Shelley Madison hatten ihr beigebracht, dass sie genauso fähig war wie ein sehender Mensch. Sie war mit Anophthalmie geboren worden, einer Erkrankung, bei der sich die Augen während der Schwangerschaft nicht ausbilden. Den Großteil ihrer Grundschulzeit hatte sie eine Sonnenbrille getragen, aber als sie alt genug war und ihre Eltern lange genug angebettelt hatte, fing sie an, Prothesen zu tragen.

Sie hatte mühsam gelernt, ihre »bionischen Augen«, wie ihre beste Freundin Emily sie nannte, zu reinigen und zu pflegen. Wegen ihrer Faulheit war nur eine Infektion und ein nachfolgender Krankenhausaufenthalt notwendig gewesen, damit Corrie lernte, dass sie sich in eine lebensbedrohliche Situation bringen konnte, wenn sie ihre Prothesen nicht regelmäßig reinigte und desinfizierte.

Corrie schloss die Tür des Behandlungszimmers hinter sich und ging rechtsherum durch den kurzen Flur zu ihrem Sprechzimmer. Sie wusste ganz genau, wie viele Schritte es von dem Behandlungszimmer, das sie immer benutzte, zu ihrem Sprechzimmer waren, wie viele Schritte sie gehen musste, um ihren Schreibtisch zu erreichen, und sie wusste ebenfalls exakt, wo ihr Stuhl stand. Die Reinigungskräfte hatten gelernt, keine von Corries Sachen auch nur einen Zentimeter zu verschieben, nachdem einmal ein Papierkorb nicht wieder an seinen genauen Platz gestellt wurde und sie eines morgens darüber gestolpert war.

Corrie ließ sich auf ihrem Stuhl nieder und blätterte die Patientenakten durch, die auf ihrem Schreibtisch lagen. Früh morgens legte Sprechstundenhelferin Cayley die Akten der Patienten, die sie behandeln würde, immer in die Mitte ihres Schreibtisches. Auf den Etiketten standen die Namen der Patienten geschrieben, aber Corrie hatte ebenfalls

Namensetiketten in Braille ausgedruckt und auf die Vorderseite jeder Akte geklebt.

Corrie streckte die Hand nach ihrer Computermaus aus, die sich genau dort befand, wo sie immer war, und klickte darauf. Eine weibliche Stimme führte Corrie durch Mr. Treadaways Online-Akte und Krankengeschichte. Mittels eines Aufnahmegeräts, das auf ihrem Schreibtisch lag, machte sie einige Anmerkungen. Am Ende jedes Arbeitstages nahm Cayley das Gerät und übertrug ihre Anmerkungen in die Krankenakten der jeweiligen Patienten.

Als sie mit den Vorbereitungen für Mr. Treadaways Justierung fertig war, stand Corrie auf und ging zurück zu ihrer Tür. Ihr Assistent Shaun sollte mittlerweile in der Praxis eingetroffen sein und würde wissen, dass Mr. Treadaway bereits da war. Die beiden sahen sich immer seine Röntgenaufnahmen an, damit Corrie wusste, auf welchen Wirbel sie sich fokussieren musste. Ohne die Prüfung der Röntgenbilder würde sie niemals einen Patienten behandeln. Sie wollte niemandem wehtun oder, Gott bewahre, eine Lähmung zufügen, indem sie die falsche Stelle an der Wirbelsäule justierte.

Shaun war mit zweiunddreißig etwa in ihrem Alter, verheiratet und hatte zwei Kinder. Sein jüngstes Kind hatte vor anderthalb Jahren einen Badeunfall gehabt. Der fünfjährige Robert war in das Schwimmbecken der Nachbarn gefallen und etwa zehn Minuten lang nicht vermisst worden. Bis sie ihn gefunden und aus dem Wasser gezogen hatten, war er von diesen zehn Minuten bereits acht klinisch tot gewesen. Die Ärzte hatten ihn wiederbeleben können, doch er würde nie wieder ein normales Leben führen können. Der Sauerstoffmangel hatte den kleinen Jungen zu einer Hülle des Menschen werden lassen, der er einst gewesen war, und Corrie wusste, dass Shaun und seine Frau Abigail finanzielle Schwierigkeiten hatten, um seine Arztkosten aus der Zeit zu bezahlen und für die Kosten seiner Vollzeitpflege zu Hause aufzukommen.

Corrie hatte großes Mitleid mit Shaun. Vor Roberts Unfall hatte er rund sechs Monate für sie gearbeitet und sie wusste, dass er seitdem nicht mehr derselbe Mann war. In letzter Zeit litt seine Arbeitsleistung jedoch und Corrie fürchtete das Gespräch, das sie mit ihm führen musste. Er erschien immer öfter zu spät zur Arbeit, wirkte mürrisch und sogar ein wenig paranoid und fragte ständig, wer in dem kleinen Wartebereich saß und ob irgendwer bei der Arbeit angerufen und nach ihm gefragt hätte.

Gerade als Corrie nach der Türklinke greifen und sich auf die Suche nach Shaun machen wollte – für gewöhnlich hielt er sich in dem provisorischen Pausenraum am hinteren Ende der Praxis auf –, hörte sie wütende Stimmen aus dem Rezeptionsbereich, gefolgt von einem seltsamen Knallgeräusch. Sie erstarrte, drehte den Kopf zur Seite und versuchte herauszufinden, was los war.

Erst als sie hörte, wie Cayleys Schrei abrupt abbrach, war Corrie sich im Klaren, dass sich etwas Schreckliches zutrug.

Da sie klüger war, als die Tür zu öffnen und zu verhindern, was auch immer gerade vor sich ging, trat Corrie rasch zurück und stellte sich den Grundriss ihrer Praxis vor. Als die Knallgeräusche und Schreie weitergingen und sich der Tür ihres Sprechzimmers näherten, dachte sie fieberhaft darüber nach, wo sie sich verstecken könnte.

Ihr Schreibtisch war groß und stand in einem Neunzig-Grad-Winkel zur Tür. Von der Tür konnte sie direkt zu ihrem Schreibtischstuhl gehen, ohne irgendwelchen Möbelstücken ausweichen zu müssen. Sie hatte mit Absicht keine anderen Stühle oder Tische in ihrem Sprechzimmer, damit sie sich keine Sorgen machen musste, darüber zu fallen oder sich daran zu stoßen. Sie könnte sich unter dem Schreibtisch verstecken, aber war das nicht der Ort, an dem sich immer alle versteckten und dann starben, wenn sie es taten? Wenn sie eine durchgeknallte Person wäre, die jeden um sich herum umbringen wollte, wäre es der erste Platz, an dem sie nachsehen würde, um irgendwen in seinem Versteck aufzuspüren.

Die Tür des Behandlungszimmers am anderen

Ende des Flurs wurde geöffnet und Corrie hörte, wie Mr. Treadaway fragte: »Wer sind Sie?«, bevor das schreckliche Knallgeräusch erneut ertönte.

Da Corrie wusste, dass ihr die Zeit davonlief und der Schütze in Kürze an ihrem Sprechzimmer ankommen würde, traf sie kurzerhand die Entscheidung, sich in den winzigen Schrank unter der Spüle zu zwängen. Es gab keinen anderen Ort, an dem sie sich verstecken konnte.

Als sie eingestellt worden war, hatte es in der kleinen Praxis keinen Platz für ihr eigenes Sprechzimmer gegeben. Aus diesem Grund war ein kleiner Pausenraum für sie umgebaut worden, in dem sich weiterhin Spüle und Schränke an einer Wand befanden. Es würde eng werden, *extrem* eng, aber Corrie zögerte keine Sekunde.

Als sie den unregelmäßigen Gang von jemandem hörte, der durch den Flur schritt, eilte Corrie zur Spüle und öffnete den Schrank darunter. Sie zwängte zuerst ihren Po hinein und schob ihn wackelnd nach hinten, wobei sie einigen Kram umstieß, der darunter gelagert wurde. Sie zog die Knie so nahe wie möglich an die Brust und seufzte erleichtert auf, als ihr klar wurde, dass sie gerade so hineinpasste. Ihr Hals wurde stark nach unten gedrückt und sie konnte nicht besonders gut atmen, aber Corrie schloss schnell und leise erst eine Tür und dann die andere und betete, dass wer auch immer es war, der die

Schüsse abfeuerte, nicht unter der Spüle nachsehen würde.

Genau in dem Moment, in dem Corrie das leise Klicken der Schranktür ihres Verstecks vernahm, die sich mit dem kleinen Magneten verband, der sie geschlossen hielt, hörte sie, wie die Tür ihres Sprechzimmers schwungvoll geöffnet wurde.

Da Corrie blind war, waren ihre anderen Sinne immer schon akkurater gewesen als die von sehenden Menschen. Sie schien Dinge zu hören, zu riechen und zu schmecken, die Menschen ohne Behinderung nicht empfinden konnten. Der Mann, der ihr Sprechzimmer betreten hatte, ging direkt zu ihrem Schreibtisch. Corrie hörte, wie ihr Schreibtischstuhl weggezogen wurde. Richtig, er hatte sofort unter dem Tisch nachgesehen, ob sich dort jemand vor ihm versteckte. Als sie hörte, wie er zu dem kleinen Fenster ging, hielt sie den Atem an.

Corrie erschrak furchtbar, als sie das Handy des Mannes klingeln hörte. Er antwortete und ging in ihrem Sprechzimmer auf und ab, während er mit der Person am anderen Ende sprach.

»Ja? Gerade so. Überhaupt keine Probleme. Der einfachste Auftrag, den ich seit Langem hatte. Ich habe das Arschloch noch nicht gesehen. Ja, er sollte eigentlich hier sein. Es gibt noch einen Raum, in dem ich nachsehen muss. Nein, keine Zeugen. Ja, ich bin mir sicher, verdammt. Wenn er sieht, was mit seinen

Kollegen passiert ist, wird er sich wünschen, bezahlt zu haben, was er uns schuldet. Halts Maul. Du hörst von mir, wenn ich mich melde.«

Corrie atmete flach und versuchte, keinen Laut von sich zu geben. Sie wusste, dass sie ein Husten, ein Muskelzucken, eine falsche Bewegung vom Tod entfernt war.

Der Schütze klang fies. Sie konnte selbstverständlich nicht sehen, wie er aussah, aber seine Stimme hatte einen besonderen Akzent. Sie konnte ihn nicht einordnen, war sich aber ziemlich sicher, dass sie ihn wiedererkennen würde, wenn sie ihn noch einmal hörte. Sie lauschte, als er das Zimmer noch einmal durchschritt. Er hörte sich an, als würde er humpeln. Zwischen seinen Schritten gab es eine kleine Pause, als würde er ein Bein etwas mehr hinter sich herziehen als das andere.

Sie erlitt beinahe einen Herzinfarkt, als er an die Spüle herantrat und den Wasserhahn über ihr aufdrehte. Corrie hörte das Wasser in den Leitungen gurgeln, gegen die ihre Knie drückten, und spürte sogar, wie die Leitung warm wurde, da das Wasser, das aus dem Hahn floss, sich aufheizte. Dann wurde es ausgeschaltet und sie hörte, wie der Mörder ein Papiertuch vom Stapel neben der Spüle nahm.

Während sie unter der Spüle saß und sich fragte, ob der Mann wohl irgendwie darauf kommen würde, dass sie dort war, und ihr in den Kopf schießen würde, konnte Corrie das Rasierwasser riechen, das der Mann trug. So etwas hatte sie noch nie zuvor gerochen. Hätte sie einen Mann bei einer Party oder in einer Disco getroffen, hätte sie den Duft vielleicht attraktiv gefunden, aber angesichts der Umstände und des Wissens, dass sie nur fünf Zentimeter vom Tod entfernt war, musste sie bei seiner Ausdünstung beinahe würgen. Der Geruch von Schießpulver haftete ebenfalls an dem Mann, als sei er darin eingehüllt. Corrie wusste, dass sie den Geruch seines Rasierwassers in Kombination mit dem fürchterlichen Gestank des Schießpulvers nie vergessen würde.

Endlich humpelte der Mann zum Ende der Schrankwand, wo er das nasse Papiertuch weggeworfen haben musste, das er benutzt hatte, um sich die Hände zu trocknen. Was für ein höflicher Mörder, er ließ keinen Müll herumliegen. Sie hörte, wie er die erste obere Schranktür öffnete und darin herumsuchte.

Was um alles in der Welt tat er da? Sollte er nicht zusehen, dass er sich aus dem Staub machte? Er hatte soeben auf Menschen geschossen und sie vermutlich getötet, suchte er jetzt nach Gewürzen? Warum *verschwand* er nicht endlich?

Als sie das entfernte Geräusch von Sirenen hörte, entfuhr ihr beinahe ein erleichtertes Wimmern. Entweder hatte jemand in der Praxis den Notruf gewählt, bevor er erschossen wurde, oder jemand in der Nähe hatte die Schüsse gehört. Es dauerte noch ein paar Sekunden, bis der Mann es vernahm, der in der Zwischenzeit eine weitere Schranktür geöffnet hatte. Als er endlich die heulenden Polizeisirenen hörte, wandte er sich vom Schrank ab und eilte mit einem unregelmäßigen Gang zur Tür des Sprechzimmers.

Corrie hörte nicht, dass die Tür zu ihrem Sprechzimmer geschlossen wurde, und lauschte, wie der Mann zu dem letzten Raum ging, in dem er bislang noch nicht nachgesehen hatte. Es handelte sich um den kleinen Pausenraum. Offensichtlich war Shaun nicht dort, da Corrie keine weiteren Schüsse hörte. Der geheimnisvolle Mann ging dann wieder über den Flur, durch den er gekommen war, und nicht viel später war es vollkommen ruhig um Corrie.

Die Stille klingelte ihr in den Ohren. Für ihren Arbeitsatz war das nicht normal. Normalerweise hörte sie das Klicken der Tastatur, während Cayley an ihrem Computer arbeitete. Sie hörte, wie Shaun sich mit Cayley unterhielt oder wie er am Telefon oder mit einem Patienten sprach. Manchmal waren die Patienten selbst am Telefon, während sie auf ihre Termine warteten, oder unterhielten sich miteinander. In ihrem Versteck unter der Spüle konnte Corrie nicht einmal das Surren der Klimaanlage hören, das sie bis zum Ende des Arbeitstages normalerweise zum Wahnsinn trieb. Sie gab ein schrilles Quietschen von sich, das anscheinend niemand außer ihr hören konnte.

Corrie bekam Krämpfe in den Beinen, doch sie hatte zu viel Angst, sich zu bewegen. Sie konnte nicht sehen, was los war, ob der Mann wahrhaftig verschwunden war oder ob er einen Komplizen hatte. Vielleicht wartete er, um zu sehen, ob irgendwelche Zeugen, wie sie es war, aus ihrem Versteck krochen, damit er sie ebenfalls wegpusten konnte. In ihrem ganzen Leben hatte sie noch niemals so große Angst gehabt, und das wollte etwas heißen.

Blind aufzuwachsen war kein Picknick gewesen. Sie hatte zu viele schreckliche Situationen überstanden, um sie zählen zu können. Einmal hatte sie sich in einem großen Einkaufszentrum verlaufen und den Ausgang nicht mehr gefunden. Ein anderes Mal war sie auf dem College mit Freundinnen unterwegs gewesen, als in der Kneipe, in der sie sich aufhielten, plötzlich eine Schlägerei ausbrach und sie von ihnen getrennt wurde. Corrie konnte Grunzlaute und Faustschläge hören, hatte aber keine Ahnung, auf welchem Weg sie der Gefahr um sich herum entkommen sollte.

Aber das hier war eine ganz neue Art der Angst.

Corrie blieb zusammengekauert unter der Spüle sitzen und lauschte, als mehrere Personen endlich die Praxis betraten. Sie sprachen kein Wort, doch Corrie hörte, wie sie systematisch jeden Raum durchsuchten und »sauber« sagten, als sie in jeden von ihnen hineingingen. Es handelte sich offensichtlich um die Polizei, und in ihrem ganzen Leben war sie noch nie so froh gewesen, etwas zu hören.

Da sie nicht erschossen werden wollte, traute sie sich nicht, die Schranktüren zu öffnen, um herauszukriechen. Als sie hörte, wie zwei Personen ihr Sprechzimmer betraten, riskierte sie es und rief vorsichtig: »Nicht schießen. Ich bin Chiropraktikerin. Ich verstecke mich unter der Spüle.«

»Kommen Sie mit erhobenen Händen raus.«

»In Ordnung, ich komme, aber bitte erschießen Sie mich nicht.« Corries Stimme zitterte, als sie antwortete. Mit der Schulter lehnte sie sich gegen die Schranktür und wie sie erwartet hatte, löste der kleine Magnet, der sie geschlossen hielt, problemlos die Verbindung. Sie versuchte, ihre Hände im Blickfeld der Personen zu halten, die sich im Raum befanden. Sie streckte sie als Erstes heraus und schwang dann die Beine aus dem Schrank.

»Langsam.«

Bei dem barschen Befehl nickte Corrie. Sie hörte ein Schlurfgeräusch zu ihrer Rechten und zu ihrer Linken. Es waren mindestens zwei Polizisten im Zimmer. Sie zog den Kopf ein und kletterte mit einem erleichterten Seufzer aus dem winzigen Schrank, blieb aber am Boden, da sie wusste, dass ihre Beine sie derzeit sowieso noch nicht tragen würden.

»Die Hände hinter den Kopf und keine Bewegung.«

Sie tat, wie ihr befohlen, und verschränkte die

Finger an ihrem Hinterkopf, da sie wusste, dass die Polizisten wahrscheinlich voller Adrenalin waren und sie eine Schießerei am Arbeitsplatz nicht nur überleben wollte, um eine falsche Bewegung zu machen und versehentlich von einem der Guten erschossen zu werden. Sie spürte, wie ihre Handgelenke gewaltsam gepackt und festgehalten wurden. Sie blieb sitzen und wartete auf weitere Anweisungen. Sie spürte zwei weitere Hände, die seitlich ihren Körper abtasteten, offensichtlich auf der Suche nach einer Waffe. Nachdem sie nichts gefunden hatten, spürte Corrie, wie ihre Handgelenke losgelassen wurden.

»Wer sind Sie? Wie heißen Sie?«

»Corrie Madison. Ich arbeite hier als Chiropraktikerin.«

»Können Sie uns erzählen, was passiert ist?«

»Ich kann Ihnen sagen, was ich weiß, aber bitte ... ist Cayley okay? Was ist mit Mr. Treadaway? Ich glaube, es waren noch andere Patienten da, die auf ihre Termine gewartet haben ...« Ihre Stimme verstummte, als sie auf die Entwarnung wartete, die nicht kommen würde.

»Es tut mir leid, Miss Madison, sie haben es nicht geschafft. Was können Sie uns nun sagen? Was haben Sie gesehen?«

Corrie drehte sich in Richtung der fordernden Stimme. Manchmal vergaß sie, dass Menschen nicht sehen konnten, dass sie blind war. Normalerweise war es erfrischend, aber jetzt hätte sie alles, wirklich *alles* dafür gegeben, um dem Polizisten sagen zu können, dass sie die Person identifizieren konnte, die ihre Arbeitskollegen getötet hatte. Sie versuchte, die Tränen zurückzuhalten. Das hier war nicht der richtige Zeitpunkt, um die Nerven zu verlieren.

»Ich bin blind, Officer. *Gesehen* habe ich nichts.«

KAPITEL ZWEI

Corrie versuchte, der Hostess zu folgen, die sie in dem überfüllten Restaurant zu einem Tisch führte. Sie tastete mit ihrem Stock vor sich, um dafür zu sorgen, dass sie nicht mit Stühlen oder Tischen zusammenstieß. Menschen nahmen nicht unbedingt den einfachen Weg, wenn sie sie an gewisse Orte brachten, und Corrie hatte sich ihre Schienbeine schon zu oft angestoßen, um zu riskieren, ihren Stock nicht zu benutzen.

Abgesehen davon war Corrie nicht in der besten Verfassung. Sie war gestresst, erschrak sehr schnell und war vollkommen neben der Spur. Während der sechs Tage seit der Schießerei hatte sie extreme Höhen und Tiefen erlebt und heute befand sie sich definitiv an einem Tiefpunkt.

Unmittelbar nach dem Massaker war sie zum Polizeirevier gebracht worden, um verhört zu werden. Sie hatte dem Detective alles erzählt, was sie über den Mann wusste, der Cayley und die anderen unschuldigen Menschen umgebracht hatte. Sie hatte von dem Rasierwasser des Schützen berichtet und dass sie glaubte, er hätte einen seltsamen Gang. Obwohl sie wusste, dass ihre Beobachtungen vermutlich nicht besonders hilfreich waren, erzählte sie dem Detective trotzdem alles, woran sie sich erinnern konnte.

Nachdem sie hatte gehen dürfen, hatte sie ihre beste Freundin Emily und deren Lebensgefährtin Bethany angerufen, um sie abzuholen. An jenem Abend hatte sie bei den beiden übernachtet, sich jedoch geweigert, länger dortzubleiben. Sie war zäh, sie musste mit ihrem Leben weitermachen.

Corrie hatte gedacht, dass sie mit allem, was passiert war, relativ gut umging ... zumindest bis die Beerdigungen stattfanden. Emily war mit ihr zu Cayleys Trauerfeier und der anschließenden Beisetzung gegangen, doch es war eine der schlimmsten Erfahrungen ihres Lebens gewesen. Sie wollte einzig um ihre Freundin und Arbeitskollegin trauern, doch die Reporter ließen einfach niemanden in Ruhe. Zum Glück wussten sie nicht, dass sie die einzige Überlebende der Schießerei war. Zu ihrer Sicherheit war es der Polizei zumindest bis jetzt gelungen, ihren Namen aus der Öffentlichkeit rauszuhalten, doch Corrie wusste, dass es nur eine Frage der Zeit war, bevor ihr Name an die Medien durchsickern würde.

Die ersten beiden Nächte in ihrer Wohnung hatte sie nicht gut geschlafen, doch Corrie hatte das bereits erwartet. Sie hörte die Stimme des Schützen in ihrem Kopf und hätte schwören können, dass sein Geruch sich irgendwie in ihren Nasenlöchern festgesetzt hatte.

Sie war der Meinung, endlich wieder zurück zur Normalität zu finden, obwohl es ihr immer noch nicht möglich war, wieder einen Fuß in die Praxis zu setzen. Dr. Garza war sehr geduldig mit ihr. Er hatte ein Unternehmen beauftragt, die kleine Praxis von oben bis unten zu reinigen, und hoffte, in der nächsten Woche wieder öffnen zu können. Corrie hatte keine Ahnung, ob es ihnen möglich wäre, in denselben Räumlichkeiten weiterzuarbeiten ... wer würde sich sein Rückgrat schon an einem Ort justieren lassen wollen, an dem ein Verrückter mehrere Menschen erschossen hatte? Dr. Garza hatte im Rezeptionsbereich einige Sicherheitsänderungen vornehmen lassen. Hoffentlich würde das dafür sorgen, dass die Patienten sich sicherer fühlten.

Von Shaun hatten sie immer noch nichts gehört und Corrie erinnerte sich erst nach ihrer ersten Aussage bei der Polizei daran, dass der Mörder am Telefon zu jemandem gesagt hatte, er sei auf der Suche nach jemand ganz Bestimmtem, der nicht dort sei. Dabei musste es sich um Shaun gehandelt haben, und jetzt konnte niemand ihn finden. Corrie hatte versucht, seine Frau anzurufen, aber sie war verzweifelt gewesen, weil auch sie seit dem Massaker nichts mehr von ihm gehört hatte.

Sie hatte sofort den Detective angerufen, der sie verhört hatte, und ihn wissen lassen, woran sie sich erinnert hatte.

Corrie hatte nicht vorgehabt, sich noch einmal mit ihrem Anwalt zu treffen – auf Emilys Drängen hin hatte sie einen beauftragt –, bis es weitere Informationen über den Fall gäbe. Aber gestern hatte sie einen Drohanruf erhalten. Sie erinnerte sich an jedes Wort ... es gab allerdings nicht viele, an die sie sich erinnern musste.

»Halt den Mund und du bleibst am Leben.«

Es hatte den Anschein, als sei ihr Name trotz allem durchgesickert.

Corrie wurde klar, dass der Mann am Telefon nicht derselbe Mann war, der die Menschen in der Praxis erschossen hatte. Sie kannte seine Stimme nicht. Sie war tief und bedrohlich und sie wusste, dass er jedes Wort ernst meinte. Es machte sie sauer und jagte ihr gleichzeitig aber auch etwas Angst ein.

Als sie in dem Restaurant zu ihrem Tisch ging, passte sie nicht so aufmerksam auf, wie sie es hätte tun sollen, da sie über das nachdachte, was am Vortag passiert war, und versuchte, sich zu überlegen, was zur Hölle sie tun sollte. Sie wurde abrupt wieder in ihre Umgebung zurückgebracht, als sie von jemandem abfederte und ein lautes Krachen hörte, als die Dinge, die diese Person trug, zu Boden fielen und um sie herum zerbrachen.

»Oh je, das tut mir sehr leid!«

»Herrgott, sind Sie blind? Gucken Sie gefälligst, wo sie hinlaufen, meine Güte! Wie würde es Ihnen gefallen, wenn ich an Ihren Arbeitsplatz käme und Sie vor allen Leuten wie einen Trottel dastehen ließe?«

Corrie mochte es nicht, Aufmerksamkeit auf ihre Behinderung zu lenken, aber die Worte des Mannes zerrten an ihren blank liegenden Nerven. »Ich bin *tatsächlich* blind«, gab sie zurück. »Ich habe bereits um Entschuldigung gebeten, dass ich mit Ihnen zusammengestoßen bin, aber wenn Sie aufgepasst hätten, hätten Sie mich gesehen und um mich herumgehen können.«

Sie hörte, wie der Mann schnaubte und Luft holte, um etwas zu erwidern, als sich plötzlich eine weitere Stimme einmischte. Sie war gedämpft und rau und Corrie spürte, wie sich eine Gänsehaut auf ihren Armen bildete, als er sprach.

»Ist mit Ihnen beiden alles in Ordnung?«

Bevor Corrie sich ausreichend zusammenreißen konnte, um zu antworten, brummte der Hilfskellner: »Alles paletti.«

»Miss? Treten Sie doch bitte zur Seite, damit Sie nicht im Weg stehen.«

Corrie schnappte ein wenig nach Luft, als sie spürte, wie der Mann, der sie gefragt hatte, ob mit ihnen alles in Ordnung sei, sie mit seiner großen Hand am Ellbogen ergriff und sie etwas nach links schob. Seine Hand fühlte sich an ihrem Ellbogen warm an. Sie konnte spüren, wie er jeden seiner Finger um ihren nackten Arm schlang, und das Gefühl von Sicherheit und Schutz, das sie dabei empfand, ließ sie vor Verwirrung beinahe zurückweichen. Noch nie in ihrem ganzen Leben hatte sie so etwas gespürt. Sie verstand es nicht, und das machte sie überaus nervös.

»Alles in Ordnung mit Ihnen? Wurden Sie von einer Scherbe getroffen?« Die Stimme des Mannes war tief und beruhigend.

»Nein, ich denke, es ist alles okay. Vielen Dank.«

»Kann ich Ihnen helfen –«

»Ich bin keine Invalidin, ganz egal, welche Meinung Sie über blinde Menschen haben mögen.«

»Ich habe nicht –«

»Doch, das haben Sie. Die meisten Menschen tun das.« Corrie wusste nicht, was in sie gefahren war. Normalerweise winkte sie die Bedenken anderer einfach ab und ging ihres Weges. Sie war noch niemals zuvor so höhnisch zu jemandem gewesen wie zu diesem Mann, der offensichtlich nur versuchte, höflich und hilfsbereit zu sein. Aber nach ihrer beschissenen Woche und weil ihr das Gefühl von Verletzlichkeit nicht gefiel, die seine Berührung ausgelöst hatte, war sie ungewöhnlich ruppig.

»Ich wollte wirklich nur dafür sorgen, dass Sie auf dem feuchten Boden nicht ausrutschen.«

»Wieso? Weil ich nichts sehen kann? Weil ich eine Idiotin bin und mitten durch die verschüttete Flüssigkeit hindurchlatschen würde, um zu beweisen, dass ich recht habe?« Corrie atmete schwer. Sie wollte wirklich nur den Wortfluss stoppen, der aus ihrem Mund kam, aber sie war so gestresst, dass es ihr einfach nicht gelang. Sie würde dem Mann keinen Vorwurf machen, wenn er sich umdrehte und sie dort stehen ließe ... *sie* würde es tun, wenn sie an seiner Stelle wäre.

»Also, nein, sondern weil ich versuche, ein Gentleman zu sein.«

»Ein Gentleman. Genau, als gäbe es in der heutigen Welt noch welche von dieser Sorte.«

Corrie spürte eine leichte Berührung an ihrer Hand und hörte die Belustigung in der Stimme des Mannes, als er sagte: »Mein Name ist Quint Axton, es freut mich, Sie kennenzulernen.«

Instinktiv hob Corrie zur Begrüßung die Hand. »Corrie Madison.«

»Sind Sie hier mit jemandem verabredet, Corrie?« Er hatte ihre Hand nicht losgelassen und Corrie war verärgert über sich selbst, weil ihr auffiel, wie groß sie war und wie winzig sie sich fühlte, während er ihre Hand in seiner hielt. Dabei war sie keine kleine Frau. Mit eins fünfundsiebzig war sie für gewöhnlich genauso groß oder größer als die meisten Menschen, aber Corrie bemerkte, dass dieser Mann etwas größer war als sie. Er roch gut, nach Seife und dem Kaffee, den er offenbar vor Kurzem getrunken hatte. Sie hörte seine Kleidung rascheln und knarzen, als er vor ihr stand. Sie hatte keine Ahnung, was um alles in der Welt er trug, das ihn knarzen ließ, aber in dem Moment hatte sie andere Sorgen.

»Ja, er sollte jeden Moment hier eintreffen. Sie können die arme, blinde Frau also einfach an der Wand abstellen. Er wird in Kürze da sein und sich um mich kümmern.« Corrie sprach die Worte, ohne nachzudenken, aus und vergaß, dass die Hostess vermutlich irgendwo herumstand, um sie zu ihrem Tisch zu bringen. Sie wollte einfach nur, dass dieser Mann verschwand. Er verwirrte sie auf einer persönlichen Ebene und sie hatte keine Zeit, sich zu irgendjemandem hingezogen zu fühlen. Ihr Leben hing derzeit viel zu sehr in der Luft. Innerlich trat sie sich in den Hintern, dass sie Emilys Angebot, sie heute zu begleiten, nicht angenommen hatte.

»Vielleicht sollte ich mit uns noch einmal von vorn beginnen.« Der Mann führte die Hand, die er weiterhin festhielt, an seine Brust. Corrie befühlte das kalte Metall unter ihren Fingerspitzen, selbst als ihr bewusst wurde, dass er ihre Hand nicht vollständig losgelassen hatte. Seine Finger ruhten auf ihrem Handrücken und er strich mit dem Daumen über ihre Knochen, als versuchte er, sie zu beschwichtigen, während sie versuchte herauszufinden, was sie da berührte.

»Mein Name ist Officer Quint Axton, ich arbeite bei der Polizei von San Antonio und es freut mich, Ihre Bekanntschaft zu machen«, sagte er förmlich.

»Oh mein Gott«, flüsterte Corrie und sofort bekam ihre Stimme einen bekümmerten Ausdruck. Als ihr klar war, was sie gefühlt hatte, zog sie schnell die Hand weg. »Äh, ja, tut mir leid. Ich wollte nicht respektlos sein, ich meine ...«

Der Mann lachte und Corrie seufzte erleichtert auf. Einen Polizisten zu verärgern war nun wirklich das Letzte, was sie wollte. Sie hatte derzeit schon genug um die Ohren.

»Ich wollte mich nur vergewissern, dass Sie es wissen, bevor Sie etwas sagen, das Sie hinterher bereuen könnten.«

»Es tut mir wirklich leid. Ich bin normalerweise nicht so. Ich hatte eine wirklich, wirklich, *wirklich* furchtbare Woche.«

Der Polizist, Quint, lachte leise. »Schon in Ordnung. Sind Sie sich nun *sicher*, dass mit Ihnen alles in Ordnung ist? Die Person, auf die Sie warten, wird schon bald hier sein?«

»Ja, er ist mein Anwalt.«

»Ihr Anwalt?« Quints Stimme wurde vor Besorgnis etwas leiser. Es war eine Besorgnis, die Corrie auf irgendeine Art körperlich spürte. Sie rieb sich mit den

Händen über die Arme in dem Versuch, sich aufzuwärmen, und spürte, wie ihr Stock, der an ihrem Handgelenk baumelte, gegen ihr Bein stieß.

»Ja«, sagte Corrie mit leiser Stimme. »Ich habe einen Mord gehört. Ich glaube, irgendjemand versucht, mich zum Schweigen zu bringen, und ich muss herausfinden, wie es jetzt weitergehen soll.«

Corrie spürte, wie sie erneut bewegt wurde. Quint hatte sie am Ellbogen gefasst und schob sie etwas weiter zur Seite.

»Wir sind bei der Sitznische. Brauchen Sie Hilfe hineinzurutschen?«

Corrie streckte die Hand aus und tastete nach der Rückenlehne. »Das geht schon. Danke.«

Sie wusste, sie sollte mittlerweile vollkommen durchdrehen, aber es war ihr einfach nicht möglich. Nach allem, was passiert war, war es ein gutes Gefühl, dass ein Polizist die Kontrolle übernahm. Sie hatte keine Ahnung, ob dies der Tisch war, zu dem die Hostess sie führen wollte oder nicht, aber derzeit war es ihr egal. Ohne etwas dagegen tun zu können, erinnerte sie sich an die Erleichterung, die sie verspürt hatte, als sie hörte, wie die Polizisten die Praxis betreten hatten, weil sie gewusst hatte, dass sie in der Lage wären, ihr zu helfen.

Corrie spürte das kalte Plastik durch ihre Jeans und drehte die Hüften so weit, bis ihre Beine unter dem Tisch waren. Ohne nachzudenken, faltete sie ihren

Stock zusammen, da sie es in ihrem Leben öfter getan hatte, als sie jemals würde zählen können, und verstaute ihn in der Handtasche neben sich. Corrie rutschte zur Seite und hörte, wie Quint auf der anderen Seite des Tisches Platz nahm. Da sie dachte, bereits zu viel gesagt zu haben, schwieg sie. Es sah ihr nicht ähnlich, ihre persönliche Geschichte vor irgendwem auszuplappern, auch nicht vor einem Polizisten.

»Corrie ... nicht wahr?«

»Ja.«

»Warum fangen Sie nicht am Anfang an.«

»Nein.«

»Nein?« Er klang überrascht.

Corrie seufzte. »Hören Sie, ich versuche nicht, schwierig zu sein. Aber ich kenne Sie nicht. Sie könnten der Kerl sein, der hinter mir her ist.« Sie wusste, dass er es nicht war, er roch in keiner Weise wie der Täter und klang auch nicht wie der andere Mann am Telefon, trotzdem sprach sie weiter. »Jeder kann losgehen, sich eine Dienstmarke besorgen und vorgeben, ein Polizist zu sein.«

»Cruz!«

Corrie zuckte auf ihrem Platz zusammen. Er sprach nicht mit ihr, doch seine Stimme war trotzdem laut gewesen. Er hatte den Kopf gedreht und den Namen in ihre entgegengesetzte Sitzrichtung gebellt. Offensichtlich hatte er jemanden auf der anderen Seite des

Restaurants gerufen. Keine fünfzehn Sekunden später hörte Corrie, wie zwei Fußpaare an ihren Tisch herantraten.

»Ja, was gibt's?«

Quint antwortete dem Mann, ohne ihr die Gelegenheit zum Sprechen zu geben. »Das hier ist Corrie Madison. Sie kann nichts sehen und glaubt mir nicht, dass ich Polizist bin. Würdest du ihr bitte versichern, dass ich die Wahrheit sage?« Seine Worte waren nicht mitleidig, er trug lediglich den Sachverhalt vor.

Ohne nachzudenken, ergriff Corrie das Wort. »Okay, ja, das funktioniert auch nicht. Wenn er Ihr Freund ist, könntet ihr Kerle das im Voraus geplant haben ... eine nichts ahnende Frau anzubaggern, die Ihnen Ihre Geschichte abkauft, und falls sie es nicht tut, rufen Sie den Freund dazu, der bestätigt, dass Sie derjenige sind, der Sie behaupten zu sein. Und die Tatsache, dass ich blind bin, ist das Sahnehäubchen, denn es macht Ihre gesamte Masche um ein Vielfaches einfacher.«

Ein weibliches Lachen unterbrach die Stille, die ihrer in gewisser Weise albernen Aussage folgte. Corrie hatte vergessen, dass zwei Personen an ihren Tisch herangetreten waren. »Gib's ihnen. Und nur, damit du es weißt, ich mag dich, Corrie.«

»Mickie ...« Die Stimme ermahnte die Frau auf neckende Weise, zu schweigen.

»Tut mir leid ... tut einfach so, als sei ich nicht hier

... macht weiter«, bemerkte sie mit einem Hauch von Belustigung in der Stimme, als sei sie das anmaßende Verhalten ihres Freundes gewohnt.

Corrie konnte sich genau vorstellen, wie der Mann, der neben ihrem Tisch stand, mit den Augen rollte. Seine Stimme war ruhig und zusichernd, als er sprach. »Ja, Sie haben recht. Wir *könnten* eine Betrugsmasche abziehen, aber das tun wir nicht. Der Mann, der Ihnen gegenübersitzt, *ist* Quint Axton. Er ist eins achtundachtzig groß, hat dunkles Haar, ist sechsunddreißig Jahre alt und arbeitet seit etwa zehn Jahren für die Polizei von San Antonio. Ich könnte Ihnen noch viel mehr erzählen, aber ich versuche, mich kurz zu fassen. Ich bin Cruz Livingston vom FBI. Meine Freundin hier ist Mickie Kaiser. Wenn Ihnen das als Bestätigung noch nicht ausreicht, könnte ich unseren anderen Freund Dax hinzurufen, der ein Texas Ranger ist. Ich verstehe, warum Sie vorsichtig sind, aber Quint ist tatsächlich der, der er behauptet zu sein. Das schwöre ich bei Mickies Leben.«

Wieder breitete sich diese lästige Gänsehaut auf Corries Armen aus. Sie konnte hören, dass der Mann einhundert Prozent aufrichtig war. Sie war sehr gut darin geworden, die Stimmen von Menschen zu interpretieren, da sie keine nonverbalen Hinweise sehen konnte. Die Tatsache, dass dieser Mann beim Leben der Frau geschworen hatte, die neben ihm stand, war so ehrlich gewesen, wie sie es noch nie zuvor von jemandem gehört hatte.

Sie streckte ihre Hand in die Richtung des Mannes, der neben der Sitznische stand. »Corrie Madison. Es freut mich, Sie kennenzulernen. Bitte sagen Sie doch Du.«

Ihre Hand wurde in einer starken, aber nicht zerdrückenden Art geschüttelt. »Freut mich ebenfalls, dich kennenzulernen, Corrie. Das Du gilt auch für dich.« Er ließ ihre Hand los und einen Moment lag herrschte Schweigen. Corrie kam es unangenehm vor, aber sie wusste nicht, ob es nur ihr persönliches Empfinden war oder nicht.

Sie konnte nicht sehen, wie Cruz Quint mit hochgezogenen Augenbrauen ansah, und bemerkte ebenfalls nicht, dass Quint seinem Freund mit einem Kopfnicken bedeutete, zu seinem Tisch zurückzukehren.

»Hoffentlich sehen wir uns wieder, Corrie. Du kannst Quint vertrauen. Er ist einer der besten Polizisten in San Antonio. Er wird sich dir gegenüber anständig verhalten.«

Nach diesen Worten hörte Corrie, wie Cruz und Mickie sich von der Sitznische entfernten und zurück durch das Restaurant gingen.

»Bist du okay?«

Corrie war tatsächlich nicht okay. Sie hatte keine Ahnung, was zur Hölle sie tat. Wäre sie in der Lage, wieder zur Arbeit gehen zu können? War der Drohanruf ernst gewesen? Was würde ihr Anwalt vorschlagen? Sie hatte keinen Schimmer, was vor sich ging, und sie hatte das Gefühl, als geriete ihr Leben aus den Fugen. Bevor sie den Mund öffnen konnte, um ihr Herz auszuschütten und etwas Schwächliches zu sagen, das untypisch für sie war, wie: »Nein, ich bin nicht okay, aber ich glaube, eine Umarmung von dir könnte sehr viel dazu beitragen, dass es mir besser ginge«, hörte Corrie, wie zwei weitere Füße an den Tisch herantraten.

»Miss Madison? Oh, Lieutenant Axton, ich wusste nicht, dass Sie ebenfalls anwesend sein würden. Diese ganze Situation ist sehr verzwickt. Ich bin froh, dass Sie hier sind.«

Als Reaktion auf Mr. Herringtons Worte machte Corries Herz einen Sprung. Er kannte den Polizisten vom Sehen, also musste er echt sein. Nach Cruz' Aussage hatte sie es bereits geglaubt, aber es war gut, dass es noch einmal bestätigt wurde.

»Die Kacke ist am Dampfen«, fuhr Mr. Herrington fort, offensichtlich davon ausgehend, dass Corrie und der Lieutenant befreundet waren, bevor er sich neben ihr auf der Bank niederließ. »Und Corrie hier wird alle Hilfe brauchen, die sie bekommen kann, um diesem Arschloch einen Schritt voraus zu bleiben.«

KAPITEL DREI

Bei der Bemerkung ihres Anwalts wurde Corrie schwer ums Herz. Oh Gott, was jetzt?

»Sprich mit mir.« Quints Worte waren knapp und mürrisch, anders konnte Corrie sie nicht beschreiben.

»Corrie? Ich gehe davon aus, dass Sie damit einverstanden sind, dass er hier ist und unserem Gespräch beiwohnt. Mir war nicht klar, dass Sie Lieutenant Axton kennen.«

»Ich –«

»Sie kennt mich.« Quint schnitt ihr das Wort ab, und Corrie drehte ihren Kopf in seine Richtung und fragte sich, was er da tat. Streng genommen log er nicht. Sie war ihm zwar gerade erst begegnet, doch sie ging davon aus, es bedeutete wohl, dass sie ihn kannte. Er deutete aber offensichtlich an, dass sie einander schon eine ganze Weile kannten ... länger als nur zehn Minuten.

»Das ist etwas ungewöhnlich. Sind Sie offiziell oder inoffiziell hier?«

»Inoffiziell.«

»Corrie?« Mr. Herringtons Frage hing zwischen den beiden in der Luft.

Corrie war verwirrt. Sie kannte Quint nicht, wusste nicht, warum er hier war – mit Ausnahme davon, ihr zu helfen, nicht in dem Wasser auszurutschen, das der Hilfskellner verschüttet hatte, als sie mit ihm zusammengestoßen war –, und wusste nicht, wieso er hier sein *wollte*. Sie hatte keinen Schimmer, warum er gesagt hatte, dass er inoffiziell anwesend sei. Wegen des ganzen Durcheinanders zitterte sie und wünschte sich jemanden, der ihr dabei helfen könnte, furchterregende Entscheidungen darüber zu treffen, was sie nun tun sollte, aber war Quint der Mann, der ihr helfen konnte? Sie wusste es wirklich nicht.

Sie hörte das Knarzen von Quints Kleidung und ihr wurde nun klar, dass es sich vermutlich um den Waffengürtel handelte, den er um die Taille trug, oder vielleicht sogar um eine kugelsichere Weste, die diese Geräusche von sich gab, als er sich zu ihr beugte. Er legte seine warme Hand über ihre beiden kalten Hände, die sie vor sich zusammenpresste. Sie spürte, wie die Hitze von seiner großen Hand in ihre Haut eindrang. Als er mit dem Daumen vor und zurück über ihren Handrücken streichelte und sie wortlos beruhigte, holte sie tief Luft und traf ihre Entscheidung.

»Ja, ich will ihn hier haben.« Ihre Entscheidung gründete auf dem einen Mal vor sehr langer Zeit, als sie sich im Einkaufszentrum verlaufen hatte. Die erste Person, die angehalten und ihr geholfen hatte, war ein Polizist gewesen. Er hatte sie auf den Arm genommen und mit seiner Dienstmarke spielen lassen, bis ihre Eltern sie wiedergefunden hatten. Diese Erinnerung begleitete sie schon ihr ganzes Leben lang und trug sehr viel dazu bei, dass sie in Bezug auf Quint etwas zutraulicher wurde.

Ohne zu zögern, fing Mr. Herrington an zu erzählen. Corrie hörte, wie er seine Tasche auf den Schoß hob und beim Sprechen in ihr herumkramte.

»Also gut, die Sache ist die ... Ich habe mir vom Detective die Fallakte geben lassen und Ihre Beschreibung des Kerls, der in Ihre Praxis kam, ist wahrscheinlich nicht ausreichend, um ihn eindeutig zu identifizieren. Selbst wenn sie ihn schnappen, ist es nicht so, als könnten sie eine Gegenüberstellung machen, die auf Gerüchen beruht, aber das spielt eigentlich keine Rolle. Sollte er denken, dass Sie ihn identifizieren können, sind Sie möglicherweise in Gefahr.«

»Nicht ausreichend, um ihn zu identifizieren? Ich weiß, dass ich ihn erkennen könnte, wenn ich ihn reden oder gehen hörte, ich würde ihn nicht riechen müssen.«

»Gut, aber er könnte diese Eigenschaften trotzdem verändern. Ich hasse es, pessimistisch zu klingen, aber eine blinde Zeugin ist eine verzwickte Sache und es gibt viele Anwälte, die das Risiko nicht eingehen wollen, dass die Aussage verworfen wird. Tut mir leid, wenn das brutal klingt, aber die Geschworenen müssten einhundertprozentig davon überzeugt sein, dass Sie wissen, wer es war, ohne ihn gesehen zu haben. Niemand will einen unschuldigen Menschen verurteilen. Berechtigter Zweifel und das alles. Sein Anwalt würde Sie im Zeugenstand zerreißen. Es wäre ein schwieriges Unterfangen.«

»Also dann ... was? Er kommt damit davon? Mit dem Mord an Cayley? An Mr. Treadaway? An all den anderen?« Corries Stimme wurde vor Wut lauter. »Das ist weder fair noch richtig. Wo bleibt die Gerechtigkeit?«, zischte sie frustriert und sauer gleichzeitig.

Es war jedoch nicht ihr Anwalt, der antwortete, sondern Quint.

»Ganz ruhig, Corrie.«

Sie atmete tief durch und versuchte, nicht zu weinen. Sie weinte nie. Sie hatte um nichts hiervon gebeten und wusste nicht einmal, ob sie damit umgehen konnte.

»Das Arschloch hatte die Nerven, mich gestern anzurufen und mich zu bedrohen.«

»Was? Haben Sie bei der Polizei angerufen?«

»Noch nicht, aber es steht für heute auf meinem Plan. Ich wollte es Sie zuerst wissen lassen, weil ich gehofft habe, dass es helfen könnte, jemanden davon zu überzeugen, dass ich aussagen könnte.«

Der Anwalt seufzte laut auf. »Ich weiß nicht, ob das passieren wird, aber diese Sache lässt ihre Sicherheit nun in einem anderen Licht erscheinen. Ich glaube, wer auch immer es getan hat, hat Angst, dass Sie aussagen *werden* und dass sie *in der Lage* sind, den Mörder zu identifizieren. Haben Sie einen Ort, an den Sie sich zurückziehen können, bis die Detectives Zeit haben, sich gründlicher mit dem Fall zu beschäftigen und weitere Spuren zu finden?«

Corrie ignorierte vorerst seine Frage und wollte wissen: »Sind sie schon vorangekommen? Haben sie herausbekommen, wer es war?«

»Nein, soweit ich gehört habe nicht. Ich bekomme aber auch nicht ständig die neuesten Informationen. Lieutenant, wissen Sie mehr?«

»Bis heute wusste ich nicht, dass es sich hierbei um Corries Fall handelt ...«

Mann, ist er gut, dachte Corrie im Stillen. Er kannte *sie* bis heute nicht einmal, selbstverständlich hatte er nichts von dem Fall gewusst.

»... aber ich kenne den Detective, der in diesem Fall

ermittelt. Wir haben natürlich alle davon gehört und wurden informiert, wonach wir Ausschau halten sollen. Wenn ich wieder auf der Wache bin, werde ich mich mit ihm in Verbindung setzen und sehen, was ich herausfinden kann.«

Corrie drehte sich verwirrt in Quints Richtung um. Von allem, was an diesem Vormittag passiert war, schwirrte ihr der Kopf.

»Okay, Corrie, haben Sie zu dem, was Sie mir bereits erzählt haben, noch etwas hinzuzufügen?«, fragte ihr Anwalt.

»Ja, ich denke schon. Es ist vielleicht nichts, aber ich habe gestern Abend darüber nachgedacht.« Sie hielt inne, weil sie Shaun nicht den Wölfen zum Fraß vorwerfen wollte, aber sie wusste, dass alles, was sie ihrem Anwalt und der Polizei erzählte, dazu beitragen konnte, denjenigen zu schnappen, der Cayley und die anderen getötet hatte. Sie spürte, wie Quint ermutigend ihre Hände drückte. Während des Gesprächs hatte er sie nicht losgelassen.

»Shaun, mein Assistent. Er war nicht in der Praxis. Er *hätte* dort sein sollen, um mir mit den Röntgenaufnahmen zu helfen. Wir gehen sie immer gemeinsam durch, bevor ich die Patienten behandele. Mr. Treadaway ...« Ihre Stimme wurde brüchig, als sie sich daran erinnerte, was passiert war, doch sie zwang sich weiterzusprechen. »Mr. Treadaway hat darauf gewartet, dass ich zu ihm ins Behandlungszimmer komme und seine Justierungen vornehme. Ich war verstimmt, weil Shaun noch nicht gekommen war, um mich zu holen. Ich war gerade auf dem Weg, um nachzusehen, wo er blieb, als ich hörte, wie der Mann die Praxis betrat.«

»Hast du seitdem mit ihm gesprochen?« Dieses Mal stellte Quint die Frage.

Da sie wusste, dass er über Shaun und nicht den armen Mr. Treadaway sprach, schüttelte Corrie den Kopf. »Nein, und das ist wirklich seltsam. Wir sind keine guten Freunde oder so was und es ist auch nicht so, als würden wir am Wochenende miteinander telefonieren, aber ich habe seine Frau angerufen und auch sie hat seit mehreren Tagen nichts mehr von ihm gehört.«

»Corrie, die Polizei weiß von Shaun. Sie sucht ebenfalls nach ihm«, sagte Mr. Herrington zu ihr und klang dabei fast schon ungeduldig. »Erzählen Sie mir noch einmal ganz genau, was Sie gehört haben, als der Schütze am Telefon gesprochen hat.«

»Er hat damit angegeben, dass es ein einfacher Job war, und hat ebenfalls gesagt, dass er jemanden nicht sieht, von dem er dachte, dass er dort hätte sein sollen. Bevor er auflegte, sagte er, dieser Kerl würde sich wünschen, bezahlt zu haben, was er schuldig ist, nachdem er gesehen hat, was mit seinen Kollegen passiert ist.«

Nach ihrer Aussage sagte einen Moment lang

keiner der Männer etwas. Endlich meldete Mr. Herrington sich zu Wort, allerdings nicht mit einer Frage. Vielmehr resümierte er das, was sie gerade gesagt hatte. »Dann hat er also ganz gezielt nach jemandem gesucht und Shaun war ganz zufällig nicht dort.«

Quint fragte: »Kennst du irgendeinen Grund, warum dieser Shaun sich Geld leihen müsste?«

»Leider ja. Sein kleiner Sohn ist vor einem Jahr beinahe ertrunken und er hat sehr hohe Arztrechnungen. Er spricht nicht sehr viel darüber, aber Shaun hat mir einmal erzählt, dass er sich vor seiner Frau und seinem anderen Kind wie ein Versager fühlt, weil sie das Haus wahrscheinlich durch eine Zwangsvollstreckung verlieren werden, da er es sich nicht leisten kann, alle Arztrechnungen zu bezahlen, die sich auftürmen.«

Corrie wandte sich an ihren Anwalt. »Das war es, was ich Ihnen heute erzählen wollte. Wenn diese Leute auf der Suche nach Shaun sind, muss die Polizei ihn finden, bevor die Bösewichte es tun.« Corrie nahm an, sie sollte sauer auf Shaun sein oder zumindest verstimmt über die Gesamtsituation, aber derzeit machte sie sich mehr Sorgen darüber, worin er sich verstrickt hatte. Zusätzlich zu allem, was sie bereits verloren hatte, wollte sie nicht, dass Shaun ebenfalls getötet wurde.

»Du musst zur Wache fahren und eine offizielle

Aussage beim Detective machen, Corrie«, sagte Quint ernst.

»Wird die Polizei Shaun und den Rest seiner Familie beschützen? Oh mein Gott!« Corrie fiel plötzlich etwas ein, woran sie vorher noch nicht gedacht hatte. Sie drehte ihre Hand in der von Quint herum und schaute ihn ernst an. »Was, wenn sie es auf seine Frau abgesehen haben? Oder seine Kinder?«

Quint verstärkte den Griff an Corries Händen. »Ich glaube nicht, dass sie das tun werden. Nun, ich weiß nicht, wer dahintersteckt, aber Kredithaie haben es normalerweise nicht auf die Familie abgesehen. Sie statuieren ihr Exempel an demjenigen, der ihnen das Geld schuldet. Aber dann wiederum ist das nur das normale Verhalten ... bei diesem Fall kommt mir allerdings gar nichts normal vor.«

»Sie müssen sich überlegen, was Sie tun werden, Corrie«, sprach Mr. Herrington ihr ernsthaft ins Gewissen. »Ich stimme dem Lieutenant zu, bei dieser Sache stimmt etwas nicht, und ganz besonders nach diesem Anruf ist es offensichtlich, dass Sie nicht sicher sind.«

»Aber Sie haben doch eben gesagt, dass ich nicht aussagen könnte, weil ich blind bin und es mir deshalb nicht möglich ist, den Mörder zu identifizieren.«

»Das habe ich gesagt, aber ich habe ebenfalls zu bedenken gegeben, dass *die Täter* das nicht wissen. Das sind keine Musterschüler, Corrie. Wenn sie der

Meinung sind, dass auch nur der Hauch einer Möglichkeit besteht, dass Sie der Polizei helfen können herauszufinden, wer sie sind, befinden Sie sich in Gefahr.«

Corrie spürte, wie ihr Herzschlag beschleunigte, doch sie versuchte, ihre Angst zu verbergen. Sie hatte keine Ahnung, was sie tun würde, aber das Wichtigste zuerst. Sie musste zur Polizeiwache fahren und den Detectives alles über Shaun erzählen, was sie wusste. Danach würde sie sich Gedanken darüber machen, was als Nächstes passierte. Sie war immer schon praktisch veranlagt gewesen, ihre Blindheit zwang sie dazu. Sie würde eine Sache nach der anderen in Angriff nehmen. Kleine Schritte. Mehr konnte sie nicht tun.

»In Ordnung, wenn Sie mir ein Taxi rufen, werde ich mit der Polizei sprechen, und danach werde ich mir überlegen, wo ich bleiben kann, und es Sie wissen lassen.«

Mr. Herrington legte die Hand auf Corries Unterarm. Seine Hand war heiß und schwitzig und fühlte sich erdrückend an. Corrie wusste, dass der ältere Mann das Beste für sie wollte, aber ganz plötzlich fühlte sie sich gefangen in der Sitznische, als würde sie ersticken. Sie wusste nicht, was sie tun sollte, und sein Drängen machte es nur noch schlimmer.

»Verhalten Sie sich unauffällig und passen Sie auf sich auf. Bleiben Sie mit mir in Kontakt und lassen Sie mich wissen, wo Sie bleiben werden, damit ich Sie über die weiteren Entwicklungen auf dem Laufenden halten kann.«

Corrie nickte schnell. »Das werde ich.« Sie seufzte erleichtert auf, als er seinen Arm wegnahm. Überraschenderweise hörte sie, wie Quint sich ihr gegenüber bewegte und seine andere Hand auf ihre legte. Er bedeckte ihre Hand erneut mit seinen beiden Händen und drückte zu, als wüsste er, dass ihr die Berührung der Hand ihres Anwalts auf ihrem Arm nicht gefallen hatte. Die Reibung und Wärme seiner beruhigenden Berührung ließen das klamme Gefühl von Mr. Herringtons Fingern verschwinden.

»Ich werde sie hinbringen. Ich muss sowieso wieder zurück. Meine Mittagspause ist vorbei.«

»Wunderbar, das weiß ich zu schätzen. Ich habe in einer halben Stunde den nächsten Termin. Ich melde mich bei Ihnen.« Er beugte sich nach vorn und tätschelte Corrie die Schulter. Corrie hörte das Quietschen des Plastiks, als er von der Sitzbank neben ihr aufstand, und hörte dann, wie seine Schritte in dem Lärm des Restaurants leiser wurden und verschwanden.

»Bist du okay?«, fragte Quint leise, ohne ihre Hand loszulassen.

Corrie zog die Hand zurück, da sie wusste, dass sie sich nicht an die Berührung dieses Mannes gewöhnen durfte, und er ließ sie sofort los. Sie hörte, wie er sich auf seinem Platz zurücklehnte. »Selbstverständlich.

Mit mir ist immer alles in Ordnung. Du brauchst mich auch nicht zur Wache zu bringen, weißt du. Ich kann allein dorthin fahren.«

»Natürlich kannst du das. Du bist eine erwachsene Frau. Aber es macht keinen Sinn, dass du für ein Taxi bezahlst, wenn ich zum selben Ort fahre wie du.«

»Es scheint nur ... ich weiß nicht ... seltsam. Ich kenne dich nicht.«

Er ignorierte ihre Bemerkung und sagte stattdessen: »Wenn du willst, lasse ich dich in meinem Streifenwagen sogar vorn sitzen.«

Corrie lachte, da sie davon ausging, dass er darauf abgezielt hatte. »Du meinst, du würdest tatsächlich zulassen, dass ich auf der Rückbank Platz nehme, wo die Verbrecher sitzen müssen?«

»Also ... es ist sehr bequem dort hinten. Eine hübsche, harte Plastikbank, erstklassige Sicherheitsgurte und selbstverständlich das gute, bruchsichere Plastik, das dafür sorgt, dass du im Falle eines Unfalls nicht auf den Vordersitz fliegst, und mich davor bewahrt, während der Fahrt abgestochen zu werden.«

Corrie schüttelte bloß den Kopf. Quint war lustig. Das gefiel ihr. »Also gut, du hast mich überzeugt. Wer kann eine Fahrt in einem Polizeiwagen schon ausschlagen? Wenn ich artig bin, lässt du mich vielleicht sogar die Sirene anstellen oder so was.« Sie lächelte, damit er wusste, dass sie nur Spaß machte. »Kannst du mir einen Moment geben, damit ich zur Toilette gehen kann, oder kommst du dann zu spät?«

»Ich komme nicht zu spät. Los, ich werde dich in die richtige Richtung führen.«

Corrie stand auf und streckte die Hand aus, damit Quint sie ergreifen, in seine Armbeuge legen und ihr helfen konnte, den Weg zu finden. Sie war überrascht, als er ihre offensichtliche Aufforderung ignorierte und sie stattdessen einfach an der Hand nahm. Niemand hatte jemals ihre Hand gehalten, wenn er sie geführt hatte. Sie hatte Männer gehabt, die ihre Hand an ihrem Arm eingehakt und sich auf sexuelle Weise an sie gedrückt hatten, aber den meisten Menschen war es unangenehm und sie hielten sie nur mit den Fingerspitzen fest, weil sie nicht wussten, wie genau sie ihr helfen sollten.

Quint nahm jedoch nicht nur ihre Hand in seine, als seien sie ein Paar, er legte auch seine andere Hand auf ihren Unterarm, als sie durch das Restaurant schritten und jemand ihnen zu nahe kam und sie anstieß.

»Geh etwa fünfzehn Schritte geradeaus. Es ist die erste Tür auf der linken Seite. Zieh sie zu dir, um sie zu öffnen. Bist du dir sicher, dass du keine Hilfe brauchst?«

Corrie kicherte. Damit konnte sie umgehen. »Kein Problem. Ich war auf genügend öffentlichen Toiletten, um zu wissen, was ich tue. Und wenn ich tatsächlich

Hilfe brauche, werde ich jemanden fragen, der dort drinnen ist.« Sie nahm ihren Stock aus der Handtasche und faltete ihn auseinander, während sie sprach.

Quint machte die Situation nicht unbehaglich, er sagte bloß: »Okay, ich werde hier auf dich warten. Lass dir Zeit.«

KAPITEL VIER

Corrie ging durch den Flur und verschwand in der Damentoilette. Quint nahm sein Telefon zur Hand und schickte Cruz rasch eine SMS, in der er ihn wissen ließ, dass er zurück zur Wache fuhr und später mit ihm sprechen würde. Cruz würde ihm tausend Fragen über Corrie stellen und darüber, was los war, und Quint wäre es ein Vergnügen, sie zu beantworten ... nachdem *er* herausgefunden hatte, was genau vor sich ging.

Nachdem Quint Cruz' bestätigende Antwort gelesen hatte, verstaute er sein Telefon wieder in seiner Tasche und dachte über Corrie nach. Sie machte ihn neugierig, dabei war er von einer Frau für gewöhnlich nicht so fasziniert, wenn er sie erst so kurze Zeit kannte. Während seiner Karriere als Polizist in San Antonio hatte er schon sehr viel gesehen.

Normalerweise passten die Menschen in die stereotypen Schubladen, die er in seinem Kopf formte, ganz besonders die Frauen.

Flirtend, verängstigt, schikaniert, wütend, arrogant ... die Liste ließ sich unendlich fortführen, aber er konnte Corrie einfach keiner Kategorie auf dieser Liste zuordnen. Er hatte sich über ihre temperamentvolle Reaktion auf den Hilfskellner amüsiert und selbst ihre anfängliche Zurückweisung ihm gegenüber war süß gewesen.

Dann hatte er herausbekommen, wer sie war und warum sie sich überhaupt in diesem Restaurant aufhielt, und sie hatte ihn mit der nüchternen Art beeindruckt, mit der sie scheinbar mit den Dingen umging, die ihr während der letzten Woche widerfahren waren. Oh, sie war wegen des Telefonanrufs unsicher und aufgewühlt gewesen, hatte es sich äußerlich jedoch nicht durch einen Nervenzusammenbruch oder unkontrolliertes Weinen anmerken lassen, was sehr viel dazu beigetragen hatte, dass seine Meinung über sie noch positiver war.

Selbstverständlich hatte er von der Schießerei gehört. Alle Polizisten waren über den Vorfall informiert und angewiesen worden, die Augen nach allem offen zu halten, was verdächtig sein könnte. Die Detectives hatten keine heiße Spur, um den Mörder ausfindig zu machen, und die Medien übten sehr viel Druck auf den Polizeichef und die Mordkommission aus, damit sie denjenigen schnappten, der alle diese Menschen umgebracht hatte.

Quint hatte gewusst, dass es eine Zeugin gab, hatte aber keine Ahnung gehabt, dass die »Zeugin« blind war. Er wusste immer noch nicht alles darüber, was Corrie durchmachen musste, während der Mann ihre Freunde und Arbeitskollegen erschossen hatte, aber er würde es schon noch erfahren.

Plötzlich wurde ihm klar, dass er alles über Corrie wissen wollte. Warum war sie blind? War es ein Unfall? Wie hatte sie überlebt? War sie mit jemandem zusammen?

Sein letzter Gedanke brachte ihn aus dem Konzept. Mit jemandem zusammen? Er war niemand, der Beziehungen mit Frauen führte. Er war keine männliche Hure, aber er war noch nie einer Frau begegnet, bei der er das Gefühl hatte, den Rest seines Lebens mit ihr verbringen zu wollen. Er war mit Frauen zusammen gewesen, hatte einige One-Night-Stands gehabt und sogar einmal geglaubt, er würde jemanden lieben, doch erst kürzlich hatte er beschlossen, dass er als Single etwas verpasste. Nachdem er zugesehen hatte, wie Cruz und sein anderer Freund Dax die Liebe ihres Lebens gefunden hatten, hatte er aus erster Hand erfahren, wie fantastisch es sein konnte, jemanden zu haben, den man liebt, und im Gegenzug ebenfalls geliebt zu werden.

Nicht nur das, er mochte Mackenzie und Mickie

ebenfalls sehr gern. Sie waren starke Frauen, die das Beste in Dax und Cruz hervorbrachten. Die beiden lockerten ihre Treffen auf und aus irgendeinem Grund konnte er sich absolut vorstellen, dass Corrie dort hineinpassen würde. Selbstverständlich war er etwas vorschnell, schließlich hatte er die Frau gerade erst kennengelernt, aber der Gedanke war trotzdem da.

Quint dachte immer, dass es hinderlich sei, eine feste Freundin zu haben, ganz besonders für ihn. Polizist zu sein war kein einfacher Job. Es beinhaltete lange Arbeitstage, inklusive Überstunden, und er war häufiger in Gefahr, als er es nicht war. Während der letzten Jahre hatte es viele öffentlich verbreitete Fälle gegeben, die als unnötige Härte gegen Zivilisten bezeichnet worden waren. In der heutigen Zeit war es nicht einfach, Polizist zu sein, aber Quint würde keinen anderen Beruf ausüben wollen.

Seit Quint ein kleiner Junge war, hatte er Polizist werden wollen. Die meisten Kinder wuchsen aus ihren ersten Berufswünschen heraus, Quint jedoch nicht. Sobald er alt genug war, hatte er sich Polizeispielzeug gewünscht. Seine Mutter hatte ihm Vorhänge gekauft, auf denen Polizeiautos aufgedruckt waren. Seine Bettwäsche war blau und weiß gewesen. Quint wusste, dass seine Eltern es am Anfang süß gefunden und gedacht hatten, er würde seine Meinung später noch ändern. Aber in der Highschool hatte er sich als Anfänger zum freiwilligen Polizeidienst gemeldet und es nie bereut. Er war aufs College gegangen, hatte seinen Abschluss in Strafrecht gemacht und war nicht lange danach als Polizist eingestellt worden.

Quint lächelte, als er daran zurückdachte, was für ein unerfahrener Gesetzeshüter er einst war. Zum Glück hatte er seine Laufbahn in Bowling Green, Ohio begonnen. Es war eine kleine Collegestadt im mittleren Westen. Sie lag in der Nähe von Toledo, aber nicht so nahe, dass dort ständig Morde und Extremverbrechen passierten. Die Collegestudenten nannten die Stadt »Boring Green« – Langweiliges Green –, weil es dort abgesehen von den jährlichen Meisterschaften im Traktorschleppen nie irgendwas Aufregendes gab.

Nach einiger Zeit hatte er eine größere Herausforderung benötigt und war schließlich in den Süden nach Texas gezogen, obwohl er wusste, dass seine Eltern wollten, dass er in Ohio bleibt.

Quint liebte San Antonio und hatte wahrhaftig das Gefühl, seinen Traumjob und die ideale Polizeiwache gefunden zu haben. Er hatte enge Freunde und fand es toll, wie die anderen Behörden im Gesetzesvollzug in der Stadt zusammenarbeiteten. Das kameradschaftliche Gefühl zwischen ihm und Cruz, Dax, Calder, TJ, Hayden und Conor war einzigartig. Ganz zu schweigen von der Gruppe Feuerwehrmänner, mit denen sie regelmäßig Zeit verbrachten. So viele Freunde zu haben, die im öffentlichen Dienst der Stadt tätig waren, zahlte sich aus. Sie arbeiteten hart, ließen es ebenso hart krachen und kamen unheimlich gut miteinander aus. Er wusste, dass er niemals bessere Freunde finden würde als die Feuerwehrleute von Wache sieben und die Gesetzeshüter, mit denen er abhing.

Aber nicht nur das, Quint verspürte eine tiefe Zufriedenheit darin, die Menschen aufzuspüren und zu verhaften, die eine Gefahr für die Gesellschaft darstellten, und leider gab es in der Stadt in Süd-Texas, die er sein Zuhause nannte, sehr viele Menschen, die eine Gefahr für die Gesellschaft waren.

Der gleiche Drang, der Drang nach Gerechtigkeit, war ihm heute bei Corrie aufgefallen. Es hatte sie aufgewühlt, als ihr klar geworden war, dass ihre Zeugenaussage wegen ihrer Blindheit nicht anerkannt werden würde. Sie wollte so sehr, dass ihre Freunde Gerechtigkeit erfuhren und ein Teil dieser Gerechtigkeit sein, dass er ihre Enttäuschung beinahe spüren konnte.

Quint war noch nicht vielen blinden Menschen begegnet – genauer gesagt noch *keinem einzigen* blinden Menschen –, aber Corrie verströmte Kompetenz und Unabhängigkeit aus jeder Pore. Hätte sie nichts gesagt und keinen Stock dabei gehabt, hätte er nicht gewusst, dass sie nichts sehen kann.

Er dachte über ihre Situation nach. Er hatte keine Ahnung, was sie vorhatte, nachdem sie mit dem Detective gesprochen hatte, aber hoffentlich hatte sie einen Ort, an dem sie in Sicherheit wäre.

Quint behielt die Tür des Verhörraums im Auge. Nachdem sie das Restaurant verlassen hatten, hatte er Corrie zur Wache gebracht und sie an Detective Algood übergeben. Matt war ein exzellenter Polizist, der sie einfühlsam behandeln und dafür sorgen würde, dass sie sich sicher fühlte, während sie ihm alles erzählte, woran sie sich erinnern konnte.

Er schüttelte den Kopf. Seit wann interessierte er sich dafür, ob Matt einfühlsam mit irgendjemandem wäre?

Seit Corrie. Auf dem Weg zur Wache war sie freundlich und lustig gewesen. Als sie in seinen Streifenwagen gestiegen waren, hatte er ihr eine »Führung« gegeben. Sie hatte gefragt, ob sie die Dinge anfassen dürfte, die er ihr erklärte. Er hatte zugestimmt und ihr geholfen, mit den Fingern die Schalter für Blaulicht und Sirene, den Laptop und das sicher in seiner Halterung verstaute Gewehr abzutasten. Das breite Grinsen, das sie aufsetzte, als er ihr erlaubte, einen Moment lang die Sirene aufheulen zu lassen, erhellte ihr Gesicht. Trotz des ganzen Mists, der derzeit in ihrem Leben vorging, zögerte sie nicht, ihre Freude an einer so simplen Sache wie dem erstmaligen Mitfahren in einem Polizeiwagen zu zeigen.

Quint nahm an, es lag daran, dass sie nicht sehen konnte, wie die Welt beim Fahren an ihnen vorbeizog, aber sie hatte während der gesamten Fahrt zur Wache den Kopf ihm zugewandt gehalten und sich auf ihn konzentriert. Er hatte ihre vollständige Aufmerksamkeit gehabt, als er ihr den korrekten Ablauf der Nutzung von Sirene und Blaulicht erklärte und wie er den Laptop benutzen würde, sollte er plötzlich zu einem Einsatz gerufen werden.

Sie waren an der Wache eingetroffen und Quint hatte Corrie gebeten, im Wagen zu warten. Er war ausgestiegen, zu ihrer Seite herumgegangen und hatte ihr beim Aussteigen geholfen, dann hatte er mit ihr die Wache durch die Hintertür betreten, wobei er ihre Hand die gesamte Zeit nicht losließ. Ihre Hand fühlte sich in seiner klein und zerbrechlich an, obwohl er wusste, dass das eine Lüge war. Sie war stark, wenn nicht körperlich, dann mental. Nach dem, was sowohl Dax' Frau Mackenzie als auch Mickie widerfahren war, wusste Quint, dass mentale Stärke manchmal eine bessere Eigenschaft als einfache körperliche Kraft war.

Zum Glück hatte Quint noch einigen Papierkram zu erledigen und konnte deshalb auf der Wache bleiben und sich darum kümmern, während Matt mit Corrie sprach. Er konnte zusehen und warten, bis sie fertig war, und sie dann dorthin bringen, wo sie als

Nächstes hinmusste. Er machte sich nicht einmal die Mühe zu analysieren, *warum* er dort sein wollte, wenn Corrie fertig war. Er wäre nicht in der Lage, gut zu schlafen, ohne mit ihr zu sprechen und herauszufinden, wie ihre zukünftigen Pläne aussahen.

Nach zwei langen Stunden wurde die Tür endlich geöffnet und Matt und Corrie traten nach draußen. Matt sah gestresst aus und fuhr sich mit der Hand durchs Haar, als er Corries Hand in seine Armbeuge legte und sie durch den Flur zu Quint brachte.

Quint schloss den Bericht, an dem er arbeitete, da er ihn problemlos auch am nächsten Morgen fertigstellen konnte, und erhob sich. Er stieß zu ihnen, bevor sie seinen Schreibtisch erreicht hatten.

»Hey, Matt. Corrie.«

»Hey, Quint«, entgegnete Matt. »Danke, dass du Corrie noch einmal hergebracht hast.«

»Hast du bekommen, was du brauchst?«

»Vielleicht. Es ist mehr, als wir am Anfang hatten. Ich werde sehen, was wir noch tun können, um Shaun zu finden. Wir hatten bereits nach ihm gesucht, aber zu wissen, dass er höchstwahrscheinlich der Grund war, dass der Kerl in der Praxis aufgetaucht ist, lässt die Sache in einem anderen Licht erscheinen. Ich habe das Gefühl, dass er uns bei diesem Fall überaus behilflich sein könnte.«

Quint schaute Corrie an. Er hatte den Eindruck gehabt, dass es ihr gut ginge, als sie zusammen mit

Matt auf seinen Schreibtisch zugegangen war, aber aus der Nähe konnte er nun ihre zusammengezogenen Augenbrauen und den verkniffenen Ausdruck um ihren Mund erkennen.

»Alles in Ordnung, Corrie?«

Sie nickte, sagte aber nichts.

Quint sah Matt an, hob das Kinn und fragte ihn wortlos, was los sei.

Matt schaute ihn bloß mit frustriertem Gesichtsausdruck an und zuckte mit den Schultern. Quint schüttelte über seinen Freund den Kopf.

»Was? Ich weiß, dass ihr euch mit diesem nicht verbalen Männersprech-Mist unterhaltet. Ich stehe hier neben euch. Das ist unhöflich. Ich *hasse* es, wenn Menschen das tun.« Corries Stimme klang sauer und traurig gleichzeitig.

Sofort hatte Quint ein schlechtes Gewissen. »Tut mir leid, Corrie. Wirklich. Ich mache mir Sorgen um dich. Ich habe einfach nur versucht, meinen Kumpel hier zu fragen, was los ist.«

»Du hättest mich direkt fragen können.« Corrie ließ Matts Ellbogen los und schlang die Arme schützend um ihren Bauch. So wie sie dastand, sah sie unbehaglich und verletzlich aus.

»Du hast recht. Das hätte ich tun sollen. Es tut mir leid. Komm, gehen wir dort rüber und setzen uns.« Quint versuchte gar nicht erst, sich zu rechtfertigen. Corrie hatte recht. Es war *tatsächlich* unhöflich. In der

Situation hatte er es nicht gedacht, aber wenn er es aus ihrem Blickwinkel betrachtete, wusste er, dass er seine Denkweise ändern musste.

Ganz plötzlich wurde ihm klar, dass er seine Denkweise in vielerlei Hinsicht ändern musste. Nur weil Corrie blind war, bedeutete es nicht, dass sie hilf- oder ahnungslos war. Zu versuchen, vor ihr über sie zu sprechen, wenn sie nicht sehen konnte, war so, als würde man sich vor jemandem, der die Sprache nicht spricht, auf Englisch unterhalten. Die Person wüsste, dass es um sie ginge, aber sie wäre nicht in der Lage zu verstehen, was gesagt wird.

Quint ergriff Corries Hand und führte sie in einen kleinen Raum. »Links von dir steht ein Stuhl.« Er ließ ihre rechte Hand los, nahm ihre linke und führte sie an die Armlehne des Stuhls. »Vor dir steht ein Schreibtisch und ich werde rasch gehen und die Tür schließen. Hier drinnen sind wir ungestört, niemand kann hören, was wir sagen.«

Corrie nickte und ließ sich auf dem Stuhl nieder. Nachdem sie sich orientiert hatte, rutschte sie nicht nervös herum, sondern saß einfach nur da und wartete, dass er zurückkam.

Quint schloss die Tür und zog einen Stuhl heran, damit er neben Corrie sitzen konnte und nicht hinter dem Schreibtisch Platz nehmen musste. Er wollte nicht so weit von ihr entfernt sein.

»Also dann ... was ist los? Bist du okay? Was hatte Matt zu sagen?«

Corrie gelang es nicht, weiter sauer auf Quint zu sein. Sie war außer sich gewesen, als ihr bewusst geworden war, dass er und Matt sich direkt vor ihrer Nase »unterhalten« hatten. Sie hatte ihn zur Rede gestellt und er hatte sofort um Verzeihung gebeten. Mit der gleichen Sache konfrontiert versuchten die meisten Menschen, Ausreden zu erfinden, oder sie logen und behaupteten, nicht direkt vor ihr über sie gesprochen zu haben. Dafür hatte Quint Bonuspunkte bekommen.

»Es geht mir gut. Ich habe Detective Algood von dem Drohanruf erzählt. Wir sind bis zum Erbrechen alles durchgegangen, was an dem Tag passiert ist, und hier bin ich nun. Er wird versuchen, Shaun ausfindig zu machen und herauszufinden, was zur Hölle hier vorgeht.«

»Was ist mit der Drohung, die gegen dich ausgesprochen wurde?«

»Was ist damit?«

Quint knirschte mit den Zähnen. Er war noch nie zuvor einer solch sturen Frau begegnet. Das hier war fast so schlimm, wie jemanden zu verhören. »Was wird er dahingehend unternehmen?«

Corrie zuckte mit den Schultern. »Es gibt nicht viel, was er dahingehend tun *kann*. Er wird mein Telefon anzapfen. Wenn der Typ noch einmal anruft, wird der Anruf aufgezeichnet, und dann sehen wir weiter.«

»Wo wirst du bis dahin bleiben?«

Zum ersten Mal rutschte Corrie unbehaglich auf ihrem Stuhl herum. Der Detective hatte ihr die gleiche Frage gestellt und sie hatte versucht, es zu erklären. Sie wusste, dass es ihm nicht gefallen hatte, und Corries Bauchgefühl sagte ihr, dass es Quint ebenfalls nicht gefallen würde.

»Zu Hause. Ich bleibe in meiner Wohnung.«

»Corrie –«

»Wirklich, Quint, es ist in Ordnung. Schau mal, ich bin mir sicher, dass der Kerl zufrieden sein wird, wenn er herausfindet, dass ich nicht aussagen darf. Ich werde dafür sorgen, dass meine Tür abgeschlossen ist, und habe bereits beschlossen, ein Sicherheitsunternehmen zu beauftragen, um eine Alarmanlage zu installieren.«

»Kannst du nicht irgendwo anders bleiben?«

»Wo zum Beispiel?«

»Ich weiß nicht ... bei Freunden? Bei deinen Eltern?«

»Würdest du an meiner Stelle zu deinen Freunden oder Eltern nach Hause gehen, wenn du auch nur eine Sekunde denken würdest, dass du sie eventuell in Gefahr bringen könntest?« Da Corrie seine Antwort kannte, sprach sie weiter. »Nein, das würdest du ganz sicher nicht tun. Meine beste Freundin Emily und ihre

Lebensgefährtin Bethany haben einen kleinen Jungen. Unter gar keinen Umständen würde ich irgendeinen von ihnen in Gefahr bringen. Ich würde lieber sterben, als einen Mörder vor ihre Tür zu holen, der Ethan möglicherweise etwas antun könnte. Er ist erst sechs Monate alt, Mensch. Er kann sich nicht selbst schützen.«

Corrie redete sich nun in Rage und konnte den zärtlichen Blick auf Quints Gesicht nicht sehen.

»Und meine Eltern? Bist du verrückt? Nach allem, was sie für mich getan haben ... nachdem sie mir geholfen haben, unabhängig zu werden, glaubst du, ich würde zu ihnen zurücklaufen und mich hinter ihnen verstecken? Auf gar keinen Fall. Es geht mir gut. Detective Algood wird den Fall lösen und alles wird wieder zur Normalität zurückkehren.«

Corrie wurde in ihrem aufgeregten Redeschwall unterbrochen und zuckte zusammen, als Quint die Hand an ihre Wange legte und ihren Kopf in seine Richtung drehte.

»Das gefällt mir nicht.« Sein Ton passte nicht zu seinen Worten. Er klang amüsiert.

»Was ist so lustig?«, fragte Corrie verärgert.

»Offensichtlich nicht das, was du denkst.«

»Verflixt noch mal, Quint.«

»Ich habe bloß hier gesessen und mir gedacht, wie entzückend du bist.«

»Was?«

»Ja, du hast dich in Rage geredet, doch du hast nicht einmal die Beherrschung verloren und geflucht.«

Verwirrt über seine Worte murmelte Corrie bloß: »Hä?«

»Ich fluche ständig. Ich weiß, das sollte ich nicht tun, aber ich kann nichts dafür. Muss wohl an meinem Umgang liegen. Ich hoffe, dass dich das nicht stören wird.« Quint wusste, dass die Worte aus seinem Mund eine Art Verpflichtung dieser Frau gegenüber waren, die er soeben erst kennengelernt hatte, aber es tat ihm nicht leid. »Ich weiß, dass es unheimlich unpassend ist, dich lustig zu finden, weil der Grund für deine Worte alles andere als komisch ist, aber ich fand es süß und gleichzeitig zum Schreien komisch.«

Quints Tonfall änderte sich mit seinen nächsten Worten. Er wurde ernst und sämtlicher Humor war verschwunden. »Aber das soll nicht heißen, dass mir dein Vorhaben gefällt. Tut es nicht. Kein bisschen.« Vorsichtig drückte er Corries Hand, als sie den Mund öffnete, um zu sprechen.

»Gleichwohl verstehe ich es. Wirklich. Ich würde meine Eltern diesem Risiko ebenfalls nicht aussetzen. Und ganz sicher solltest du weder Emily noch Bethany oder Ethan in Gefahr bringen. Hast du deiner Freundin erzählt, was los ist?«

Corrie schüttelte den Kopf. Oh, selbstverständlich wusste Emily von der Schießerei und was passiert war, schließlich hatte sie danach bei ihr übernachtet, aber von dem Anruf hatte Corrie ihr noch nichts erzählt.

»Sie wird darauf bestehen, dass du bei ihr bleibst.«

»Ich weiß, aber ich werde im Gegenzug darauf bestehen, dass ich es nicht tue.«

Quint seufzte. Es gefiel ihm nicht. Es gefiel ihm *wirklich* nicht. Aber was konnte er schon tun? Die beiden waren nicht zusammen, er hatte diese Frau erst heute kennengelernt. Er hatte kein Mitspracherecht bei dem, was sie in ihrem Leben tat. Gar keins. Und er ertappte sich dabei, dass er es hasste.

»Hast du ein Handy?«

Corrie sah ihn an, als hätte er zwei Köpfe. »Äh, ja. Alle haben ein Handy.«

Quint lachte leise. Verdammt, sie war einfach so unfassbar süß. »Ich war mir nicht sicher.«

»Oh, weil ich nicht sehen kann?«

»Ja.«

»Hören Sie zu, Herr Polizist. Ich werde nachsichtig mit dir sein, weil ich nicht glaube, dass du die Absicht hast, mich zu diskriminieren oder dich wie ein Idiot aufzuführen. Ich bin normal. Ich bin so normal wie du. Ich koche, ich putze, ich spreche am Telefon, ich benutze sogar einen Computer. Ich kann lesen, ich weiß, wie viel Uhr es ist, ich kann für mein Zeug mit echtem Geld bezahlen, ich ziehe mich jeden Morgen an und es gelingt mir, meine Sachen mithilfe von Braille-Etiketten farblich zu koordinieren. Ich kann spezielle Brettspiele spielen und die richtigen Sockenpaare zusammenlegen, es sei denn, das Monster im Wäschetrockner frisst sie auf, wie es das scheinbar immer tut. Ich bin genau wie du, Quint. Ich esse auf die gleiche Weise, putze mir auf die gleiche Weise die Zähne, habe auf die gleiche Weise Sex, komme auf die gleiche Weise zum Orgasmus, weine, lächele und werde wütend ... genau wie du.«

»Möchtest du in dieser Woche mit mir Abendessen gehen?«

»Was?« Corrie schüttelte den Kopf. Hatte sie ihn richtig verstanden? Sie hatte ihm gerade erst eine lange Rede gehalten und er bat sie um eine Verabredung?

»Gehst du mit mir Abendessen?« Als Corrie nicht sofort antwortete, fügte er hinzu: »Bitte?«

»Ich weiß nicht ...«

»Seit ich dich heute im Restaurant gesehen habe, fühle ich mich zu dir hingezogen. Ich mag keine Fußabtreter, deshalb war ich beeindruckt, als du dich vor dem Kerl, der mit dir zusammengestoßen ist, selbst verteidigt hast. Jetzt bin ich sogar noch beeindruckter. Du lässt dir von mir nichts gefallen, du beschützt deine Freundinnen mit allem, was du hast, und du hast eine leicht sarkastische Ader. Du bist hübsch, du hast für mich die perfekte Größe, du lässt mich mit meinem idiotischen Mist nicht durchkommen, selbst wenn ich ihn aus mangelndem Wissen und nicht in bösartiger Absicht sage. Nenn mich Masochist, aber mir gefällt die Tatsache, dass du dich vor mir verteidigen kannst. Du hast keine Angst vor mir, und das ist sehr erfrischend, du hast ja keine Ahnung. Ich will mit dir ausgehen und mehr über dich erfahren. Ich will von all den Idioten hören, die du für ihr dummes Verhalten in die Schranken gewiesen hast. Ich will wissen, wie es dir möglich ist, all diese Dinge zu tun, die du mir eben ins Gesicht geschleudert hast. Ich mag dich, Corrie. Bitte, lass mich dich zum Essen einladen.«

»Oh. Ich wäre ein schrecklicher Mensch, wenn ich dein Angebot nach dieser leidenschaftlichen Ansprache ablehnen würde.« Corrie fiel nichts anderes ein, was sie hätte sagen können.

Quint lächelte und war dieses Mal froh, dass sie seine Belustigung nicht sehen konnte. Oh Gott, wie erfrischend sie war. Sie spielte keine Spielchen und er hatte sich noch nie zuvor so sehr zu jemandem hingezogen gefühlt. »Gib mir dein Telefon.«

Corrie bückte sich und griff nach ihrer Handtasche, die sie beim Hinsetzen neben dem Stuhl abgestellt hatte. Dann zog sie ihr Handy aus der Seitentasche, in der sie es immer verstaute. Sie drückte einige Sekunden lang mit dem Daumen auf die Schaltfläche am unteren Bildschirmrand, um es zu entsperren, dann reichte sie es Quint.

Er sagte kein Wort, doch Corrie konnte hören, wie er auf ihrem Telefon herumtippte.

»Ich gehe davon aus, dass du die Sprachfunktion nutzt, um Leute anzurufen?«

»Ja.«

»Okay, ich habe mich einfach unter ›Quint‹ abgespeichert, um es dir einfach zu machen, wenn du mich anrufen willst.«

Corrie spürte, wie ihre innere Bissigkeit zurückkehrte, und scherzte: »Ich werde dich anrufen wollen?«

Sie konnte das Lachen in Quints Stimme hören, als er antwortete: »Das hoffe ich doch sehr.«

Er tippte noch weiter auf dem Telefon herum und sie hörte, wie sein eigenes Handy im Zimmer vibrierte. »Ich hoffe, es macht dir nichts aus, aber ich habe mein Handy angerufen, damit ich auch deine Nummer habe. Ich werde sie später speichern. Hier, dein Telefon.«

Corrie streckte die Hand aus und Quint legte es ihr in die Handfläche. Er schob die andere Hand unter ihre und umschloss sie mit seinen Händen. »Ich mache mir Sorgen um dich, Corrie.«

Sie holte tief Luft. Sie war nicht sicher gewesen, ob er es gut sein lassen würde oder nicht. Anscheinend nicht. Aber es war schon so lange her, seit sich das letzte Mal jemand um sie gesorgt hatte, dass Corrie fast vergessen hatte, wie es sich anfühlte. Sie hatte nicht gelogen. Ihre

Eltern hatten sie zur Selbstständigkeit erzogen und in keiner Weise verhätschelt. Oh, sie liebten sie über alles, aber sie wollten, dass sie unabhängig und in der Lage war, ihr eigenes Leben zu führen. Sie hatten das Beste für sie getan, was ihnen möglich gewesen war, und Corrie war ihnen dafür überaus dankbar. Wären ihre Eltern nicht so großartig gewesen, wäre sie heute nicht dort, wo sie war.

Corrie wusste, dass Emily sich ebenfalls Sorgen um sie machte, aber das war irgendwie etwas anderes, ganz besonders, seit Bethany ihren Sohn zur Welt gebracht hatte. Sie hatten jetzt jemand anderen, um den sie sich sorgten. Ihre erste Sorge galt Ethan und sollte Ethan auch immer gelten.

»Ich komme schon zurecht.«

Quint hatte ihre Hand nicht losgelassen. »Wirst du mich anrufen, wenn dir irgendetwas seltsam vorkommt?«

»Ob ich *dich* anrufen werde? Nein, ich werde den Notruf wählen.«

»Gut, das ist in Ordnung, aber wirst du mich anrufen, wenn du dich unwohl fühlst oder einfach nur jemandem zum Reden brauchst?«

»Ich kenne dich nicht, Quint. Warum sollte ich dich anrufen?«

»Ich kenne dich auch nicht wirklich, aber ich versuche, dich kennenzulernen. Ich kann nichts gegen die Sorge über dich und diese Situation tun, die mir schwer im Magen liegt. Ich stelle mir vor, dass du nichts sehen kannst, in deiner Wohnung sitzt und jemand bei dir einbricht.«

Corrie wurde langsam wieder wütend und versuchte, ihre Hand aus seinem Griff zu ziehen. »Ich habe dir doch gesagt, dass ich nicht hilflos bin.«

»Das *weiß* ich, Herrgott. *Wirklich*. Aber ich kann es nicht abstellen. Mein Bauchgefühl schreit mich an, dass hinter dieser Sache mehr steckt, als wir bisher herausfinden konnten. Es würde mir auch nicht gefallen, wenn du ein eins fünfundneunzig großer Bodybuilder wärst. Ich würde gern behaupten, dass es nichts mit deiner Blindheit zu tun hat, aber wir wissen beide, dass das gelogen wäre. Corrie, ich bin schon sehr lange Polizist. Ich habe gelernt, auf mein Bauchgefühl zu hören. Wenn ich wirklich nicht der Meinung wäre, dass du auf dich selbst aufpassen kannst, würde ich darauf bestehen, dass du in einem Motel oder bei jemandem zu Hause bleibst, an irgendeinem anderen Ort, nur nicht in deiner Wohnung. Aber ich kann sehen, wie selbstständig du bist. Diese Kompetenz dringt dir fast schon aus den Poren. Aber das nagende Gefühl ist trotzdem immer noch da. Deshalb bitte ich dich, ruf mich um Himmels willen an, wenn dir irgendetwas seltsam vorkommt. Ich kann mich darum kümmern, ohne dass es dir peinlich ist. Denn wenn es nichts ist, hattest du nicht das Gefühl, irgendwen belästigt zu haben, in Ordnung?«

Corrie ließ sich seine Worte immer wieder durch

den Kopf gehen. Er hatte recht. Es war eine verzwickte Situation, die ihr ebenfalls nicht gefiel. Er hatte gesagt, er mache sich Sorgen um sie. Das fühlte sich gut an. Und sie mochte ihn. Er hatte sie um eine Verabredung gebeten. Warum zur Hölle wehrte sie sich dagegen?

»Okay.«

»Nur okay? Kein weiterer Kommentar?«

»Ich denke nicht.«

»Gott sei Dank.«

Bei seiner Antwort kicherte sie ein wenig. Endlich ließ Quint ihre Hand los, woraufhin sie sich zur Seite drehte und ihr Handy zurück in das kleine Fach ihrer Handtasche steckte.

»Komm mit, ich habe Dienstschluss. Ich werde dich nach Hause bringen.«

Corrie unterdrückte die automatische Weigerung, die ihr beinahe über die Lippen kam. Ja, sie war unabhängig, aber es war dumm, das Angebot einer Mitfahrgelegenheit auszuschlagen. Warum sollte sie sich nicht von Quint nach Hause bringen lassen? Dann müsste sie nicht Emily anrufen, um sie zu bitten, sie abzuholen, und auch kein Taxi nehmen. Normalerweise machte es ihr nichts aus, sich mit Taxis fortzubewegen, aber nach allem, was passiert war, wusste sie, dass sie sich mit ihm sicherer fühlen würde. Außerdem redete sie sich ein, dass er wissen müsste, wo sie wohnte, wenn sie zustimmte, mit ihm Abendessen zu gehen.

»In Ordnung, ich weiß das zu schätzen.« Sie stand

auf, streckte ihre Hand aus und lächelte bei dem nun bekannten Gefühl von Quints großer Hand, die ihre umschloss. Es war wirklich faszinierend, dass es sich in zweiunddreißig Jahren noch nie so normal für sie angefühlt hatte, sich helfen zu lassen, wie es mit Quint der Fall war. Die einfache Geste des Ergreifens ihrer Hand, anstatt ihre Hand in seine Armbeuge zu legen, wenngleich er keine Ahnung hatte, dass er es »falsch« machte, gab ihr das Gefühl, als hätte sie eine echte Verabredung, anstatt hilflos zu sein. Es gefiel ihr. Sehr sogar.

KAPITEL FÜNF

Ping.

Das laute Geräusch ihres Handys ließ Corrie gefühlte drei Meter zurückspringen. Sie beugte sich zur Seite und drückte auf den Knopf an ihrem Wecker, um sich die Uhrzeit ansagen zu lassen. Die mechanische Stimme verkündete, dass es dreiundzwanzig Uhr dreiundvierzig war.

Wegen allem, was passiert war, hatte sie während der letzten Nächte nicht gut geschlafen und wurde von jedem noch so kleinen Geräusch aufgeschreckt. Sie war extrem hellhörig und hasste es. Selbst die normalen Geräusche in ihrer Wohnung machten ihr jetzt Angst. Die Eismaschine im Kühlschrank, die Eiswürfel produzierte, das Geräusch der Klimaanlage, die sich ein- und ausschaltete, und selbst der Klang der automatischen Stimme ihrer Uhr erschreckte sie.

Bei jedem Geräusch fragte sie sich, ob jemand in ihrer Wohnung war. Mit den Jahren hatte sie sich so sehr daran gewöhnt, dass sie die Geräusche fast schon nicht mehr hörte, aber jetzt war es anders. Corrie hasste es.

Sie drückte einen Knopf am Telefon und hörte der Computerstimme zu, wie sie die SMS vorlas, die sie nur kurz zuvor aufgeweckt hatte.

Quint: Hey. Ich wollte mich nur nach dir erkundigen. Meine Schicht ist gerade zu Ende. Ich hasse die neuen und verbesserten Schichten, die der Polizeichef testet ... die Arbeitszeiten verändern sich ständig. Aber was soll's ... ist mit dir alles okay?

Es war etwas nervig, dass das Programm den Namen der Person, die die SMS geschrieben hatte, jedes Mal vorlas, aber Corrie war noch nicht dazu gekommen, die Aktualisierung herunterzuladen. Seit Quint sie vor einigen Tagen nach Hause gebracht hatte, hatte er ihr in unregelmäßigen Abständen SMS geschickt. Er war in ihre Wohnung gekommen, hatte sie für sie überprüft und dann als »frei von schlimmen Fingern« verkündet. Zu jenem Zeitpunkt hatte sie darüber gelacht, doch sich während der letzten Tage zwischendurch immer mal wieder gewünscht, dass er hier sei, um sie erneut für sie zu überprüfen und ihr einfach Gesellschaft zu leisten.

Sie drückte auf eine Stelle am Bildschirm und sprach in das Telefon, damit das Programm ihre Worte automatisch in einen Text umwandelte. Nachdem sie mit Sprechen fertig war, brauchte sie nur noch »Senden« zu sagen und die SMS würde abgeschickt werden.

Ich bin okay. War bei deiner Schicht alles in Ordnung?

Quint: Wie üblich. Ernsthaft, geht es dir gut?

So gut es mir eben gehen kann. Die Nächte sind am schlimmsten. Ich schwöre, jedes Mal wenn ich höre, wie im Kühlschrank ein Eiswürfel runterfällt, bekomme ich Todesangst.

Es dauerte einige Minuten, bis Quint antwortete, und Corrie setzte sich währenddessen nervös im Bett auf. Mist. Sie wusste, sie hätte die Klappe halten sollen. In der Vergangenheit war sie in ihren Unterhaltungen immer unbeschwert und locker gewesen, weil sie es nicht einmal vor sich selbst eingestehen wollte, dass sie Angst hatte, geschweige denn vor Quint. Sie hatte keine Ahnung, warum sie beschlossen hatte, ihm zu gestehen, wie sie sich heute Nacht tatsächlich fühlte.

Das Ping der eingehenden SMS ließ Corrie erneut zusammenzucken. Mist.

Quint: Ich muss dir etwas gestehen.

Okay.

Quint: Ich bin diese Woche nach meinen Schichten bei dir zu Hause vorbeigefahren, um mich davon zu überzeugen, dass alles in Ordnung aussieht.

Und?

Quint: Das ist alles.

Das ist dein Geständnis? Corrie verstand das Problem nicht.

Quint: Ja.

Okay.

Quint: Okay? Du hast kein Problem damit, dass ich bei dir vorbeifahre?

Nein. Wieso sollte ich? Du bist Polizist, du hast eine Pistole und du bist offensichtlich sehr viel besser ausgestattet, es mit Bösewichten aufzunehmen, als ich es bin.

Quint: Stimmt. Jetzt muss ich dir noch etwas gestehen.

Jetzt lächelte Corrie. Sie vergaß vollkommen, dass sie Angst gehabt hatte, und konzentrierte sich auf die Freude, die sich in ihr darüber ausbreitete, dass Quint sich nach ihr erkundigen wollte.

Noch etwas? Ziehst du abends gern Damenunterwäsche an und stolzierst damit in deiner Wohnung herum?

Quint: Meine Güte, Weib. Nein! Herrgott.

Corrie kicherte und wartete darauf, dass er ihr sein nächstes Geständnis offenbarte.

Quint: Ich befinde mich gerade draußen vor deiner Wohnung. Ich wollte beim Fahren keine SMS schreiben, also habe ich angehalten, um mich nach dir zu erkundigen. Würdest du dich besser fühlen, wenn ich hochkäme, um mich davon zu überzeugen, dass es in deiner Wohnung nichts gibt, wovor du Angst haben musst?

Corrie hatte Schwierigkeiten, ihre Gedanken zu ordnen. Einerseits fand sie es toll, dass Quint an sie gedacht hatte und sich davon überzeugen wollte, dass sie in Sicherheit war. Aber andererseits wollte sie sich nicht auf ihn verlassen. Er würde nicht für immer da sein. Sie wusste, dass es nicht einfach war, eine Beziehung mit ihr zu führen. Sie hatte zahlreiche Freunde gehabt und einer davon war sogar eine Zeit lang bei ihr eingezogen. Aber er war nicht in der Lage gewesen, mit ihren »Marotten« umzugehen, wie er sie genannt hatte.

Es war schwierig, mit jemandem zusammenzuwohnen, der blind war. Die Möbel durften nicht verschoben werden, alles hatte seinen festen Platz. Überall bei ihr zu Hause gab es Unterstützungstechnologie, die ihr dabei half, allein zurechtzukommen. So gut wie alles konnte »sprechen« und ihr letzter fester Freund hatte sich sogar darüber beschwert, dass sie Blindenschrift beherrsche, und sich laut gefragt, was sie über ihn schrieb, das er nicht verstehen konnte.

Selbst nach einer Woche wusste Corrie, dass es ihrem Herzen gefährlich werden konnte, Quint in ihr Leben zu lassen. Er schien die Art Mann zu sein, der bei allem, was er tat, aufs Ganze ging. Wenn er bei ihr »aufs Ganze« ging und dann beschloss, dass sie die Mühe nicht wert war, würde es wehtun. Sehr sogar.

Sie wusste, dass er weiterhin auf ihre Antwort wartete. Sie dachte lange und angestrengt nach. War es unheimlich, dass er draußen war, oder nicht? Corrie dachte darüber nach und entschied dann, dass es zwar ein bisschen seltsam war, aber Quint *war* schließlich

Polizist. Er hatte ihr immer wieder gesagt, dass es ihm nicht gefiel, dass sie allein in ihrer Wohnung blieb, und deshalb entschied sie, dass er ihr nicht nachstellte, sondern sie beschützte. Sie sprach in ihr Telefon und wartete.

Das wäre sehr nett. Danke.

Quint: Ich bin in wenigen Minuten oben. Ich werde zweimal klopfen, eine Pause machen und zwei weitere Male klopfen, damit du weißt, dass ich es bin.

Okay. Ich werde warten.

Corrie legte das Handy auf den Nachttisch, wo sie es immer sorgfältig aufbewahrte. Emily hatte ihr einen dieser Kästen gekauft, in denen normalerweise die Fernbedienung für den Fernseher aufbewahrt wird, um ihr Telefon nachts dort abzulegen. In der Vergangenheit hatte sie ihr Handy zu oft »verloren«, weil sie es zufällig irgendwo hingelegt hatte. Sie hatte gelernt, es immer an die genau gleiche Stelle zu legen, damit sie es finden konnte, wenn sie es brauchte.

Sie griff nach ihrem bequemen Frottee-Bademantel, der über der Rückenlehne ihres Sessels in der Zimmerecke hing, und zog ihn an, dann wickelte sie ihn fest um sich und verknotete den Gürtel. Sie trug nichts Aufreizendes, bloß ein langärmeliges Hemd und Shorts, aber es schien ihr vernünftig, sich zu bedecken. Corrie fuhr sich mit den Händen übers Haar und überlegte, ob sie ein Haargummi holen und es zusammenbinden sollte, entschied sich aber schließlich dagegen. Sie kämmte mit den Fingern hindurch und zuckte mit den Schultern. Was soll's. Es müsste reichen.

Corrie ging durch den Flur zur Wohnzimmertür und dann direkt zur Wohnungstür. Sie musste nicht lange warten. Sie hörte es zweimal klopfen und dann noch zweimal.

»Quint?«, fragte sie durch die geschlossene Tür.

»Ja.«

Corrie gab den Sicherheitscode auf dem Tastenfeld neben der Tür ein, dann drehte sie den Bolzen und entriegelte die Klinke, bevor sie die Tür, mit der Sicherheitskette weiterhin vorgehängt, einen Spaltbreit öffnete.

Sie fragte noch einmal vorsichtig: »Quint?«

»Ja, ich bin es.«

»Okay, warte.« Corrie schloss die Tür, nahm die Sicherheitskette ab und öffnete die Tür dann vollständig.

Sie trat zurück, Quint betrat ihre Wohnung und schloss die Tür hinter sich. Corrie atmete tief durch. Er roch wunderbar. Sie bemerkte, dass er immer noch seine Uniform trug, weil sie einmal das verräterische Knarzen des Ledergürtels hörte, den er um seine Hüften trug. Er roch nach Leder und einer Art Sandelholz-Rasierwasser. Sie nahm ebenfalls einen leicht verschwitzten Geruch wahr. Was auch immer er heute

Abend getan hatte, hatte ihn offensichtlich irgendwann ins Schwitzen gebracht.

Als sie Quints Hand an ihrer Schulter spürte, erschrak sie leicht.

»Du siehst erschöpft aus. Du schläfst wirklich nicht gut, was?«

Corrie zuckte vorsichtig mit den Schultern, weil sie die beruhigende Hand nicht abschütteln wollte. »Ich kann schlafen, wenn ich tot bin«, scherzte sie und nahm an, dass Quint lachen würde. Er tat es nicht.

»Das ist nicht lustig. Ich meine es ernst.«

Corrie seufzte und drehte sich, um ins Wohnzimmer zu gehen, wobei sie innerlich etwas zusammenzuckte, als seine Berührung verschwand. »Ich werde schon wieder, Quint. Du hast recht, ich schlafe derzeit tatsächlich nicht besonders gut, aber irgendwann wird das auch vorbeigehen. Ich habe heute von Detective Algood gehört und er hat gesagt, dass sie bei der Suche nach Shaun Fortschritte machen. Wenn sie ihn erst gefunden haben, wird er der Polizei erzählen, was sie wissen muss, um diesen Kerl zu schnappen, und ich kann endlich wieder volle sieben Stunden pro Nacht schlafen. Ich fände es toll, wenn du dich umsehen und dich davon überzeugen könntest, dass alles in Ordnung und sicher ist. Dann könnte ich sicherlich besser schlafen. Ich werde mich einfach hier aufs Sofa setzen, während du dich umschaust, okay?«

Quint blickte Corrie auf den Rücken, als sie

wegging. Er war frustriert. Er hasste es, dass sie nachts nicht schlief, doch es gab nicht viel, was er dagegen unternehmen konnte. Er hatte keine Ahnung, was an ihr ihn dazu brachte, so viel zu empfinden, aber irgendetwas war da. Etwas, vor dem er nicht davonlaufen konnte.

Er zwang sich dazu, den Blick von Corrie loszureißen und sich umzuschauen. Quint war einmal zuvor bereits in ihrer Wohnung gewesen, als er sie nach Hause gebracht hatte, und genau wie damals war er auch jetzt fasziniert darüber, wie ordentlich alles war. Manche Menschen würden sagen, dass ihre Wohnung anstaltsmäßig aussah, so makellos war sie, aber als er näher hinsah, entdeckte er überall ihre persönliche Note.

Es gab keine Bilder an den Wänden und auch keine Bücherregale. Sie hatte keinen Grund, diese Dinge zu haben, da sie sie nicht sehen konnte. An einer Wand stand ein großer Fernseher. Auf ihrem Couchtisch stand eine Aufbewahrungsbox für Fernbedienungen, in der die kleinen Geräte präzise von längster zu kürzester aufgereiht waren. Sie saß auf einem gemütlich wirkenden Ledersofa, neben dem sich im rechten Winkel ein großer Sessel befand. Der Couchtisch stand auf einem sandfarbenen Läufer vor dem Sofa.

Er richtete seine Aufmerksamkeit auf die Küche und ihm fiel auf, dass auf der Arbeitsfläche keine

Papiere herumlagen, sondern dass sich ein Stapel Briefe in einem Korb befand.

Quint schlenderte dorthin und sah ihn sich an. Es schien, als lägen Briefe von mehreren Tagen in dem Korb. »Wie liest du deine Post?« Er sprach die Frage aus, ohne nachzudenken. Quint zuckte zusammen und hoffte, dass es nicht unsensibel war.

»Emily kommt einmal pro Woche vorbei und sieht sie für mich durch.«

Ihre Antwort war freundlich. Ihm schien, als hätte sie sich durch seine Frage nicht beleidigt gefühlt.

Als könnte sie Gedanken lesen, sagte sie: »Quint, du kannst mich fragen, was immer du willst. Trotz gegenteiliger Beweise bin ich normalerweise schwer zu beleidigen, ganz besonders wenn jemand aufrichtige Fragen über Unterstützungstechnologie stellt.«

»Danke, das werde ich tun. Ich finde alles an dir faszinierend.« Quint fiel auf, dass sie sich nicht in seine Richtung drehte, doch ihm schien, als hätte er eine leichte Röte auf ihren Wangen entdeckt. Er sah sich weiter in ihrer Wohnung um. Auf den ersten Blick wirkten ihre Küchengeräte normal, er wusste allerdings nicht, wie die Geräte in der Küche eines blinden Menschen aussehen würden. Wie die meisten Männer lebte er von Mikrowellengerichten und allen Speisen, die er auf dem Herd und in einem Schmortopf zubereiten konnte. Selbstverständlich konnte er ebenfalls ein saftiges Steak grillen.

Quint schaute sich in Wohnzimmer und Küche um und ging, als er nichts Ungewöhnliches entdeckte, durch den Flur zu den Zimmern. Er öffnete die erste Tür, an der er vorbeikam, und erinnerte sich vom letzten Mal daran, dass es der Wäscheschrank war. Bettwäsche und Handtücher waren ordentlich gestapelt und beeindruckenderweise waren die Handtücher nach Farben sortiert und die Bettwäsche war in Sets zusammengelegt. Er schloss die Tür und ging ins Gästezimmer.

Der Bereich erinnerte ihn an ein Hotelzimmer. Es gab ein Doppelbett und an der gegenüberliegenden Wand stand eine schwarze Kommode, außerdem war da noch ein kleines Fenster mit waldgrünen Vorhängen und weiter nichts. Auch in diesem Zimmer hingen keine Bilder an den Wänden und es gab auch keine zusätzliche Dekoration. Quint hob kurz die Tagesdecke an und schaute unter das Bett. Nichts außer einigen Staubmäusen. Wie aus dem Ei gepellt.

Danach begab er sich in das kleine Gästebad. Der Duschvorhang an der Einzeldusche war zurückgezogen und gab den Blick auf eine vollkommen leere Kabine frei. Waschbecken und Toilette waren weißgrau und der Raum roch frisch, als sei dort erst kürzlich geputzt worden.

Danach machte Quint in Corries Schlafzimmer weiter. Dieser Raum sah zumindest ein wenig bewohnter aus. Corries Bett war zerwühlt und er konnte sehen, dass sie die Decke zurückgeschlagen hatte, als sie aus dem Bett aufgestanden war. Ihr Handy befand sich in einer weiteren Aufbewahrungsbox auf einem kleinen Tisch neben dem Doppelbett. In der Zimmerecke stand ein bequem aussehender Sessel und daneben eine Kommode mit vier Schubladen. Das Fenster war groß und hatte dunkelblaue Vorhänge, die zur Seite gebunden waren. Er schaute unter das Bett und sah erneut, dass es dort ordentlich war. Dieses Mal fand er nicht einmal eine Staubmaus.

Er warf einen Blick in ihr Badezimmer und lächelte. Das war definitiv das Bad einer Frau. Es gab zwei Waschbecken und neben einem von ihnen waren Cremes und Lotionen aufgereiht. In dem Bad gab es sogar ein Kästchen mit Make-up. Er hatte zuvor nicht darüber nachgedacht, aber jetzt, da er Corries persönlichen Raum sah, erinnerte er sich daran, dass sie etwas geschminkt gewesen war, als er sie das letzte Mal gesehen hatte. Irgendwie hatte sie gelernt, das Make-up aufzutragen ... und es stand ihr gut.

Nachdem Quint noch kurz in die Dusche geschaut und sie leer vorgefunden hatte, ging er durch den Flur zurück zu Corrie.

»Alles sauber?«, fragte sie, als er das Zimmer betrat.

»Alles sauber«, bestätigte Quint, als er am anderen Ende des Sofas Patz nahm. Als sie lächelte, fragte er sie, woran sie dachte.

»Jedes Mal wenn du dich bewegst, kann ich deine gesamte Ausrüstung knarzen hören. Ich glaube, angesichts der Geräusche, die dein Zeug bei Bewegung von sich gibt, wüsste ich sofort, ob ich mich mit einem Polizisten in demselben Raum aufhalte.«

Durch ihre Worte wurde Quint bewusst, wie aufmerksam Corrie tatsächlich war. Es faszinierte ihn. »Was noch?«

»Was meinst du mit: ›Was noch?‹?«

»Was kannst du mir anhand der Geräusche noch über mich erzählen?«

»Ist das ein Test?«

»Nein, ich bin bloß neugierig. Nein, das stimmt nicht ganz. Es fasziniert mich. *Du* faszinierst mich. Ich habe großen Respekt vor dir, Corrie.«

Ihre Wangen färbten sich rosa und sie biss sich auf die Lippe, während sie über seine Frage nachdachte, als hätte noch niemand zuvor sich überhaupt die Zeit genommen, sie auf diese Weise kennenzulernen. Schließlich antwortete sie: »Schauen wir mal ... ich kann dein Shampoo riechen, zumindest glaube ich, dass es dein Shampoo ist. Es ist ganz schwach, aber riecht es nach Sandelholz?«

»Du bist gut. Sprich weiter.«

»Und du hast kürzlich ein Pfefferminzbonbon gegessen.«

»Stimmt, unmittelbar bevor ich hochgekommen bin.«

Corrie nickte, als hätte sie von Anfang an gewusst, dass sie recht hatte. »Und ich rieche, dass du geschwitzt hast. Es ist nicht schlimm, aber du musst heute Abend etwas getan haben, bei dem du Energie aufgewendet hast.«

Quint rutschte zur Seite, um näher bei Corrie zu sitzen, und ergriff den Zipfel ihres Bademantels, der auf dem Polster neben ihm lag. »Ich hatte es mit einem Betrunkenen zu tun, der sich der Verhaftung widersetzt hat. Ich musste ihn überwältigen.« Quint sprach die Worte unbeschwert aus, doch Corrie haute ihn um. Ernsthaft, sie war einfach großartig.

»Tut mir leid, dass meine Wohnung nicht besonders schick ist.«

»Was?« Quint hatte nicht richtig zugehört. Er hatte auf seine Finger geschaut, mit denen er mit dem Zipfel ihres gemütlich aussehenden Bademantels spielte.

»Meine Wohnung. Ich habe keine Dekoration oder irgendwelchen Schnickschnack. Es macht keinen Sinn.«

»Schon in Ordnung, Corrie. Warum würdest du diesen Mist haben wollen, wenn du ihn nicht sehen kannst?«

»Emily sagt mir ständig, dass sie mir gern helfen würde, sie zu verschönern. Obwohl ich das Zeug nicht sehen kann, denkt sie anscheinend trotzdem, dass ich dadurch aufgeschlossener oder weniger langweilig wirken würde.«

Quint spürte, wie er mit den Zähnen knirschte. »Du bist nicht langweilig, ganz und gar nicht. Und du bist sehr aufgeschlossen, Corrie. Du bist so aufgeschlossen, dass ich mich sehr zusammenreißen muss, um mich anständig zu benehmen.«

Sie drehte den Kopf in seine Richtung. Quint musste sich erneut daran erinnern, dass sie ihn nicht sehen konnte. Manchmal hatte es den Anschein, als würde sie ihm direkt in die Seele blicken. Ihr Bademantel war am Oberkörper etwas geöffnet und er konnte darunter ihr rosafarbenes Schlafanzugoberteil sehen. Es war aus Baumwolle, aber aus irgendeinem Grund sah es an ihr sehr verlockend aus. Es war nicht so tief ausgeschnitten, dass ihr Dekolleté zu sehen war, aber er konnte erkennen, dass ihre Brustwarzen unter ihrem Oberteil hart waren und aufrecht standen.

»Oh.« Sie sprach das Wort gehaucht und unsicher aus.

»Los, Süße. Du musst zurück ins Bett. Du bist erschöpft, ich bin müde, es war ein langer Tag. Komm mit, schließ die Tür hinter mir ab und schalte die Alarmanlage ein, sobald ich gegangen bin.« Quint wusste, wenn er ihre Wohnung nicht verließe, würde er etwas tun, das er vielleicht bereuen könnte. Er fühlte sich, als sei er noch einmal siebzehn, da er beim Anblick ihrer steifen Brustwarzen eine Erektion bekam. Es war definitiv Zeit zu gehen.

Die beiden gingen zu ihrer Wohnungstür, die

Quint öffnete, sich dann aber zu Corrie umdrehte. Sie schaute erwartungsvoll zu ihm auf. Es wirkte sogar, als würde sie den Atem anhalten.

»Corrie –«

»Wirst du mich küssen? Ich frage nur deshalb, weil ich keine nonverbalen Hinweise sehen kann, die du mir eventuell gibst, und ganz ehrlich fände ich es schade, wenn ich es verpassen würde oder du mein Verhalten falsch interpretieren würdest, falls ich darauf nicht reagiere, weil ich dich nicht sehen kann.«

Quint lächelte. Sie war so verdammt süß. Er fand es toll, dass sie mutig genug war zu fragen, obwohl sie rot wurde, als sie es tat. »Nein.« Er fuhr mit dem Finger über die Runzeln auf ihrer Stirn. »Ich möchte warten, bis ich dich nach unserer Verabredung zu deiner Tür bringe. Es liegt nicht daran, dass ich es jetzt nicht tun will, aber ich will dich als deine Verabredung küssen, nicht als der Polizist, der gekommen ist, um nach dir zu sehen.«

»Aber du bist dieselbe Person«, widersprach Corrie, hob die Hand und legte sie sanft an seine Brust.

Wegen der Schutzweste, die er unter seinem Hemd trug, spürte Quint ihre Berührung nicht, aber er stellte sich vor, wie ihre Finger sich an seinem Körper anfühlen würden, und das ließ ihn beinahe umschwenken. Erleichtert darüber, dass es ihr trotz allem, was sie durchgemacht hatte, auf irgendeine

Weise möglich war, ihn zu sehen, sein wahres Ich, schloss er kurz die Augen.

»Es freut mich, dass du das denkst, Süße. Und jetzt mach die Tür hinter mir zu und schließe ab. Wir sehen uns dann in zwei Tagen, ja?«

Corrie nickte. »Ja.«

Quint beugte sich nach vorn und gab Corrie einen Kuss auf die Stirn, dann lehnte er sich weit genug zurück, dass ihre Hand von seiner Brust rutschte. »Gute Nacht, Corrie. Wir sprechen uns.«

»Gute Nacht, Quint. Danke, dass du meine Wohnung für mich überprüft hast.«

Quint blieb vor ihrer Tür stehen, bis er das Klicken des Bolzens und das Geräusch der Metallkette hörte, die eingehängt wurde. Er hoffte, dass sie heute Nacht nun etwas schlafen konnte. So wie sie ausgesehen hatte, konnte sie es gebrauchen.

Er flog praktisch die Treppe hinunter und lief zu seinem Streifenwagen. Er konnte nicht glauben, wie aufgeregt er über seine Verabredung mit ihr war. Es war fast schon pathetisch.

Sein Telefon gab einen Ton von sich und informierte ihn über eine SMS, als er seinen Wagen aufschloss und einstieg. Als er auf sein Handy schaute, lächelte er über Corries SMS.

Nur damit du es weißt, ich will sowohl den Polizisten als auch meine Verabredung küssen. Sorge dafür, dass es passiert, okay?

Quint lächelte, als er seine Antwort tippte.

Verlass dich drauf. Bis bald. Ich schreibe dir eine SMS mit den Details.

Quint sah sich um, als er vom Parkplatz fuhr, und entdeckte nichts Ungewöhnliches.

Ein Mann, der eine Zigarette rauchte, sah zu, wie der Streifenwagen den Parkplatz verließ. Dann schaute er hinauf zu der Wohnung im ersten Stock, die er seit einer Woche beobachtete. Die Zeit war gekommen, um ihr eine weitere Warnung zu geben. Wenn sie die ersten beiden ignorieren wollte ... so sei es.

KAPITEL SECHS

»Bist du dir sicher, dass ich okay aussehe?«, wollte Corrie zum scheinbar hundertsten Mal von Emily wissen.

»*Ja!* Du siehst toll aus!«, antwortete Emily begeistert.

Corrie rieb sich mit den Händen über die Oberschenkel und versuchte, sich keine Sorgen zu machen, aber es war unmöglich. Sie hatte Emily gebeten, zu ihr zu kommen, um ihr beim Anziehen zu helfen. Zum ersten Mal seit Langem wollte sie für eine Verabredung so gut wie möglich aussehen. Irgendwie war es dumm, weil Quint sie bereits »normal« gesehen hatte, aber für ihn wollte sie sich aufhübschen und ihn so wissen lassen, dass diese Verabredung ihr wichtig war.

Emily hatte geholfen, ihr Outfit auszusuchen. Corrie trug Jeans – selbstverständlich, denn außerhalb der Arbeit trug sie nur selten etwas anderes. Sie hatte sie mit einem rosafarbenen, ärmellosen Oberteil kombiniert. Emily hatte sie geschminkt, da Corrie tatsächlich nur Rouge, Wimperntusche und Lippenstift auftragen konnte. Sie spürte, wenn das Bürstchen der Mascara ihre Wimpern berührte, und sich die Lippen anzumalen war einfach. Um das Rouge zu verteilen, benutzte sie einen Pinsel und zählte die Striche, um nicht zu viel zu benutzen, von Grundierung hatte sie jedoch bisher die Finger gelassen, weil es in einer Katastrophe enden konnte, da sie nicht sah, wie viel zu viel war.

In den Ohren trug sie goldene Creolen und außerdem ein Bettelarmband mit einigen der Anhänger, die Emily ihr im Laufe der Jahre geschenkt hatte. Corrie wusste, sie würde sich besser fühlen, etwas zu tragen, das ihre beste Freundin ihr gegeben hatte, wenn sie nervös wurde.

Komplettiert wurde ihr Outfit durch ein Paar niedliche Cowboystiefel. Corrie war der Meinung gewesen, dass sie vermutlich albern aussahen, und hatte Sandalen anziehen wollen, aber Emily hatte sie überzeugt, dass sie toll zu ihr passten.

»Warum bin ich so nervös, Em?«

»Weil du ihn magst.«

»Schon, aber ...«

»Cor, du *magst* ihn. Nach dem zu urteilen, was du mir diese Woche erzählt hast, ist er ein toller Kerl. Er war hier und hat gesehen, wie kahl alles ist. Entspann dich. Er mag dich. Lass dich einfach darauf ein.«

»Was, wenn ich mein Glas umstoße? Oder mich mit Essen bekleckere oder –«

»Meine Güte, Corrie. Beruhige dich. Er weiß, dass du blind bist. Ich denke, es wird ihm nichts ausmachen. Atme tief durch.«

»Du hast recht. Hast du dich auch so gefühlt, als du das erste Mal mit Bethany ausgegangen bist?«

»Nein. Tatsächlich habe ich sie für eine Ziege gehalten. Du kennst die Geschichte ... wir haben uns beim Christopher Street Day in Austin getroffen und ihre damalige Freundin hat schlecht über mich geredet. Ich dachte, Bethany sei ihrer Meinung, und war sauer. Aber später hat sie sich noch einmal mit mir getroffen und mir erzählt, dass sie keine Ahnung hatte, was für ein Miststück ihre Freundin sei und dass sie mit ihr Schluss gemacht hätte. Wir haben den Rest des Wochenendes miteinander verbracht und festgestellt, dass es zwischen uns gefunkt hat. Der Rest ist Geschichte.«

Corrie umarmte ihre Freundin. »Ich freue mich so sehr für euch. Bethany und du, ihr seid wirklich ein tolles Paar. Ich weiß, dass du dir Sorgen gemacht hast, weil du zehn Jahre älter bist als sie, aber ich bin froh, dass ihr das überwunden habt. Ihr seid perfekt füreinander.«

Emily erwiderte ihre Umarmung. »Ich weiß, du

erzählst es mir so gut wie jedes Mal, wenn wir uns treffen.«

Beide lachten. »Los, Cor. Lass uns deine Post durchsehen, bevor Quint kommt. Tut mir leid, dass ich vorher keine Zeit hatte, um vorbeizukommen und dir damit zu helfen.«

»Keine große Sache. Ich werde mein Scheckbuch holen, dann können wir uns gleich um die Rechnungen kümmern, die nicht per Bankeinzug bezahlt werden.«

Corrie nahm eine leichte Jacke von einem Haken in ihrem Schrank und folgte Emily in die Küche. Sie setzte sich auf einen der Stühle und wartete, während Emily die Umschläge durchsah.

»Abfall, Abfall, Werbung – oooh, das sieht interessant aus!«

»Was ist das?«

Emily lachte. »Ein Prospekt für Sexspielzeug.«

Corrie schüttelte über ihre Freundin den Kopf. »Ist doch egal, komm schon, beeil dich.«

»Hast du es eilig, Cor?«

»Wie spät ist es überhaupt?«

»Du hast noch etwas Zeit, bevor er hier eintreffen sollte. Entspann dich. Okay, schauen wir mal ... Benachrichtigung über automatische Zahlung der Handyrechnung, das Gleiche für Strom und Kabelanschluss ... wann wirst du deinen Kabelanschluss kündigen? Ernsthaft, du siehst nie fern, das ist Geldverschwendung.«

»Manchmal habe ich es gern als Geräuschkulisse im Hintergrund.«

»Oh ... was ist das?«

»Was?«

»Es ist ein Brief.«

»Was du nicht sagst, Emily. Das sind alles Briefe.«

»Nein, ich meine, es ist ein persönlicher Brief. Normalerweise bekommst du von Menschen keine Briefe.«

Corrie nahm es ihr nicht übel. Emily hatte recht. Niemand, der sie kannte, würde ihr einen Brief schreiben, und nur wenige ihrer Freunde beherrschten Braille, doch keiner war gut genug, um ihr in dieser Sprache einen ganzen Brief zu schreiben. Sie setzten sich an den Computer, wenn sie mit ihr kommunizieren wollten. »Von wem ist er?«

»Ich weiß nicht, es steht kein Absender drauf.«

»Okay, könntest du ihn dann bitte endlich öffnen?«

Sie hörte, wie Emily den Brief aufriss, und dann war es still, als sie ihn las.

»Oh mein Gott.«

Corrie hatte ihre Freundin noch nie in diesem Tonfall sprechen hören. »Was? Was ist los?« Corrie spürte Emilys Hand an ihrem Ellbogen, mit der sie sie vorsichtig vom Stuhl herunterzog und aus der Küche führte. »Was? Emily, du machst mir Angst.«

»Quint wird schon bald hier sein, lass uns hier draußen warten.«

»Emily Brooks, du sagst mir jetzt sofort, was los ist.« Corrie stemmte sich ihrer Freundin entgegen und weigerte sich weiterzugehen.

»Es ist ein Drohbrief.«

»Ein Drohbrief? Was steht drin?«

Bevor Emily antworten konnte, klopfte es zweimal an der Tür, dann folgte eine Pause und dann wurde zwei weitere Male geklopft.

»Das ist Quint«, sagte Corrie leise. »Das ist sein spezielles Klopfsignal, um mich wissen zu lassen, dass er es ist.« Sie ging zur Tür und ging das gleiche Prozedere durch wie neulich Abend, um seine Identität zu bestätigen. Es war besser, auf Nummer sicher zu gehen. Als Quint bestätigte, dass er es war, öffnete Corrie die Tür.

»Hey, du siehst sehr hübsch aus.«

»Danke.« Ihre Stimme war ehrfürchtig, als sie zu ihm sagte: »Du riechst göttlich.«

Er lachte leise. »Ist das deine Art, mir zu sagen, dass ich gut aussehe?«

»Ja, Gerüche sind aus offensichtlichen Gründen eine große Sache für mich.« Als Corrie ein Räuspern hinter sich hörte, sagte sie: »Oh, tut mir leid. Das ist Emily«, und gestikulierte dorthin, wo sie ihre Freundin stehen gelassen hatte.

»Hi, Emily, es freut mich, dich kennenzulernen. Corrie hat mir sehr viel von dir erzählt.«

»Hi. Äh, Corrie, wir müssen es ihm sagen.«

»Was müsst ihr mir sagen?«

»Ich denke nicht –«

Emily unterbrach sie. »Sie hat einen Drohbrief erhalten.«

Corrie glaubte, tatsächlich spüren zu können, wie die Luft sich um sie herum veränderte. Sie hatte diese Sache nicht jetzt zur Sprache bringen wollen. Sie wollte ihre Verabredung wahrnehmen und einen Abend lang den ganzen beängstigenden Mist hinter sich lassen.

Sie seufzte, denn sie wusste, dass es dafür nun zu spät war. Verdammt.

»Zeig ihn mir.« Quints Worte waren kurz und nachdrücklich.

Alle gingen zurück in die Küche. Corrie konnte hören, wie Quint zur Arbeitsplatte ging, an der sie ihre Post durchgesehen hatten.

»Ich habe ihn sofort fallen gelassen, als mir klar wurde, worum es sich handelt. Er lag auf dem Stapel ziemlich weit unten, deshalb schätze ich, dass er zu Beginn der Woche angekommen ist. Es war mir seit etwa sieben Tagen nicht möglich gewesen, herzukommen und Corrie zu helfen. Es tut mir so leid, ich hätte früher herkommen sollen. Ich –«

»Du trägst daran keine Schuld, Emily. Mach dir

keine Vorwürfe. Ich war neulich Abend hier. Ich hätte die Post zumindest durchsehen sollen.«

»Hört auf, alle beide«, sagte Corrie bestimmt. »Der einzig Schuldige ist der Idiot, der den Brief geschickt hat. Und Quint, ich wäre nicht erfreut gewesen, wenn du in meiner Post herumgeschnüffelt hättest.«

Corrie konnte die Belustigung in Quints Stimme vernehmen, als er Emily fragte: »Kommt es jemals vor, dass sie flucht?«

»Nein. Und das ist unfassbar nervig. Ich sage ihr ständig, dass Ethan noch zu jung ist, um schlimme Worte aufzuschnappen, aber sie weigert sich trotzdem, Kraftausdrücke zu benutzen, wenn sie sauer ist.«

»Also gut, ihr zwei. Hört auf. Quint, was soll ich mit dem Brief machen?«

»Du brauchst damit gar nichts zu machen. Ich werde mich darum kümmern. Kannst du mir ein paar Minuten geben, damit ich meinen Freund Dax anrufen und ihm erzählen kann, was passiert ist?«

»Äh, Dax ... das ist nicht der Kerl, der im Restaurant war, oder?«

»Nein, das war Cruz. Dax ist bei den Texas Rangers.«

»Aber ich dachte, die Polizei ermittelt in dem Fall.«

»Das tut sie auch, aber wir ziehen die Rangers hinzu, wenn wir bei den Ermittlungen Hilfe benötigen. Wegen der Art des Falls, mit dem wir es zu tun haben, und der Tatsache, dass wir Shaun bislang noch nicht finden konnten, hat Matt ... äh ... Detective Algood die Rangers um Unterstützung gebeten.«

»Oh, okay. Ich denke, wir müssen es sowieso auf ein anderes Mal verschieben.«

Corrie hörte, wie Quint einen Schritt auf sie zutrat, dann spürte sie seine Hände auf ihren Schultern. Sie schaute dorthin auf, wo sie sein Gesicht vermutete.

»Das hier wird unserer Verabredung kein Ende setzen, Corrie. Sobald ich mich um diese Sache gekümmert habe, gehen wir aus«, sagte er mit ernster Stimme. »Ich habe dir gesagt, dass ich dich ausführen möchte, also werde ich auch genau das tun.«

»Okay, aber nur, damit du es weißt, wenn es zu spät wird, habe ich nichts dagegen, es auf einen anderen Tag zu verlegen.«

»Es wird nicht sehr lange dauern, versprochen.« Er gab ihr einen Kuss auf die Stirn, dann trat er zurück und nahm die Hand von ihrer Schulter. »Emily, ich weiß, wir haben uns gerade erst kennengelernt, aber darf ich dich um einen großen Gefallen bitten?«

»Selbstverständlich.«

»Wenn Dax hier eingetroffen ist, kannst du bleiben, bis er fertig ist? Ich möchte mit meinem Mädchen ausgehen.«

»Natürlich, kein Problem.«

»Emily«, protestierte Corrie, »musst du nicht nach Hause zu Bethany und Ethan?«

»Nein, sie kommen schon zurecht. Du hast dich die

ganze Woche auf diese Verabredung gefreut. Das ist schon in Ordnung.«

Peinlich berührt stöhnte Corrie auf. Bitte Gott, sorge dafür, dass der Boden sich öffnet und sie verschluckt. Sie hörte, wie Quint leise lachte, und wusste, dass sie rot wurde.

Sie spürte seinen Atem an ihrer Wange und dann an ihrem Ohr, als er sich zu ihr beugte und so leise flüsterte, dass nur sie es hören konnte: »Es braucht dir nicht peinlich zu sein. Ich habe mich auch die ganze Woche darauf gefreut, mit dir auszugehen.«

Dann trat er zurück und Corrie hörte, wie er auf die andere Seite der Küche ging.

»Heilige Scheiße, liebe Freundin. Was du derzeit durchmachst, tut mir mehr leid, als ich mit Worten ausdrücken kann, aber wow. Da hast du dir ein echtes Prachtexemplar von einem Mann geangelt«, flüsterte Emily.

»Wirklich?« Corrie drehte Quint den Rücken zu und sprach so leise, dass er ihr Gespräch nicht hören konnte.

»Wirklich. Wenn ich Bethany nicht lieben würde, würde ich mit dir vielleicht sogar um ihn kämpfen.«

»Schon klar, du liebst sie so abgöttisch, dass du niemand anderen angucken würdest, selbst *wenn* du auf Männer ständest. Kannst du ihn mir beschreiben?«

Emily zögerte keine Sekunde, da sie es im Lauf der Jahre sehr häufig für ihre Freundin getan hatte. »Er ist größer als du und hat dunkles Haar. Es ist leicht gewellt und ich bin mir sicher, dass es vermutlich in alle Richtungen absteht, wenn er mit der Hand hindurchfährt. Sein dunkles und dein blondes Haar sehen toll zusammen aus. Ich habe noch niemanden gesehen, der so muskulös ist wie er – außer im Fernsehen –, und er hat irgendwelche krassen Tätowierungen, die unter dem rechten Ärmel seines Hemdes herausschauen.« Emily kam zum Ende. »Er hat hochstehende Wangenknochen und einen kantigen Kiefer. Braune Augen, volle Lippen, soweit ich sehen kann keine Piercings. Kurz gesagt: Ich spiele zwar für die andere Mannschaft, aber ich sage dir, er ist verdammt *scharf*.«

Corrie kicherte und schüttelte über ihre Freundin den Kopf. Sie konnte nichts dafür, aber sie freute sich, dass Quint gut aussah. Sie gab nicht besonders viel auf das Aussehen von jemandem, denn ehrlich gesagt gab es sehr viele andere Faktoren, die ihr weitaus wichtiger waren, angesichts der Tatsache, dass sie ihn nicht einmal sehen konnte, um wertschätzen zu können, wie er aussah. Aber selbst ohne ihre Sehfähigkeit konnte sie sich problemlos vorstellen, wie gut aussehend Quint war. Emilys Beschreibung passte haargenau zu seiner Stimme. Sie versuchte, es herunterzuspielen. »Schon klar.« Corries Stimme wurde aufrichtig. »Danke, dass du für mich da bist, Em. Ernsthaft. Ich liebe dich.«

»Gern geschehen. Wir sind *füreinander* da. Immer. Vergiss das niemals. Was immer du brauchst, wann immer du es brauchst.«

»Komm her.« Corrie streckte die Arme aus und lächelte, als Emily ihre um sie schlang. Sie umarmten sich und hielten sich fest, bis Quint wieder durch die Küche zu ihnen kam. »Ist mit euch alles in Ordnung?«

Corrie löste sich lächelnd von Emily. »Ja, alles okay.«

»Alles klar. Emily, Dax sollte relativ schnell hier sein. Er war bereits unterwegs und dabei, seine Untersuchungen abzuschließen. Er sagte, er würde hier vorbeikommen und den Brief abholen. Ich weiß, dass du es weißt, aber fass den Umschlag nicht noch einmal an. Du wirst wahrscheinlich zur Wache kommen müssen, damit wir deine Fingerabdrücke nehmen können, um sie auszuschließen, wenn wir das Schreiben untersuchen.«

»Kein Problem.«

»Oh, aber Em, was ist mit deinem Haftbefehl in New York?« Corries Stimme war ernst und dringlich, und sie wartete einen Moment, bevor sie das Lächeln zuließ, das sie zurückgehalten hatte.

Emily brach in lautes Gelächter aus und presste hervor: »Oh mein Gott, Cor, du hättest sein Gesicht sehen sollen.«

Corrie lachte zusammen mit ihrer Freundin. Es fühlte sich gut an, Quint aufzuziehen. Emily und sie veräppelten die Leute ständig. Corrie wusste, sie sollte wegen des Briefes und der Drohung, die er offensichtlich beinhaltete, vermutlich durchdrehen, aber sie konnte dazu einfach nicht die Kraft aufbringen. Ihre Gedanken wurden derzeit von ihrer bevorstehenden Verabredung mit Quint beherrscht. Sie würde wegen des Briefes wahrscheinlich später am Abend ausflippen, aber für den Moment freute sie sich mehr darauf, Zeit mit Quint zu verbringen.

Frustriert, dass sie vermutlich nicht den Luxus hätte, nicht darüber nachzudenken, was darin stand, resignierte sie und dachte darüber nach, ob sie Quint oder Emily bitten konnte, ihn ihr vorzulesen, bevor sie losgingen. Zumindest würde sie auf diesem Weg das Schlimmste hinter sich bringen. Und wenn die Verabredung gut lief, konnte sie vielleicht darüber nachdenken, anstatt sich den Kopf zu zerbrechen, was wohl der Inhalt des dummen Schreibens wäre.

»Dafür wirst du bezahlen, Süße«, drohte Quint ihr scherzhaft und schlang von hinten die Arme um sie.

Corrie lehnte sich an ihn und genoss das Gefühl von ihm an ihrem gesamten Körper. Er war einige Zentimeter größer als sie und weil er weder seine Uniform noch seine kugelsichere Weste trug, konnte sie seine harte Stärke spüren, die so vollkommen anders war als ihre. Sie wagte es nicht, sich vollständig an ihn zu lehnen, weil es für diese Art von Intimität noch zu früh war, aber sie konnte es sich nicht verkneifen, sich zu fragen, ob sie ihn überhaupt erregte.

Um diese Gedanken zu unterbrechen, bevor sie noch intensiver wurden, fragte sie: »Kannst du mir den Brief vorlesen, Quint?«

»Nein.«

Corrie drehte sich um und stemmte die Hände in die Hüften. Diese schnelle und direkte Antwort hatte sie nicht erwartet. »Was? Warum nicht?«

»Du brauchst das nicht zu hören.«

»Das will ich aber. Der Brief war an *mich* adressiert. Und wie soll ich dafür sorgen, dass ich auf mich aufpasse, wenn ich nicht weiß, womit ich es zu tun habe?«

»Erstens brauchst du nicht auf dich aufzupassen ... du hast mich und die Polizei und alle meine Freunde, die hinter dir stehen. Zweitens will *ich* nicht, dass du es hörst.«

Corrie nickte. »Ich weiß, dass du es nicht willst, ich bin selbst nicht begeistert deswegen, aber ich bin keine fünf mehr. Es ist ja nicht so, als würde ich deswegen *noch mehr* schlaflose Nächte haben. Ich schlafe jetzt schon nicht und male mir das Schlimmste aus. In gewisser Weise könnte es sogar helfen, dass ich mich besser fühle, weil ich mir dann sicher wäre, mir das unheimliche Gefühl nicht einzubilden, das mir jeden Abend den Nacken hinaufkriecht. Bitte, Quint.«

Sie hörte, wie er seufzte. »Ich will es zwar nicht ...

aber okay. Bringen wir es hinter uns. Aber sobald Dax hier eintrifft, gehe ich mit dir aus und wir werden für den Rest des Abends nicht mehr darüber sprechen.«

»Danke.«

Quint knirschte mit den Zähnen, als er zurück zur Arbeitsplatte ging, wo der Brief lag. Er war auf einem linierten Blatt Papier geschrieben, das aus einem Notizbuch herausgerissen worden war. Die Buchstaben waren übertrieben und die Schrift offensichtlich verstellt. Der Text war kurz und auf den Punkt. Quint hatte vorhin eine Serviette benutzt, um den Brief umzudrehen, damit er ihn lesen konnte.

Er sah Corrie an. Sie stand aufrecht und sah in keiner Weise besorgt aus, während ihre Freundin Emily furchtbar verängstigt wirkte. Die beiden Frauen hielten sich an den Händen und bei einem weiteren Blick fiel Quint auf, dass Corrie doch nicht so ruhig war, wie sie vielleicht erschien. Sie drückte Emilys Hand so fest, dass ihre Fingerknöchel weiß waren.

Scheiße. Er hasste das. Er konnte es genauso gut hinter sich bringen.

»Darin steht: ›*Wir haben dir gesagt, du sollst schweigen. Das hast du nicht getan. Hoffentlich hast du deine Angelegenheiten in Ordnung gebracht. Du wirst uns nicht kommen sehen.*‹«

»Das ist schon etwas dramatisch, oder?«

»Verdammt noch mal, Corrie. Das ist nicht lustig.«

Quint konnte sehen, wie Corries Laune sich veränderte.

»Ich weiß das. Verflixt, Quinn. Ich saß in diesem Raum zusammengequetscht unter der Spüle und habe mich gefragt, ob ich die nächsten Minuten wohl überleben würde. Ich habe gehört, wie meine Freunde getötet wurden. Ich war *dort*. Ich weiß, dass es nicht lustig ist, ganz egal ob derjenige, der mir den Brief geschickt hat, sich wegen dieser kleinen Spitze über meine Sehbehinderung für lustig hält. Aber ich darf nicht die Nerven verlieren. Wenn ich das tue, haben diese Leute gewonnen. Wer auch immer ›diese Leute‹ sind. Ich muss klug sein und meinen Kopf benutzen. Sie versuchen, mir Angst zu machen, und es funktioniert, aber ich darf es nicht an mich heranlassen. Ich darf einfach nicht.«

Quint hatte sie in die Arme genommen, bevor sie das letzte Wort aussprechen konnte. »Du wirst nicht zulassen, dass sie an dich herankommen. Ich werde nicht zulassen, dass sie an dich herankommen.«

Entfernt hörte er, wie Emily durch die Wohnung ging und offensichtlich versuchte, ihnen Privatsphäre zu geben. Endlich zog er sich zurück und sah Corrie an. Er strich mit einem Daumen unter ihrem Auge entlang. »Trocken. Du weinst wohl nicht sehr schnell, was, Süße?«

Sie schüttelte den Kopf. »Ich ... als Kind habe ich sehr viel geweint. Ich weiß nicht, warum ich es jetzt nicht mehr tue. Es fällt mir schwer, wegen irgendwelcher Sachen traurig zu werden, wo ich doch weiß, wie schlimm das Leben manchmal sein kann. Wenn ich mir den Zeh anstoße, tut es weh, genau wie es schmerzt, wenn ich ein trauriges Lied oder einen sentimentalen Film höre, aber es ist nicht einfach für mich, wegen dieser Dinge zu weinen, wenn sie in meinem Leben offen gesagt nur oberflächlich sind.«

»Ich werde tun, was in meiner Macht steht, damit dir nichts passiert«, sagte Quint und überging ihre Bemerkung, dass sie nicht weinte.

»Okay.«

»Ganz sicher.«

»Können wir später darüber sprechen?«

Corrie hatte die Worte gerade ausgesprochen, da klopfte es an der Tür.

Emily eilte los, um sie zu öffnen, und Quint trat von Corrie zurück.

»Ja, wir werden später darüber sprechen«, versprach er. Er drehte sich um, behielt aber eine Hand an Corries Kreuz. »Komm, das wird mein Kumpel sein. Ich möchte dir Dax vorstellen. Irgendwann werde ich dir die Geschichte erzählen, was ihm und seiner Freundin Mackenzie widerfahren ist.«

Nachdem sie einander vorgestellt worden waren, zog Dax ein Paar Handschuhe an, steckte Brief und Umschlag in einen Plastikbeutel und ging zur Tür, um sich zu verabschieden.

»Das ist alles?«, fragte Corrie ungläubig. »Sie werden keine Fingerabdrücke nehmen oder mir Fragen stellen oder mich sonst irgendwie verhören?«

»Ja, das ist alles. Es sei denn, Sie bewahren irgendwo noch andere Briefe auf oder müssen mir sofort noch irgendetwas Dringendes erzählen.«

»Wollen Sie denn nicht hören, was passiert ist?«

Sein Freund lachte. »Miss Madison, es ist offensichtlich, dass Sie und Quint gerade gehen wollen. Ich habe kein Problem damit, hier zu stehen und den Rest des Abends über den Brief zu sprechen, aber es scheint, als hätten Sie andere Pläne. Mein Kumpel hatte schon *sehr* lange keine Verabredung mehr und ich bin begeistert, dass er jemand so Hübsches wie Sie davon überzeugen konnte, sich mit seiner hässlichen Visage in der Öffentlichkeit zu zeigen.«

Corrie konnte die Zuneigung für seinen Freund in Dax' Stimme hören. Sie lächelte, als er fortfuhr: »Außerdem habe ich den ganzen Tag gearbeitet und würde gern nach Hause zu meiner Freundin Mack fahren. Ich werde mich morgen telefonisch bei Ihnen melden, wenn das einfacher für Sie ist, oder mich mit Detective Algood in Verbindung setzen, wenn Sie lieber mit ihm sprechen möchten. Aber wie dem auch sei, Sie beide sehen zu hübsch aus, um in dieser Wohnung eingesperrt zu sein und über etwas zu sprechen, das niemand von uns derzeit ändern kann. Gehen Sie raus. Amüsieren Sie sich.«

Corrie sah dorthin auf, wo Quint stand. »Ist er immer so?«

»Scheiße, nein. Normalerweise ist er eine Nervensäge und hält sich genau an die Vorschriften. Aber einem geschenkten Gaul werde ich nicht ins Maul schauen. Wenn er sagt, wir sollen von hier verschwinden, braucht er mich nicht zweimal zu bitten.«

»Okay, ich werde schnell meine Jacke und Handtasche holen.«

»Hier bitte, Cor.« Emily stand mit ihren Sachen bereits bereit. »Ich werde mich ebenfalls auf den Weg machen. Das passt großartig. Ich kann nach Hause zu Bethany und unserem Sohn fahren und mit ihnen essen.«

Die vier verließen die Wohnung, Corrie schaltete die Alarmanlage ein und schloss die Tür ab. Sobald sie verriegelt war und Corrie ihren Schlüssel eingesteckt hatte, ergriff Quint ihre Hand und führte sie zum Wagen. Alle gingen gemeinsam hinunter zum Parkplatz. Quint hob das Kinn in Dax' Richtung, der den Gruß erwiderte, bevor er zu seinem Wagen ging und aus der Parklücke fuhr.

»Ruf mich morgen an, Cor. Ich muss wissen, was los ist und was wir als Nächstes tun.«

»*Wir* tun gar nichts, Em. Ich habe dir bereits gesagt, dass ich dich nicht noch weiter in diese Sache involviere, als du es ohnehin schon bist.«

»Aber –«

Dieses Mal war es Quint, der sie unterbrach. »Ich werde mich bei dir melden, Emily. Ich stimme Corrie allerdings zu. Du solltest dich aus der Sache raushalten. Ich werde mich um deine Freundin kümmern.«

»Schwörst du?«

»Ich schwöre.«

»Okay. Dann tu heute Abend nichts, was ich nicht auch tun würde.«

Corrie lachte laut auf. »Ich glaube, das ist kein besonders guter Ratschlag, wenn man bedenkt, wie sehr du Bethany liebst.«

Quint beobachtete lächelnd das Geplänkel zwischen Corrie und Emily. Es war offensichtlich, dass die Frauen sich nahestanden. Und die Tatsache, dass Corrie keine Vorurteile hatte, sorgte nur dafür, dass er sie noch mehr mochte. Jede noch so kleine Information über die Frau, die neben ihm stand und anscheinend zufrieden seine Hand hielt, festigte das warme Gefühl in seinem Bauch, das ihm sagte, sie sei für ihn bestimmt.

Nachdem Emily in ihren Wagen gestiegen und davongefahren war, berührte Quint Corrie mit der Hand wieder am Kreuz. Er spürte, wie sie sich leicht an ihn drängte, und lächelte. »Los, Süße. Es gibt da ein Abendessen, zu dem ich dich ausführen muss.«

KAPITEL SIEBEN

Corrie schloss nervös ihre Tür auf und irgendwie gelang es ihr, während der Prozedur den Schlüssel nicht fallen zu lassen. Sie spürte, wie Quint neben ihr stand. Er hatte eine Hand an ihrer Hüfte und sie konnte fühlen, wie er sie dort mit dem Daumen streichelte, während er geduldig wartete und sie ihre Wohnungstür selbst öffnen ließ.

Es war eins der vierhundertdreiundzwanzigtausend Dinge, die sie im Geiste durchging und die sie an diesem Mann mochte. Hielt er ihre Hand, während er ihr half, sich zurechtzufinden? Haken. Fragte er sie, ob sie Braille las, und bat die Hostess dann, eine Karte in Braille zu bringen? Haken. Nachdem der Kellner die Getränke gebracht hatte, bewegte er ihre Hand, bis sie das Glas berührte, damit sie wusste, wo es war? Haken. Erklärte er ihr ruhig und ohne Aufhebens unter Zuhilfenahme eines imaginären Ziffernblattes, wo auf ihrem Teller sich ihr Essen befand? Haken.

Selbst jetzt hätte er anmaßend sein und um ihren Schlüssel bitten können, um die Tür für sie zu öffnen, aber das tat er nicht. Er verstand es. Er schien wirklich zu kapieren, dass sie nicht hilflos war, weil sie nicht sehen konnte.

Während des Essens hatten sie sich lange darüber unterhalten, wie sie sich fortbewegte und welche Hilfstechnologien sie in ihrem Alltag nutzte. Sie hatte versprochen, ihm einige zu zeigen, wenn sie wieder in ihrer Wohnung waren.

Und jetzt waren sie dort. Corries Herz klopfte wie wild. Er berührte sie schon den ganzen Abend und es machte sie verrückt.

Endlich gelang es ihr, die Tür zu öffnen, und sie tippte den Code der Alarmanlage ein.

»Warte hier, während ich reingehe und mich umsehe.«

Ohne ihr die Möglichkeit zu geben, ihm zu widersprechen, war Quint verschwunden. Wenn Corrie ehrlich zu sich selbst war, war sie froh, dass er hier war. Sie wäre sehr nervös gewesen, allein in ihre Wohnung zurückzukehren, ganz besonders nachdem sie diesen verflixten Brief erhalten hatte.

Innerhalb weniger Minuten war Quint wieder da. »Es ist alles in Ordnung. Lass mich dir die Jacke abnehmen.«

Corrie drehte sich um, ließ die Jacke von ihren Armen gleiten und spürte, wie Quint sie nahm. »Wo kommt sie hin?«

»Was?«

»Wo kommt sie hin?«, wiederholte Quint freundlich.

»Leg sie einfach irgendwo ab.«

»Nein, sag mir, wo sie hingehört. Ich bin kein Idiot, Corrie. Ich kann sehen, dass jeder einzelne Gegenstand in deiner Wohnung seinen festen Platz hat. Wenn ich sie irgendwo ablege, wirst du sie nicht mehr so einfach finden können. Sag mir, wo du sie hintun würdest, wenn du allein nach Hause kämst.«

Verflixt, sie vergaß ständig, wie aufmerksam er war. »In den Schrank in meinem Schlafzimmer. An den dritten Haken auf der rechten Seite, wenn du reingehst.«

»Ich bin sofort zurück.«

Corrie ging in die Küche, als sie hörte, wie Quint durch den Flur in ihr Schlafzimmer ging. Sie kämpfte gegen ein Erröten an, als sie an ihn in diesem Zimmer dachte. Sie hatte gerade die Kaffeekanne an den Rand der Arbeitsplatte gezogen, als er wiederkam.

»Möchtest du Kaffee?«

»Gern, wenn du einen mittrinkst.«

Corrie nickte und streckte die Hand nach dem Wasserhahn aus. Sie hielt die Kanne unter den Wasserstrahl, bis sie fast voll war. Dann drehte sie sich zu der Maschine um, öffnete den oberen Deckel und goss das Wasser hinein. Sie stellte die nun leere Kanne auf die Heizplatte und nahm den winzigen Behälter mit dem alten Kaffeesatz heraus. Nachdem sie den Schrank unter der Spüle geöffnet hatte, warf sie den Kaffeesatz in den Mülleimer.

Als Nächstes drehte Corrie das Wasser wieder auf, hielt den Behälter darunter und spülte die Kaffeesatzreste aus. Dann befestigte sie ihn wieder in der Kaffeemaschine und griff nach der Plastikdose mit dem gemahlenen Kaffee.

»Ich hoffe, Vanille ist in Ordnung?«

»Perfekt.«

Corrie kreischte überrascht auf, als Quints Stimme direkt neben ihr ertönte. »Meine Güte, hast du mich erschreckt! Mir war nicht klar, dass du neben mir stehst.« Sie lachte nervös. »Weißt du, das passiert nicht häufig, denn ich höre immer, wenn Menschen sich mir nähern.«

»Du warst abgelenkt. Und ich muss sagen, es ist absolut faszinierend, dir zuzusehen.«

»Was meinst du?« Corrie wandte sich wieder dem Kaffee zu. Sie nahm einen Löffel, den sie immer in der Plastikdose aufbewahrte, und schöpfte eine große Menge heraus. Es gelang ihr, nicht überrascht zusammenzuzucken, als sie spürte, wie Quint den Arm direkt unter ihren Brüsten um sie schlang. Er hielt sie locker, aber kontrolliert fest. Dieser Gegensatz war unheimlich erregend.

»Du weißt ganz genau, wo alles ist. Du hast die Kanne nicht zu voll gemacht, sondern sie genau bis zur Zehn-Tassen-Markierung aufgefüllt. Du hast nicht gezögert, bevor du das Wasser an der richtigen Stelle in die Kaffeemaschine gegossen hast. Wenn ich es nicht besser wüsste, würde ich denken, du hättest mich die ganze Zeit über nur veräppelt und kannst genauso gut sehen wie ich.«

Corrie versuchte, das riesige Kompliment zu ignorieren, das Quint ihr unbewusst gemacht hatte, doch es gelang ihr nicht. »Danke. Wirklich. Du hast keine Ahnung, was es jemandem wie mir bedeutet, wenn den Menschen klar wird, dass ich nicht sehen kann.« Sie fuhr mit dem Zubereiten des Kaffees fort, war jetzt allerdings etwas gehemmt, da sie wusste, dass Quint sie so aufmerksam beobachtete. Es gelang ihr, drei Löffel des gemahlenen Kaffees in den Behälter zu geben, dann schloss sie den Deckel und schaltete die Maschine an. Kurz darauf hörte sie das Gurgeln des Wassers, das durch die Maschine floss, und der verlockende Geruch von Vanillekaffee stieg in die Luft.

»Zeig mir einige der Hilfstechnologien, die du in der Küche hast«, sagte Quint, als er zurücktrat und ihr etwas Raum gab.

»Ernsthaft?«

»Ja. Alles an dir fasziniert mich.«

Da Corrie nicht wusste, was sie darauf erwidern sollte, beugte sie sich zur Seite und öffnete einen Schrank. Sie zeigte dorthin, wo ihre Messbecher sich befanden. »Ich habe ein Braille-Etikettiergerät. Ich habe alle Messlöffel und Becher mit ihren Größen versehen. Ich brauche sie aber eigentlich nicht mehr sehr häufig, da ich ertasten kann, welcher Becher welche Größe hat.

Meine Salz- und Pfefferstreuer sind mit Brailleschrift versehen, damit ich sie auseinanderhalten kann, ohne kosten zu müssen. Ich habe eine Metallscheibe, die ich in den Topf lege, wenn ich Wasser erhitze. Sie fängt an zu rattern, wenn das Wasser kocht, und dann weiß ich, dass ich nun die Nudeln oder den Reis hineingeben kann. Ich habe sprechende Fleischthermometer. Meine Küchenuhr, wie du sehen kannst, hat erhöhte Knubbel für Minuten, größere Markierungen für fünf Minuten und eine große, erhöhte Linie bei einer Stunde.«

Corrie deutete nach rechts. »Selbst meine Mikrowelle spricht mit mir. Und wie dir schon aufgefallen ist, hat alles seinen Platz, ganz besonders in der Küche. Emily hilft mir, wenn ich Hilfe benötige, aber ich versuche, die meisten Sachen selbst zu machen. Ich bestelle sehr viele Lebensmittel online, damit ich nicht im Supermarkt einkaufen muss, und ich versehe alles mit Etiketten. Es kommt immer mal wieder vor, dass ich eine Dose öffne in dem Glauben, dass Suppe darin ist, und dann etwas ganz anderes vorfinde.« Sie lachte über sich selbst. »Der Kühlschrank ist geordnet, damit ich weiß, was sich darin befindet und wo. Manchmal vergesse ich, dass Lebensmittel ein Mindesthaltbarkeitsdatum haben, aber ich habe gelernt, sicherheitshalber an allem zu riechen, bevor ich es verwende.«

»Habe ich schon gesagt, dass du großartig bist?«

»Äh, ja, aber es ist keine große Sache.«

»Ich hatte unrecht.« Quint ignorierte sie und sprach weiter. »Du bist *verdammt* großartig.«

Corrie kicherte leise. »Tatsächlich bin ich für die meisten Leute auf der extremen Seite von pingelig anzusiedeln.«

»Nein, überhaupt nicht.«

Corrie wurde wieder nüchtern, als sie zu Quint aufsah. Er hatte sie in die Arme genommen, als sie einige Dinge in ihrer Küche erklärt hatte, die ihr dabei halfen, unabhängig zu sein. Er hatte die Hände in ihrem Kreuz verschränkt und drückte sie an sich. Corrie konnte seine festen Oberschenkel an ihren spüren und wenn sie sich nicht irrte, auch seinen steifen Schwanz.

»Mir ist klar, dass ich kein normales Leben führe, Quint. Kein sehender Mensch könnte so leben.«

»Warum nicht?«

»Warum nicht? Deshalb. Sieh es dir doch an. Es ist verrückt. Ich weiß es.«

»Jemand hat dir das gesagt, stimmt's?«

Corrie wartete kurz, bevor sie zustimmend nickte.

»Komm mit.« Quint ergriff ihre Hand und ging mit ihr zum Sofa. Corrie hatte in dem Augenblick nicht den Mut, ihm zu sagen, dass er sie nicht zu ihrem eigenen Sofa bringen musste, da sie wusste, wo es war, aber sie genoss das Gefühl von ihrer Hand in seiner. Er führte sie zum Sofa, dann setzte er sich. Corrie stand unbehaglich einen Moment lang herum, bevor er sie neben sich nach unten zog. Er kuschelte sie an seine Seite, als würden die beiden ständig so sitzen.

Corrie spürte seinen Herzschlag unter ihrer Hand. Sie widerstand dem Drang, ihn zu erkunden. Sie hatte diesen Mann noch nicht »gesehen«, es hatte noch nicht den richtigen Zeitpunkt gegeben, ihn zu fragen, ob sie ihn mit den Händen abtasten durfte, um herauszufinden, wie er aussah. Aber jetzt ... schien es so weit zu sein. Bevor sie allerdings fragen konnte, ergriff er das Wort.

»Erzähl es mir.«

»Was soll ich dir erzählen?« Corrie war verwirrt. Wovon sprach er?

»Erzähl mir von dem Arschloch, das dir gesagt hat, er könne so nicht leben.«

Corrie erstarrte. Woher wusste er, dass es ein *Mann*

gewesen war, der das zu ihr gesagt hatte? Als sie ihm zugestimmt hatte, war sie davon ausgegangen, er würde denken, dass es ihre Eltern oder eine Freundin waren, die diese Andeutung gemacht hatten. Sie seufzte leise. Quints verflixte Beobachtungsgabe. Weil sie nicht wusste, wo sie anfangen sollte, schwieg sie einen Moment lang.

»Erzähl schon. Ich beiße nicht.«

»Das weiß ich. Ich überlege nur, wo ich bei dieser Jammergeschichte anfangen soll.« Ihr Tonfall war fast ein wenig höhnisch.

Quint lachte. »Ich liebe es, wenn du so bist. Also dann, lass dir Zeit.«

Corrie schüttelte über den verrückten Mann, der sie derzeit in den Armen hielt, den Kopf. Sie spürte einen seiner Arme hinter ihrem Rücken, seine Hand ruhte an ihrer Hüfte. Mit der anderen Hand bedeckte er ihre eigene, die auf seiner Brust lag. Mit dem Daumen streichelte er über ihren Handrücken. Er roch so verdammt gut, dass Corrie am liebsten ihr Gesicht an seinem Hals vergraben hätte und nie wieder zum Luftholen aufgetaucht wäre, doch er hatte ihr eine Frage gestellt. Sie wollte es ihm erzählen und ihm zu verstehen geben, wie es war, mit einem blinden Menschen zusammenzuleben. Nun, zumindest wie es war, mit *ihr* zusammenzuleben. Sie nahm an, dass jeder Mensch anders war. Andere Leute waren vielleicht nicht so peinlich genau wie sie. Sie wusste es nicht. Sie wusste nur, dass sie wollte, dass die beiden fortsetzten, was auch immer sie gerade taten. Sie hatte sich noch niemals zuvor so schnell so wohl mit jemandem gefühlt.

Corrie atmete tief durch und begann. Je schneller sie es ihm erzählte, desto schneller wäre es vorbei. »Ich war einige Monate mit Ian zusammen. Wir haben uns toll verstanden. Er war aufmerksam, aber nicht erdrückend. Wir haben fast jeden Abend Karten gespielt –«

»Wie spielst du Karten?«

»Lässt du mich die Geschichte erzählen oder nicht?«

»Ja, nachdem du mir erklärt hast, wie du Karten spielst.«

Corrie hob den Kopf und blickte dorthin, wo seine Stimme herkam. »Du bist ein bisschen nervig, weißt du das?«

»Ja, meine Freunde sagen das auch. Karten?«

»Und hartnäckig«, brummte Corrie, gab aber lächelnd nach. »Ich habe im Internet einige spezielle Kartenspiele bestellt. Sie sind mit Blindenschrift und normalem Druck versehen, sodass ich mit einem sehenden Menschen problemlos spielen kann. Sie sind aus Plastik, wasserabweisend und wirklich super. Es ist nicht so, als würde ich unter der Dusche Karten spielen oder so, ich dachte nur, dass es hübsch wäre, Karten zu haben, die nicht kaputt gehen, wenn sie nass werden.«

»Hm, ich wusste nicht, dass irgendetwas davon existiert. Strip-Poker im Regen ... wer hätte das gedacht. Okay, erzähl weiter. Ian«, sprach Quint höhnisch seinen Namen aus, »war aufmerksam, aber nicht erdrückend.«

Corrie ignorierte die offensichtliche Verachtung in Quints Stimme und fuhr mit ihrer Geschichte fort. »Ja, wie ich bereits sagte, wir haben uns gut verstanden. Ich dachte, er würde mich lieben. Ich dachte, ich würde ihn lieben. Er hat mich gefragt, ob ich bei ihm einziehen wolle. Ich habe ihm gesagt, dass ich das nicht könne, weil ich mich in meiner Wohnung zu wohl fühlte, ihm aber gesagt, dass ich nichts dagegen hätte, wenn er bei mir einzöge. Er stimmte zu, er zog ein und wohnte etwa zwei Wochen bei mir, bevor er wieder ging. Nachdem er ausgezogen war, haben wir versucht zusammenzubleiben, aber es war nicht mehr das Gleiche. Er gestand mir, er hätte keine Ahnung gehabt, dass das Zusammenleben mit einem blinden Menschen so ›anstrengend‹ sei, wie er es genannt hatte, wenn ich mich richtig erinnere.«

»Anstrengend? Was zur Hölle soll das heißen?«

»Ich glaube, er hat das gemeint, was ich dir gezeigt habe. Alles hat seinen Platz. Ganz besonders die Küche hat ihn verrückt gemacht. Er hat mir einmal erzählt, dass sie ihn an den Film mit Julia Roberts erinnert, in dem sie von einem durchgeknallten Ex-Freund gestalkt wird ... *Der Feind in meinem Bett*. Er hat es gehasst, dass alle meine Lebensmittel präzise aufgereiht waren und ich nach dem Einkaufen mindestens eine Stunde damit verbringe, alles zu etikettieren. Er hat seine Schuhe mitten in unserem Schlafzimmer ausgezogen und ich bin darüber gestolpert. Einmal habe ich mir dabei den Kopf an der Kante meines kleines Tisches angestoßen und Em hat mir erzählt, dass ich noch Tage danach eine riesige Beule hatte.«

Quint knurrte und Corrie spürte das Brummen unter ihrer Hand, die auf seiner Brust lag, aber weil er nichts sagte, brachte sie ihre Geschichte rasch zu Ende. »Ich habe versucht, Ian zu zeigen, wo in meinem Schrank ich Platz für ihn gemacht hatte, damit er seine Schuhe und Anziehsachen dort verstauen kann. Er hat gejammert, dass er müde sei und es ihm schwerfiele, alles jedes Mal an einen speziellen Ort zu legen. Das Fass wurde zum Überlaufen gebracht, als ich aus Versehen einen kleinen Fettbrand ausgelöst habe. Ich habe das Fauchen der Flammen gehört und die Hitze an meinem Gesicht gespürt und nach dem Backpulver gegriffen, aber er hatte es an einen anderen Platz gestellt, als er das letzte Mal in der Küche war und etwas anderes gemacht hat. Ich habe geschrien, er solle kommen und mir helfen, weil ich das verflixte Zeug nicht finden konnte und das Feuer beinahe außer Kontrolle geraten wäre. In gewisser Weise habe ich die Nerven verloren und ihn zurechtgewiesen. Ich habe ihm erklärt, wie wichtig es sei, dass er Dinge nicht an einen anderen Ort stellt, ohne mir Bescheid zu sagen. Er wurde sauer, wir sagten einige unverzeihliche Dinge zueinander und er verließ mich noch am selben Tag.«

»Arschloch.«

»Was?«

»Ich sagte, er ist ein Arschloch.«

Corrie seufzte traurig. »Nein, das war er wirklich nicht. Ehrlich gesagt war es hauptsächlich meine Schuld. Ein sehender Mensch kann unmöglich verstehen, wie wichtig es ist, dass ich weiß, wo die Dinge sind.«

»Corrie, du liegst falsch. Wenn er zu dir gekommen wäre und gesagt hätte: ›Hey, ich habe einige Gewürze gekauft und würde sie gern in den Schrank mit dem Backpulver stellen. Kannst du mir helfen, alles zu organisieren, damit du weißt, wo es steht?‹, wärst du dann sauer geworden und hättest dich geweigert?«

»Was ist das für eine Frage?«, entgegnete Corrie gereizt. »Nein, selbstverständlich nicht. Es ist mir wirklich egal, *wo* die Dinge stehen, solange ich sie finden kann, wenn ich sie brauche. Ich will keinen Zucker in mein Essen tun, wenn ich denke, dass es in Wirklichkeit Salz ist.«

»Ganz genau.«

»Quint, du verwirrst mich vollkommen. Was meinst du mit ›ganz genau‹?« Corrie spürte, wie Quint sich zu ihr beugte. Sie konnte seinen Atem an ihrem Gesicht spüren, als er ernsthaft sprach.

»Es ist nicht so, als hättest du etwas dagegen, die Sachen umzustellen, du willst nur wissen, wo sie sind.«

»Ja, das habe ich gesagt.«

»Wenn ich also sagen würde: ›Hey, ich möchte das Sofa so umstellen, dass es unter dem Fenster ist, und den Sessel in die andere Ecke rücken‹, was würdest du sagen?«

»Klar. Mir egal. Es ist ja nicht so, als könnte ich sagen, dass es dort, wo du es haben willst, nicht gut aussieht. Ich kann es sowieso nicht sehen. Wichtig ist, zu wissen, wo es steht.«

Corrie erschrak, als Quint sie nach hinten drückte, bis sie mit dem Rücken auf dem Sofa lag. Sie konnte spüren, wie er sich über sie beugte. »Quint! Was tust du da?« Sie streckte die Arme nach oben und fand seine Brust. Sie stemmte beide Hände dagegen und hielt sich fest.

»Du bist nicht pingelig, Corrie.«

Sie schnaubte.

»Bist du nicht. Es ist dir egal, wo die Sachen sind. Es ist dir egal, was sich in diesem Zimmer befindet. Es ist dir nur wichtig, *wo* alles ist, damit du nicht dagegen stößt und damit du es wiederfinden kannst.«

»Das sage ich dir schon die ganze Zeit«, sagte Corrie verwirrt und fragte sich, worauf er mit seinen

Beobachtungen hinauswollte, denn sie hatte das Gefühl, sie würden sich im Kreis drehen.

»Das Zusammenleben mit dir wäre nicht anstrengend. Es würde einzig Kommunikation und Kompromisse beinhalten, und der Höhlenmensch in mir möchte auch noch Schutz hinzufügen.«

Weil Corrie nicht wusste, was sie sagen sollte, schwieg sie. Quint schien das nichts auszumachen, denn er fuhr fort.

»Wenn du meine Freundin wärst und ich hier mit dir zusammenwohnen würde, würde ich es als meine Pflicht ansehen, die Dinge dorthin zurückzustellen, wo sie hingehören. Es wäre meine Art, dich zu beschützen. Was wäre ich für ein egoistisches Arschloch, wenn ich Möbel verrücken würde, ohne es dir zu sagen, oder meinen Kram auf dem Boden herumliegen lasse, wo du darüber stolpern und dich verletzen könntest? Ich will damit nicht sagen, dass es nicht gewöhnungsbedürftig wäre, aber für mich ist es ehrlich gesagt keine besonders große Sache.«

Corrie spürte Quints Hand an ihrer Wange. »Du bist normal, Corrie. So normal wie jeder andere auch. Nur weil du nichts sehen kannst, heißt das nicht, dass du pingelig oder ›anstrengend‹ bist. Du bist einfach du. Du verdienst es, geliebt zu werden wie jeder andere auch.«

»Ich weiß nicht, was ich sagen soll«, teilte Corrie

ihm aufrichtig mit, nachdem sie seine Worte verdaut hatte.

»Das ist das erste Mal.«

Corrie lachte kurz, dann wurde sie wieder ernst. »Darf ich dich anfassen?«

»Mich anfassen?« Quints Stimme wurde tiefer, als er die Worte aussprach.

Corrie lachte nervös. »So meinte ich es nicht. Ich weiß nicht, wie du aussiehst. Ich meine, Emily hat mir dich heute Abend ein wenig beschrieben, aber ich würde es gern selbst sehen. Ich weiß, wie du riechst, wie groß du bist und dass du diese wunderbare, tiefe, raue Stimme hast und dass du muskulös bist, aber ich habe keine Ahnung, wie du *aussiehst*.«

»Ist es dir wirklich immens wichtig?«

»Bist du nervös?« Corrie konnte nicht glauben, dass Quint in Bezug auf sein Aussehen so empfindlich sein konnte.

»Ein wenig. Ich meine, du bist wundervoll. Du bist mehr als nur eine Nummer zu groß für mich. Möglich, dass du einen Blick auf meine krumme Nase wirfst und mich vor die Tür setzt.«

Corrie kicherte. »Als würde ich das tun. Emily hat mir erzählt, dass du verflixt scharf bist.«

»Ich wette, sie hat nicht ›verflixt‹ gesagt.«

Corrie lachte und atmete dann hörbar ein, als Quint sich mit ihr umdrehte und sie währenddessen fest an der Taille hielt, damit sie nicht vom Sofa fiel. Er hielt sie an sich gedrückt, bis er ihre Positionen verändert hatte. Jetzt lag er unter ihr und Corrie saß rittlings auf ihm. Es war unmöglich, seine Erektion vor ihr zu verbergen, da sie derzeit direkt darauf saß, aber er glaubte nicht, dass es ihr etwas ausmachte. Zumindest hoffte er es. Er streckte die Arme nach oben aus und winkelte sie hinter dem Kopf an. »Dann leg mal los, Süße.«

KAPITEL ACHT

Corrie zögerte nicht, für den Fall, dass Quint seine Meinung ändern würde. Sie liebte es, Menschen auf diese Weise kennenzulernen, bekam dazu jedoch nicht oft die Gelegenheit. Es war ja nicht so, als könnte sie Menschen, denen sie zum ersten Mal begegnete, sofort überall mit den Händen berühren.

Sie legte die Hände auf Quints Brust und strich bis zu seiner Taille nach unten, dann wieder hinauf bis zu seinem Hals. Sie spreizte die Finger und tat es noch einmal. Dann fuhr sie mit den Händen über seine Schultern und an seinen Armen hinunter und drückte seine Muskeln, während sie ihn erkundete.

»Du bist sehr muskulös.«

»Hm-hmmmm.«

Corrie hielt in ihrer Betrachtung zwar nicht inne, bemerkte aber trotzdem seine fehlende Antwort. Sie drückte seine Oberarme und konnte kaum ein Stöhnen unterdrücken. Seine Arme waren riesig ... und unheimlich sexy.

»Emily hat mir erzählt, dass du eine Tätowierung hast. Was ist es für ein Motiv?«

»So aufregend ist es gar nicht.«

Corrie lächelte und neckte: »Eine nackte Frau? Ein nackter Mann? Ein riesiger Tintenfisch, der seine Tentakeln um deinen Arm und Rücken schlingt?«

Quint lachte und Corrie spürte, wie seine Brust unter ihren Händen bebte. »Es ist eine amerikanische Flagge mit einem Schriftzug.«

»Da muss doch noch mehr dahinterstecken«, brummte Corrie. »Ich werde sie nie sehen können. Bitte beschreibe sie mir. Ich möchte sie mir vorstellen.«

»Sie ist groß, etwa fünfzehn Zentimeter lang. Sie reicht von meinem Oberarm bis etwa zur Mitte meines Bizeps. Ein Teil davon ist zu sehen, wenn ich wie jetzt ein T-Shirt trage. Ich habe den Tätowierer gebeten, auf die roten Streifen eine Zeile in Schreibschrift zu stechen, die ich geschrieben habe, als ich meinen Abschluss an der Polizeischule gemacht habe: Ehre die Gefallenen. Beschütze die Schwachen. Diene den Hilfsbedürftigen. Vergesse nie die Benachteiligten.«

Corrie stellte es sich in Gedanken vor. Die Tätowierung war vermutlich unfassbar sexy ... patriotisch und gleichzeitig scharf. Sie war traurig, dass sie sie nie sehen würde. »Du sagtest, du hättest das geschrieben?

Die Worte sind wunderschön. Haben sie eine tiefere Bedeutung?«

»Eine tiefere Bedeutung?«

»Ja, ich meine, ich verstehe, dass es mit deinem Dienst für unser Land zu tun hat, aber ich habe das Gefühl, dass noch mehr dahintersteckt.«

Quint nahm die Hände hinter dem Kopf weg und brachte sie an ihre Hüften. Er fuhr mit den Daumen über die Haut unter ihrem T-Shirt-Saum, als er sprach. »Ich habe dir erzählt, dass ich immer schon Polizist werden wollte. Seit ich ein kleiner Junge war, bis ich mich dazu entschied, Strafrecht auf dem College zu studieren, war es das Einzige, was ich jemals machen wollte. Mein Abschluss an der Polizeischule war eins der monumentalsten Dinge, die ich in meinem Leben je getan habe. Ich hatte das Gefühl, dass mein wahres Leben gerade erst anfing. Ich wollte es feiern und eine Tätowierung tragen, die mich immer daran erinnern würde, warum ich diesen Beruf ergriffen habe. Eines Abends habe ich diese Worte auf eine Serviette gekritzelt und seither begleiten sie mich. Sie sind sozusagen mein Mantra.«

Bei seinen Worten bekam Corrie eine Gänsehaut. Sie hatte noch niemals zuvor so intensiv für etwas empfunden. Sie war beeindruckt und fühlte sich geehrt, dass Quint ihr diese Geschichte über die Bedeutung seiner Tätowierung anvertraut hatte. »Ich liebe es. Ich wette, es ist wunderschön.« Sie rieb über seinen Bizeps auf und ab und genoss das Gefühl seiner sich anspannenden Muskeln unter ihren Händen.

»Soll ich mein T-Shirt ausziehen?« Quint versuchte, das Thema zu wechseln und zum angenehmen Teil überzugehen.

»Ja, aber ich dachte, es sei vielleicht seltsam, wenn ich dich so früh schon darum bitte. Ich meine, wir hatten heute Abend unsere erste Verabredung.«

»Wir hatten heute Abend vielleicht unsere erste Verabredung, aber wir haben vorher schon sehr viel miteinander gesprochen.«

»Dann würde es dir also nichts ausmachen?«

»Nein, Süße. Es würde mir gar nichts ausmachen.«

Corrie spürte, wie Quint sich unter ihr bewegte, als er das T-Shirt auszog. Dann spürte sie plötzlich seine warme, muskulöse Haut unter ihren Händen. »Wieso bist du immer warm?« Sie hatte es als rhetorische Frage gemeint, doch er antwortete ihr trotzdem.

»Meine Körpertemperatur ist immer etwas höher als siebenunddreißig Grad.«

»Interessant, meine ist immer ein wenig niedriger.«

»Wir passen gut zusammen.«

»Schon möglich.« Corrie war von den Furchen und Muskeln auf Quints Brust fasziniert. Sie strich noch einmal mit den Händen über seine Brustmuskeln und grinste, als seine Brustwarzen sich unter ihren Fingern aufrichteten. »Das gefällt dir.« Es war keine Frage.

»Süße, deine Hände an mir zu haben ist mehr als

aufregend. Ich glaube, ich sollte dich warnen ... wenn du so weitermachst, könnte es sein, dass du dir zu viel zumutest.«

»Tut mir leid«, sagte Corrie, meinte es aber nicht im Geringsten so. Sie konnte das Lächeln auf ihrem Gesicht nicht zurückhalten. Sie spürte, wie Quint mit der Rückseite seines Fingers über ihre Wange strich.

»Ich mag es, dich lächeln zu sehen.«

»Du bist das. Du sorgst dafür, dass ich lächele.«

»Gut.«

Corrie rutschte ein wenig nach vorn, bis sie anstatt auf Quints Hüften auf seinem Unterbauch saß, um sein Gesicht einfacher erreichen zu können. Sie hob die Hände dorthin, wo sie seinen Kopf vermutete, und hielt inne.

»Hör jetzt nicht auf, Corrie. Mach weiter. Schau mich an.«

Sie tat, worum Quint sie gebeten hatte. Mit den Fingerspitzen fuhr sie federleicht über seine Wangenknochen und hinauf zu seinen Augenbrauen. Sie spürte, wie er die Augen schloss, und lernte ihre Form kennen. Sie strich mit den Fingern nach unten zu seiner Nase und fühlte den Höcker, den er vorhin erwähnt hatte. »So schlimm ist es nicht. Ich bin mir sicher, deine Nase lässt dich raubeinig aussehen oder so.«

Corrie spürte, wie er die Lippen zu einem Lächeln verzog, doch er sagte nichts. Sie fuhr mit ihrer Erkundung an seinem Mund fort. Sie strich mit der Fingerspitze erst über seine Ober-, dann seine Unterlippe und lachte, als er so tat, als wolle er sie beißen. Sie nahm die andere Hand ebenfalls hinzu, legte sie rechts und links an seinen Kopf und tastete beide Ohren ab, bevor sie damit durch sein Haar fuhr.

Endlich, nachdem sie jeden Zentimeter seines Gesichts und Kopfes erkundet und nachgezogen hatte, fragte er gemächlich: »Und? Habe ich die Inspektion bestanden?«

»Ja, du bist süß.«

»Süß?«, brummte er gespielt verstimmt und schob die Hände an ihren Hüften nach oben, wo er sie am Brustkorb kitzelte. Sie kreischte und versuchte, von ihm runterzurutschen, doch Quint hielt sie fest. Endlich hörte er auf, sie zu quälen, und sie lagen beide grinsend auf dem Sofa.

»Darf ich dir den Rücken massieren?«

»Hä?« Dass Corrie das fragen würde, hatte Quint nun wirklich nicht erwartet.

»Darf ich dich massieren?«

»Wirklich?«

»Ja. Du weißt doch, dass ich Chiropraktikerin bin. Ich bin gut darin, wirklich.«

»Süße, wann auch immer du mir den Rücken massieren willst, bin ich sofort dabei.«

»Gut, aber wir müssen auf den Boden umziehen. Das Sofa ist zu weich.«

Corrie stand auf und machte Quint Platz, damit er ebenfalls aufstehen konnte.

»Ich werde den Couchtisch an die Wand schieben, damit wir mehr Raum haben. Er wird etwa anderthalb Meter weiter hinten stehen, als er es jetzt tut. Ist das okay für dich?«

Corrie lächelte Quint an, weil sie es toll fand, wie er versuchte, sie davor zu bewahren, sich wehzutun. »Das ist super. Danke.«

Corrie hörte, wie Quint den Tisch wegschob und sich dann auf den Boden legte. »Ich bin sofort wieder da, okay? Ich werde nur etwas Lotion holen.«

»Natürlich. Du findest mich genaaaaaau dort, wo du mich zurückgelassen hast.«

Corrie kicherte und wusste, dass sie wie ein albernes Schulmädchen klang. Sie eilte in ihr Schlafzimmer und holte ihre Vanillelotion, von der sie wusste, dass sie am wenigsten nach Mädchen roch. Dann kam sie wieder ins Wohnzimmer und kniete sich neben Quint. Sie öffnete den Verschluss der Flasche. »Bist du bereit?«

»Gib dein Bestes.«

Corrie grinste und machte sich an die Arbeit.

Dreißig Minuten und zwei schmerzende Hände später war Quint unter ihr zu einem entspannten Haufen geworden. Sie hatte seine Rückenmuskeln massiert und sämtliche Knoten und Verspannungen gelöst, die sie finden konnte. Sie war froh, dass sie ihn von einigen seiner Schmerzen erlösen konnte, aber wenn sie ehrlich zu sich selbst war, hatte sie es ebenso sehr genossen, ihn mit ihren Händen überall zu berühren.

»Fühlst du dich gut?«

»Es könnte sein, dass ich mich nie wieder bewege. Ich werde einfach hier auf deinem Fußboden wohnen und du kannst mir ab und zu einen Hotdog zuwerfen, um mich am Leben zu halten.«

»Ich nehme an, es hat dir gefallen.«

Quint drehte sich ganz plötzlich um, sodass er auf dem Rücken lag und Corrie wieder rittlings auf ihm saß. Sie spürte seine harte Erektion unter sich und schnappte nach Luft.

»Wie du spüren kannst, hat es mir gefallen. Wahrscheinlich zu sehr.« Er hob eine von Corries Händen an sein Gesicht und schnupperte daran. »Ich würde dir gern richtig danken.«

Corries Herz machte einen Sprung, als hätte sie soeben ein Drei-Kilometer-Rennen absolviert. Sie war sich nicht sicher, woran er dachte, aber was auch immer es war, sie wollte es.

Sie nickte, da sie davon ausging, dass er sie sah. Sie spürte, wie er mit den Händen ihr Gesicht ergriff und sie zu sich hinunterzog. Sie stützte sich mit den Händen auf dem Boden neben seinen Schultern ab und beugte sich bereitwillig nach unten.

Quint sah die wunderschöne Frau über sich an. Ihr

blondes Haar war teilweise aus der Spange gerutscht, die es zurückhielt, und ihr Gesicht war gerötet. Er konnte die Vanillelotion riechen, mit der sie ihn massiert hatte. Sie hing um sie herum in der Luft.

Er packte sie mit den Händen seitlich am Hals und zog sie langsam zu sich. Er wollte sie nicht drängen, falls sie nicht bereit sein sollte, aber als sie sich ihm bereitwillig näherte, lächelte er. Gott sei Dank.

»Ich werde dich küssen, Corrie. Angesichts unseres Gesprächs neulich Abend vor deiner Tür wollte ich sicher sein, dass ich dich nicht überrasche.«

»Bitte, Quint.«

Er drückte seine Lippen auf ihre und hörte, wie ein leiser Seufzer ihren Mund verließ. Quint nutzte die Situation aus und stieß mit seiner Zunge zwischen ihre Lippen. Er leckte und saugte und lernte ihren Geschmack kennen. Weil er außer Atem war, hielt er inne, um Luft zu holen. Corrie dachte vermutlich, dass der Kuss vorbei sei, weil sie sich zurückziehen wollte, doch Quint wusste, dass er von ihr noch nicht genug bekommen hatte. Er drehte die beiden so um, dass Corrie nun unter ihm lag. Anstatt sich in seiner Umarmung zu versteifen, drückte sie sich ihm ungeduldig entgegen.

Quint strich mit einer Hand über ihren Hals und ihre Brüste bis zu ihrem Bauch, dann wieder hinauf. Er fuhr mit dem Zweifachangriff fort, eine Hand an ihrem Körper und seine Lippen auf ihrem Mund, bis sie unter ihm stöhnte und er sich von ihr löste. Er musste mit ihr sprechen, andernfalls würde er sie direkt auf dem Boden durchnehmen, und er wollte für sie beide, dass es anders läuft.

»Kannst du mir beibringen, wie man Braille liest?«

»Was?« Ihre Verwirrung war hinreißend. Quint wusste, dass er sie damit vollkommen überrumpelt hatte, aber ganz plötzlich wollte er alles über sie wissen. Es war wahrscheinlich nicht fair, den schärfsten Kuss zu unterbrechen, den er seit Langem erlebt hatte, um damit rauszuplatzen, aber mit Corrie zusammen zu sein erweckte in ihm den Wunsch, ein besserer Mensch zu sein … für *sie*. Er wollte genauso sehr in ihre Welt gehören, wie er das Gefühl hatte, dass sie in seine Welt gehörte.

»Ich möchte lernen, wie man Braille liest. Ich weiß, dass ich niemals so gut sein werde wie du, aber ich will das zusammen mit dir tun.«

»Das hat mich noch niemals jemand gefragt«, sagte sie mit einem kleinen Kiekser in der Stimme, der daher rührte, dass sie offensichtlich immer noch verzückt von ihrem Kuss war.

Quint wartete, bis sie seine Frage in ihrem Gehirn bearbeitet hatte.

Schließlich nickte sie. »Okay, wenn du wirklich willst, werde ich dir Braille Basisschrift beibringen.«

»Was ist Braille Basisschrift? Ist das so etwas wie Anfänger-Braille für Kinder?«, fragte er verwirrt.

»Willst du wirklich jetzt darüber reden?«

Quint lächelte über die Frustration in ihrer Stimme. Weder Ort noch Zeitpunkt waren günstig, aber er verspürte den Drang, ihr so nahe wie möglich zu sein, und das hier war eine Art, es zu erreichen. Er strich mit der Hand über ihr Haar und strich ihr eine Strähne hinter das Ohr. »Erklär es mir bitte.«

»Braille Basisschrift hat nichts mit der Grundschule zu tun. Man lernt dabei, wie jeder Buchstabe des Alphabets in einem Braille-Muster ausgedrückt wird. Zum Beispiel ist ein Punkt ein A, zwei Punkte sind ein B und so weiter. Aber ich muss dich warnen, es gibt nicht viele Bücher oder andere Informationen, die in Braille Basisschrift geschrieben sind, weil es ziemlich langweilig ist. In Braille Kurzschrift werden einige Braille-Zeichen individuell oder in Kombination mit anderen Zeichen genutzt, um Worte oder Sätze zu bilden.«

»Kannst du mir ein Beispiel geben?«

»Es ist schwierig, es dir zu erklären und nicht zu zeigen, aber beispielsweise steht das Zeichen für den Buchstaben ›J‹ in Braille Basisschrift ebenfalls für das Wort ›jetzt‹ in Braille Kurzschrift.«

»Ich verstehe. Dann ist es so ähnlich wie Stenografie. Ich kann die einzelnen Buchstaben lernen, aber im fortgeschrittenen Braille kann ein Buchstabe für ein ganzes Wort stehen. Cool.«

Corrie kicherte unter ihm. »Das sagst du jetzt –«

Ihre Worte wurden unterbrochen, als Quint wieder den Mund auf ihren presste. Weder warnte er sie dieses Mal, noch neckte er sie, sondern neigte ihr Gesicht in dem für ihn perfekten Winkel nach hinten und verschlang sie. Ihre Zungen umwanden sich und er stieß abwechselnd in ihren Mund hinein, bevor er sich zurückzog, um an ihrer Lippe zu knabbern und darüber zu lecken.

Zwischen den Küssen flehte Corrie: »Mach die Augen zu.«

»Warum? Ich will dich ansehen, du bist wunderschön.« Quint hasste die Traurigkeit, die für den Bruchteil einer Sekunde auf ihrem Gesicht erschien, bevor sie wieder verschwand. »Oh Mist, das war unsensibel von mir. Tut mir leid, Corrie.«

»Es braucht dir nicht leidzutun. Ich freue mich, dass dir gefällt, wie ich aussehe. Ich will nicht, dass du ständig aufpasst, was du sagst, wenn ich in deiner Nähe bin. Ich bin schon mein ganzes Leben lang blind, Quint, ich werde nicht beleidigt sein oder in Flammen aufgehen, wenn du in meiner Gegenwart vom Sehen sprichst.«

Quint ignorierte ihre Worte und teilte ihr mit: »Meine Augen sind zu.«

»Was?«

Quint hob ihre Hand an sein Gesicht und führte sie über seine nun geschlossenen Augen. »Meine Augen sind zu. Sprich mit mir.«

Corrie räusperte sich und versuchte, die Tränen zurückzuhalten, von denen sie behauptete, sie würde sie nicht mehr vergießen. Er war so süß, wie er sie geduldig ertrug. »Was riechst du?«

»Dich.«

»Sei etwas genauer.«

Quint beugte sich zu ihr, vergrub seine Nase an ihrem Hals und atmete hörbar ein. Als Corrie kicherte, lächelte er. »Ich rieche Vanille. Die Lotion, mit der du mir den Rücken massiert hast.«

»Noch etwas anderes?«

»Lavendel.«

»Das ist mein Shampoo. Gut gemacht. Und jetzt küss mich.«

»Sehr gern.«

Quint behielt die Augen geschlossen und suchte nach ihrem Mund. Beim ersten Mal verfehlte er ihre Lippen und sie kicherten beide. Schnell fand er jedoch sein Ziel und küsste sie erneut stürmisch. Dieses Mal war es irgendwie anders. Intensiver. Selbstverständlich hatte er zuvor schon Frauen mit geschlossenen Augen geküsst, aber dieses Mal dachte er tatsächlich darüber nach, seine anderen Sinne zu nutzen, während er es tat. Ohne zu sehen, schien alles ... mehr zu sein. Er konnte den Kaffee schmecken, den sie nach dem Abendessen getrunken hatte, und der Duft der Vanillelotion drang in seine Nase ein und verlieh selbst ihr einen Vanillegeschmack, wenn das überhaupt möglich war. Es war seltsam ... und absolut fantastisch.

Er hob den Kopf und spürte Corries Hand an seinem Gesicht.

»Deine Augen sind immer noch geschlossen«, flüsterte sie, als hätte sie erwartet, dass er mogelt.

»Ja.«

»Und?«

»Es war intensiver. Ich musste alle meine anderen Sinne einsetzen, um den Kuss zu erleben.«

»Alle Sendungen und Bücher, in denen es um BDSM geht, wissen, wovon sie reden, wenn sie über den Einsatz von Augenbinden sprechen.«

Quint lachte leise und öffnete endlich die Augen. »Ich kann nicht behaupten, viele Liebesromane über BDSM gelesen zu haben, und auch wenn ich zugebe, ab und zu Pornos zu schauen, ist das eigentlich nicht mein Ding. Aber es sorgt tatsächlich für eine intensivere Erfahrung.«

Einen Moment lang schwiegen sie und Quint streichelte ein weiteres Mal mit den Fingern über Corries Gesicht. »Wir sollten vom Boden aufstehen.«

»Wahrscheinlich hast du recht.«

Da es offensichtlich war, dass Corrie sich nicht bewegen würde, rappelte Quint sich auf, kniete sich hin und ergriff ihre Hände. Er half ihr, sich aufzusetzen, dann stand er gemeinsam mit ihr auf und setzte sich wieder aufs Sofa. Er zog sie in seine Arme, genoss das Gefühl von ihr an seinem nackten Oberkörper und hielt sie fest.

»Damit du es weißt, Corrie Madison, ich mag dich.«

Sie lächelte an seiner Schulter. »Ich mag dich auch, Quint Axton.«

»Ich bin froh, dass wir darüber gesprochen haben.«

Sie saßen schweigend da, bis die automatische Stimme der Uhr in Corries Schlafzimmer verkündete, dass es dreiundzwanzig Uhr war.

»Ich muss langsam los«, sagte Quint widerwillig.

»Willst du bleiben?«

Quint stöhnte beinahe auf. Wollte er bleiben? Oh ja, aber er konnte nicht. Er wollte sie nicht drängen. Er genoss das Kennenlernspiel, das sie miteinander spielten. Er hatte es seit der Highschool nicht mehr gespielt. Der Tanz, bei dem sie einen Schritt nach vorn und zwei Schritte zurück traten, war sehr viel interessanter und intensiver als die meisten Beziehungen, die er als Erwachsener gehabt hatte. Die Frauen, mit denen er zusammen gewesen war, hatten nicht spielen wollen, sondern ihm direkt gesagt, dass sie mit ihm schlafen wollten. Aber das Kennenlernspiel mit Corrie machte Spaß, es war anders. Abgesehen davon sah sie so aus, als sei es ihr fast schon peinlich, diese Worte gesagt zu haben, und er wollte nun wirklich nicht, dass sie irgendetwas bereute, was die beiden miteinander taten.

»Ja, ich will bleiben, aber das werde ich nicht tun.«

»Wirst du nicht?« Corrie setzte sich an ihm auf.

»Fahr deine Krallen wieder ein, Weib«, sagte er lachend.

Corrie schnappte nach Luft und entspannte ihre Hände, die sie in seine Brust gebohrt hatte, als er sagte, dass er nicht bleiben würde. »Tut mir leid.«

Quint legte seine Hand flach auf ihre und strich mit dem Daumen darüber. »Es gibt nichts, was ich lieber täte, als dich ins Bett zu tragen, nackt auszuziehen und von den Zehen bis zu deinen wunderbaren Lippen zu kosten ...« Er hörte, wie sie zischend einatmete, und lächelte. »Aber ich will dich nicht drängen.«

»Dränge mich ruhig, Quint. Ich bin damit einverstanden.«

Er küsste sie leidenschaftlich, wobei er ihren Kopf nach hinten zwang, bis sie nach Luft schnappte und sich ihm ergab. Er hob den Kopf und strich mit der Fingerspitze über ihre vollen, soeben geküssten Lippen. »Ich will es nicht überstürzen, weil ich will, dass es Bestand hat. Ich will, dass *wir* Bestand haben. Ich will, dass du mich kennenlernst. Ich will dich besser kennenlernen. Ich will dich zuerst richtig mögen, bevor ich mit dir ins Bett gehe und mich in dich verliebe.«

»I-in mich verlieben?«

»Ja, denn ich kann sehen, dass es passieren wird. Ich bin noch nicht so weit, aber ich will das, was wir tun, nicht überstürzen und die Chance verpassen, herauszufinden, was aus uns werden könnte.«

»Ich glaube, ich bin bereits dabei, dich zu mögen, Quint.«

Er lächelte sie von oben an. »Gut. Dann funktioniert mein Masterplan. Und jetzt komm mit mir zur Tür und schließ hinter mir ab.«

»Okay.«

Quint zog sein T-Shirt an und schob den Tisch wieder an die Stelle, an der er vor seinem Eintreffen gestanden hatte. Er schaute sich um und überprüfte, ob sich alles andere an seinem Platz befand.

»Was tust du?«, fragte Corrie, die an der Arbeitsplatte in der Küche stand.

»Ich überzeuge mich davon, dass alles weggeräumt ist.« Als Quint damit fertig war, ihr Wohnzimmer zu begutachten, trat er an Corrie heran und sah einen seltsamen Ausdruck auf ihrem Gesicht. »Was stimmt denn jetzt nicht?«

»Hast du wirklich nachgesehen, ob irgendetwas nicht an seinem Platz steht?«

»Natürlich. Ich will nichts irgendwo herumstehen lassen, an dem du dir wehtun könntest, wenn du dagegen läufst.«

»Ich glaube, Emily und Bethany sind die Einzigen, die das je zuvor getan haben. Aber das liegt normalerweise daran, dass sie Ethans Babyzeug mitbringen und die Wohnung einem Schlachtfeld gleicht, wenn sie sich wieder verabschieden.«

Quint beugte sich hinunter und gab ihr einen weiteren stürmischen Kuss. »Ich helfe dir gern.«

Sie lächelte zu ihm auf. »Danke, dass du dafür gesorgt hast, dass ich einen Abend lang alles vergesse.«

»Gern geschehen, Süße. Schreibst du mir morgen und erzählst mir, was du nun vorhast?«

»Mache ich. Ich werde morgen früh bei der Wache anrufen und herausfinden, was es mit dem Brief auf sich hat.«

»Gut. Warum begleitest du Emily nicht, wenn sie ihre Fingerabdrücke abgibt? Sag Bescheid, wann ihr dort sein werdet, dann werde ich versuchen, mich mit euch zu treffen. Wir können darüber sprechen, was der Detective herausgefunden hat, und einen Plan schmieden. Vielleicht können wir danach Mittagessen gehen?«

»Das wäre schön.«

»Kommt Bethany auch? Sie ist herzlich willkommen.«

»Wahrscheinlich nicht. Sie ist derzeit zu Hause und passt auf Ethan auf, während Emily bei der Arbeit ist. Sie hat sich von der Arbeit freistellen lassen, um bei ihm sein zu können. Ich bin mir nicht sicher, ob sie ihn mit auf eine Polizeiwache bringen wollen. Die beiden sind etwas überfürsorglich. Ganz besonders Bethany. Ich schwöre, wenn sie damit durchkäme, würde sie mich ihren Sohn nicht einmal halten lassen.«

Quint lachte leise. »Okay, ich bin mir sicher, dass ich sie irgendwann kennenlernen werde.«

»Willst du das?«

»Selbstverständlich will ich das. Sie ist die Partnerin deiner Freundin. Warum würde ich es nicht wollen?«

»Ich habe dir heute Abend schon gesagt, dass ich dich mag, oder?«

Er lächelte. »Ja, aber du kannst es mir noch einmal sagen.«

»Ich mag dich.«

Quint zog Corrie in die Arme und drückte sie fest an sich. »Pass auf dich auf, Corrie. Lass niemanden in die Wohnung, wenn du nicht weißt, wer es ist.«

»Das werde ich nicht.«

»Okay, dann bis morgen.« Quint küsste Corrie auf die Stirn, da er sich selbst nicht vertraute, ob er aufhören könnte, wenn er mit dem Mund noch einmal ihre Lippen berührte.

»Tschüss, Süße.«

»Tschüss, Quint.«

Quint lauschte zum dritten Mal, wie Corrie sich in ihrer Wohnung einschloss. Er wünschte nur, es wäre ihm möglich, dortzubleiben und sie zu beschützen. Er hatte sich das Recht dazu noch nicht verdient, aber er hoffte, es würde schon bald so weit sein.

Von seinem Versteck aus behielt der Mann den Blick aufmerksam auf die Tür gerichtet, als der Polizist die Wohnung der blinden Schlampe verließ. Er nahm sein Handy aus der Tasche und tätigte einen Anruf.

»Er ist weg.«

»Ich will, dass diese Hure aus dem Weg geräumt wird«, knurrte die Stimme am anderen Ende der Leitung.

»Der Bulle wird langsam zu einem Problem. Wir müssen warten.«

»Weißt du was? Es geht nicht um die Bullen oder das beschissene FBI. Sie geht mir auf die Nerven und ich *will*, dass sie aus dem Weg geräumt wird«, beharrte der andere Mann.

Der Mann auf dem Parkplatz nahm einen Zug von seiner Zigarette, bevor er sprach. »Sie hat eine Alarmanlage und ist mit einem verdammten Bullen zusammen. Ich habe dir gesagt, dass der Brief keine gute Idee ist. Sie hat jetzt mehr Schutz, als sie direkt nach Beendigung des Jobs hatte. Wir müssen uns zurückziehen und warten, bis sich alle entspannt haben. Ich kann weitaus einfacher an sie rankommen, wenn alle denken, dass die Gefahr vorbei ist.«

»Ich dachte, du wolltest sie dir jetzt schnappen und sie fertigmachen?«

»Das *wollte* ich, das *will* ich immer noch. Aber

derzeit liegt zu viel Aufmerksamkeit auf ihr. Und wenn sie Shaun nicht finden, wird noch viel mehr Aufmerksamkeit auf ihr liegen ... und auf dir und deinem Plan.«

»Nein, das wird es nicht. Dieses Arschloch wird nur eine weitere vermisste Person sein. Niemand wird seine Leiche finden. Dafür wirst du sorgen.«

Der Mann auf dem Parkplatz seufzte leise. Er hatte seine Sichtweise dargelegt. Wenn der Boss darauf bestand, war es ihm vermutlich möglich, an das blinde Mädchen ranzukommen, aber er hoffte, dass er seine Meinung ändern würde.

Gut, er wollte sie. Sie war nicht fett, er würde ihre Titten hübsch mit den Händen zusammendrücken können und es würde ihm große Freude bereiten, seinen Schwanz in sie zu stecken, aber im Moment lastete zu viel Aufmerksamkeit auf ihr. Er sagte nichts und der Boss am anderen Ende der Leitung fuhr fort.

»Also gut, wir machen es auf deine Weise ... vorerst. Aber du bleibst an ihr dran. Wenn es den Eindruck erweckt, dass sie meinem Plan auf die Schliche kommen, bring sie um, verstanden?«

»Ja, Sir.«

Der Mann trat die Zigarette mit dem Stiefel aus und steckte sein Telefon in die Tasche, nachdem er den Anruf beendet hatte. Gut. Seine Weise. Er mochte seine Weise, verdammt. Das arme, kleine, blinde Mädchen hatte keine Chance, ihm zu entkommen. Er musste sie nur beobachten und den besten Weg finden, an sie heranzukommen, ohne dass sie jemanden alarmierte. Er würde Geduld haben. Wenn es ums Töten ging, war er immer geduldig, solange die Menschen am Ende ihr Gehirn rausgeblasen bekamen. Niemand würde es erfahren, wenn er vorher ein wenig mit ihr spielte. Abgesehen davon hatte er noch nie eine blinde Frau gefickt.

Er richtete seine Hose über seiner Erektion und verschwand wieder im Schatten.

KAPITEL NEUN

Corrie hielt sich an Emilys Ellbogen fest, als sie in dem kleinen Restaurant zu ihrem Tisch gingen. Ihr Stock hing sicherheitshalber an ihrer Seite, doch wenn sie mit Emily und Bethany zusammen war, benötigte sie ihn für gewöhnlich nicht.

Sie liebten den Kona Grill. Es war ein vielseitiges Restaurant, in dem es von Sushi bis zu Burgern alles gab. Seit ihrer Verabredung mit Quint waren etwa anderthalb Wochen vergangen und Emily konnte nicht mehr warten, sie über diesen Mann auszufragen. Sie hatten am Telefon und nach ihrer ersten Verabredung über Quint gesprochen, doch Corrie wusste, dass sie heute Abend von Emily und Bethany verhört werden würde. Aber das war in Ordnung. Es zeigte, dass sie den beiden wichtig war ... und dass sie einfach neugierig waren. Sie hatten es so eingerichtet, dass sie Zeit für einige Frauengespräche hätten, bevor Quint eintraf.

Corrie war nervös darüber, dass Quint Emily und Bethany nun zusammen antreffen würde. Gut, er hatte Emily bereits am Abend ihrer ersten Verabredung kennengelernt, aber aus irgendeinem Grund schien es anders zu sein, da er sie nun als Paar treffen und sich mit ihnen unterhalten würde. Corrie war es egal, dass die beiden *richtig* zusammen waren, aber sie lebten in Texas. Nicht gerade der fortschrittlichste Bundesstaat.

Emily war ihre beste Freundin. Sie war immer für sie da gewesen. Sollte Quint sich mit Emily – oder Bethany – nicht verstehen, wäre ihre Beziehung vorbei, bevor sie überhaupt angefangen hatte. Und sie wollte *wirklich*, dass ihre Beziehung weiterging.

Neulich Abend hatten sie und Quint zwei Stunden damit verbracht, über nichts Besonderes am Telefon zu sprechen. Es war schön, ihn kennenzulernen und ihm Fragen zu stellen, die ihr von Angesicht zu Angesicht peinlich wären. Er wiederum fühlte sich sicher genug, um sie Dinge in Bezug auf ihre Blindheit zu fragen. Corrie hatte kein Problem damit, ihm alles zu erzählen, was er wissen wollte, selbst wenn seine Fragen nicht unbedingt politisch korrekt waren. Es war offensichtlich, dass er aus Neugier fragte und nicht aus Bösartigkeit.

Quint hatte nachmittags Feierabend gemacht und

war dann mit einigen der anderen Polizisten in der Abteilung zum Schießtraining gegangen. Er würde erst gegen achtzehn Uhr dreißig im Restaurant eintreffen. Emily hatte sie um siebzehn Uhr in der Praxis abgeholt und der Plan sah vor, dass sie zum Restaurant fahren und sich dort mit Bethany treffen würden. Quint hatte ihnen gesagt, sie sollten nicht auf ihn warten und bestellen, da er erst später hinzustoßen würde. Er würde später etwas essen, wenn er dort ankäme.

»Hey! Em! Hier drüben!«

Corrie hörte Bethanys Stimme über die Geräuschkulisse der anderen Gäste. Emily führte sie in ihre Richtung. Corrie ließ den Arm ihrer Freundin los, als sie ihren Tisch erreichten, und hörte, wie Emily und Bethany einander begrüßten.

»Wie geht es meinem kleinen Mann?«, sprach Emily säuselnd mit Ethan.

Corrie lächelte. Sie liebte es, wie weich Emily wurde, wenn sie mit ihrem Sohn zusammen war.

»Wie war er heute?«, fragte Emily ihre Partnerin.

»Gut«, sagte Bethany strahlend. »Er ist wirklich ein perfektes Baby. Er hat heute seine ganz normalen Babysachen gemacht ... gegessen, geschlafen und gekackt.«

Alle lachten. Corrie setzte sich auf den Stuhl, neben dem Emily sie angehalten hatte, und stützte sich mit den Ellbogen auf dem Tisch auf.

»Also Corrie«, begann Bethany, »Em hat mir

erzählt, dass du dir ein scharfes Männerexemplar geschnappt hast.«

»Dazu kann ich nichts sagen, aber bis jetzt scheint er annähernd perfekt zu sein.«

»Das werden wir sehen.« Ihr Ton war skeptisch.

»Bethany!«, schalt Emily. »Vergraule ihn heute Abend nicht. Er schien ein wirklich guter Kerl zu sein, als ich ihn getroffen habe.«

»Ich weiß, aber du weißt, ich behalte mir ein Urteil vor. Es ist mir egal, ob er so nett wie der Weihnachtsmann scheint, ich muss mir mein eigenes Bild machen. Du weißt, dass ich die Menschen beschütze, die ich liebe, Em.«

Corrie lächelte, als sie hörte, wie ihre Freundinnen sich kurz küssten.

»Also dann ... wie ist er im Bett?«, fragte Bethany ungezwungen.

Corrie verschluckte sich fast an dem Wasser, das sie gerade getrunken hatte. »Ich weiß es nicht ... noch nicht. Aber wenn er so gut Liebe macht, wie er küsst, bin ich mir sicher, dass es fantastisch sein wird.«

»Du hast noch nicht mit ihm geschlafen?«, fragte Emily.

»Äh, nein«, entgegnete Corrie in lang gezogenem, ungläubigem Tonfall. »Seit unserer Verabredung sind erst anderthalb Wochen vergangen. Und außerdem arbeitet er in gewisser Weise an meinem Fall. Du weißt schon, die *Ich-werde-von-einem-Bösewicht-bedroht-*Nummer.«

»Tss.«

Corrie konnte sich vorstellen, wie Emily mit der Hand wedelte und ihre Worte abtat. »Die Blicke, die dieser Mann dir zugeworfen hat, als ihr beide letzte Woche zum Abendessen gegangen seid, waren einfach superscharf. Ich kann nicht glauben, dass er dich nicht in seinem Zimmer eingesperrt hat und die ganze Nacht lang leidenschaftlichen Sex mit dir hatte.«

»Emily!«

»Was denn?« Ihre Stimme klang amüsiert.

Corrie schüttelte den Kopf. »Du bist unmöglich. Bitte blamiere mich heute Abend nicht.«

»Würde ich das tun?«

»Ja!«

Alle lachten.

Genau in diesem Moment trat die Kellnerin an den Tisch heran. Das Trio war schon so oft in diesem Restaurant gewesen, dass sie nicht einmal mehr in die Speisekarte schauen mussten.

»Ich hätte gern das Jambalaya.« Emily bestellte immer das scharfe Meeresfrüchtegericht.

»Käse-Makkaroni mit Hummer.«

Corrie lächelte. Bethany hatte eine Schwäche für Kohlenhydrate und wenn sie ausgingen, gönnte sie sich immer extra viele. Sie war immer noch dabei, das zusätzliche Gewicht loszuwerden, das sie während der Schwangerschaft mit Ethan zugenommen hatte, würde morgen aber wahrscheinlich fünfzehn Kilometer laufen, um die überschüssigen Kalorien abzutrainieren, die sie heute Abend konsumierte. Sie war noch nie jemandem begegnet, der so viel essen und trinken konnte wie Bethany und weiterhin in der Lage war, seine schlanke Figur zu behalten.

»Ich nehme den Big Kahuna Cheeseburger.«

»Ich habe keine Ahnung, wie du es schaffst, dieses Ding zu essen, ohne dich damit vollzukleckern«, beklagte Emily sich im Spaß. »Ernsthaft, dieser Burger ist riesig und alle Soßen, die sie drauf tun, tropfen raus. Du bist der ordentlichste blinde Mensch, den ich je getroffen habe. Es nervt.«

»Du liebst mich und weißt es auch.«

Corrie spürte, wie Emily ihr zum Spaß leicht auf den Arm boxte. »Das tue ich, du verrückte Ziege.«

Die drei lachten und verfielen in eine ungezwungene Unterhaltung über die Arbeit, brachten sich über das, was in ihrem Leben passierte, auf den neuesten Stand und sprachen sogar über Ethans Stuhlgang und seine Essgewohnheiten.

»Ich kann nicht glauben, dass wir hier sitzen und über Kacke reden und die besten Wege, wie man Lebensmittel in babygerechten Brei verwandelt. Was ist mit uns passiert? Wir waren mal cool!«, zog Corrie ihre Freundinnen auf. Als sie anfingen, sich zu verteidigen, hob Corrie die Hand. »Okay, vielleicht waren wir nie wirklich cool. Aber ernsthaft, ich freue mich so sehr für euch beide. Bei allem, was euch nicht nur wegen eurer Beziehung entgegenschlägt, sondern auch den Vorurteilen, denen ihr in der heutigen Gesellschaft ausgesetzt seid, weil ihr gemeinsam euren Sohn großzieht, freue ich mich sehr, an eurem Leben teilhaben zu dürfen. Und ich weiß, ich habe es euch bereits gesagt, aber ich werde niemals etwas tun, das irgendeinen von euch in Gefahr bringt. Ich würde lieber sterben, als den Kerl, der Cayley und die anderen getötet hat, zu euch zu führen.«

Corrie spürte eine Hand auf ihrer eigenen. »Ich streite vielleicht manchmal mit dir, Corrie, aber ich weiß, wie sehr du Emily und Ethan liebst.« Bethanys Worte waren so aufrichtig und ernst, wie Corrie sie noch nie gehört hatte. »Ich hätte mir nie träumen lassen, eine Frau zu finden, die ich so sehr liebe wie Emily. Und so wahr ich hier sitze, hätte ich niemals gedacht, Mutter zu werden. Ethan bedeutet mir alles. Ich würde alles tun, um ihn zu beschützen. Wenn Satan höchstpersönlich unser Haus betreten und mir sagen würde, ich müsse mich zwischen meinem und Ethans Leben entscheiden, würde ich jedes Mal Ethans wählen. Ich verstehe also, was du sagst, und als Emilys Frau und Ethans Mom und als deine Freundin danke ich dir. Wirklich.«

Corrie wusste, dass sie ein albernes Grinsen im

Gesicht hatte, konnte aber nichts dagegen tun. »Wir sind so rührselig, oder? Was ist nur aus unserer Coolness geworden?«

»Wir waren nie cool«, sagte Emily lachend. »Du hast es selbst gesagt.«

»Stimmt.«

Die drei Frauen verspeisten ihre Mahlzeiten, als sie serviert wurden, und bestellten alle einen Fruchtcocktail, den die Kellnerin ihnen empfahl. Sie lachten und schwelgten in Erinnerungen über alte Geschichten, als Bethany mit leiser Stimme sagte: »Seht jetzt nicht hin, aber ein scharfer Kerl kommt direkt auf unseren Tisch zu und er kann den Blick nicht von dir abwenden, Corrie. Ich schätze, dein Quint ist hier.«

Corrie drehte sich in die Richtung, aus der sie an den Tisch herangetreten war, und lächelte. Sie spürte eine Hand am Rücken, unmittelbar bevor sie Quints einzigartigen Duft roch. Seine Lippen berührten sie an der Schläfe, dann sprach er in seiner tiefen Stimme, die ihr ausnahmslos jedes Mal einen Schauer über den Rücken jagte. »Emily. Schön, dich wiederzusehen. Und du musst Bethany sein.«

In ihrem Kopf konnte Corrie sich vorstellen, wie Quint Bethany die Hand entgegenstreckte.

»Hi. Wir haben schon sehr viel über dich gehört.«

»Und ich habe ausschließlich Gutes über dich gehört, Bethany. Und über diesen kleinen Kerl ebenfalls.«

Corrie verlor das Gefühl von Quints Hand, als er zu Ethan ging und in Säuselstimme mit ihm sprach. Es dauerte nicht lange, da stand er wieder an ihrer Seite und Corrie hörte, wie der freie Stuhl neben ihr hervorgezogen wurde und Quint sich hinsetzte.

»Hi, Süße. Hattest du einen schönen Tag?« Quints Stimme direkt neben ihrem Ohr war gehaucht und intim.

Corrie drehte ihr Gesicht zu Quint. »Ja, es fühlt sich gut an, wieder in eine Routine in der Praxis zu finden.«

»War alles ruhig?«

Corrie wusste, was das bedeutete. Sie hatten ausführlich über die Bedenken gesprochen, die sie wegen der Rückkehr in die Praxis hatte. Er hatte den Anwalt des Teufels gespielt und ihr zahlreiche Gründe gegeben, nicht zur Arbeit zurückzukehren, ihr aber am Ende gesagt, dass er sie unterstützen würde, egal wofür sie sich entschied, solange sie in Bezug auf ihre Sicherheit nur vorsichtig war.

Bei seiner Frage nickte sie. »Ja, es ist nichts Ungewöhnliches vorgefallen. Keine Anrufe, Briefe oder Brandbomben.« Sie lächelte, als sie das letzte Wort aussprach, und spürte, wie Quint mit dem Finger über ihre Wange streichelte.

»Gut, das ist gut.«

»Wie war dein Tag?«

»Wie immer. Zwei Anzeigen wegen Einbruchs, eine

Katze, die auf einem Baum festsaß, und zwölf Strafzettel wegen Geschwindigkeitsüberschreitung.«

»Nur zwölf? Du wirst nachlässig.«

Corrie hörte, wie Quint leise lachte, bevor Bethany sie unterbrach.

»Oh mein Gott, ihr beide seid so verdammt süß, dass mir fast schon schlecht wird.«

»Bethany! Du darfst vor Ethan nicht fluchen!«, sagte Corrie, als sie sich umdrehte und sie schalt. Diese Diskussion kam zwischen den beiden immer wieder auf.

»Nur weil *du* aufgehört hast zu fluchen, heißt das nicht, dass ich es tue.«

»Aber du bist seine Mutter«, sagte Corrie entrüstet. »Du darfst in seiner Gegenwart auch nicht fluchen. Du solltest entsetzt sein, wenn andere Leute es tun.«

»Cor, ich glaube, ein paar Flüche werden das kleinste Problem des Jungen sein, wenn er größer ist. Und das weißt du auch.«

Corrie wusste, wovon Bethany sprach. Die Gesellschaft veränderte sich, aber das hieß nicht, dass es einfach wäre, in einer unkonventionellen Familienkonstellation aufzuwachsen. »Ja, nun, wie dem auch sei, er sollte nicht mit einem dreckigen Mundwerk aufwachsen und deshalb wird seine Tante Corrie in seiner Gegenwart nicht fluchen.«

Die anderen lachten über ihre rechtschaffene Empörung.

»Also dann, Quint ...«

Corrie stöhnte, denn sie wusste, dass Bethany mit ihrem Verhör begann.

»Was wirst du wegen dieses Arschlochs unternehmen, das unsere Corrie bedroht? Hast du in dem Fall irgendeine Spur? Denn ich sage es dir gleich, Emily und mir gefällt diese Sache kein bisschen.«

»Ich stimme dir vollkommen zu, Bethany. Ich arbeite zusammen mit dem Detective an dem Fall, um so viel wie möglich über diesen Shaun herauszufinden. Mein Freund bei den Texas Rangers und mein anderer Freund beim FBI arbeiten ebenfalls fieberhaft daran, um diesem Mist ein Ende zu setzen. Wir sind noch nicht so weit, aber ich sage dir eins, ich werde alles tun, damit Corrie nichts passiert. Du hast mein Wort.«

Einen Moment lang herrschte Schweigen am Tisch und Corrie wusste einfach, dass Bethany Quint mit ihrem »Miststück-Gesicht« ansah. Sie wollte gerade den Mund öffnen, um irgendetwas zu sagen, das die Anspannung lösen würde, als Bethany sich zu Wort meldete.

»Okay. Gut.«

Nachdem sie sich abgetastet hatten, war die Spannung verschwunden und Corrie konnte sich zurücklehnen, während ihre Freundinnen über nichts Spezielles sprachen und Quint kennenlernten.

Er war großartig. Corrie spürte seine Hand an der

Rückenlehne ihres Stuhls, während sie sich unterhielten. Ab und zu spielte er mit einer ihrer Haarsträhnen oder streichelte mit dem Daumen über ihren Nacken. Obwohl er nicht speziell mit ihr sprach, wusste Corrie, dass seine Aufmerksamkeit ihr galt.

Sie versuchte, sich vorzustellen, wie Quint ihre Freundinnen sah. Emily war vierunddreißig und Bethany fünfundzwanzig. Manchmal beschwerte Emily sich, dass sie sich wie eine ältere Frau fühlte, die sich bewusst eine jüngere Partnerin gesucht hatte, wenn die Leute ihnen seltsame Blicke zuwarfen. Sie waren etwa gleich groß, eins siebenundsechzig, waren äußerlich jedoch sehr verschieden. Emily hatte wildes, lockiges Haar, von dem sie sich immer beklagte, dass es ihr im Weg sei, aber Corrie wusste, dass es vermutlich wunderschön und voll war. Bethany war schlank und blond. Auch wenn sie harmlos, niedlich und elfenartig aussah, wusste Corrie aus erster Hand, dass sie knallhart sein konnte. Sie war vielleicht nicht mehr diejenige, die einen Streit vom Zaun brach, aber sollte es irgendwer anders tun, war sie hundertprozentig dabei. Corrie liebte sie beide. Bessere Freundinnen als sie könnte niemand haben.

»Okay, Kinder. Ich hasse es, diese Party beenden zu müssen, aber Ethan wird langsam unruhig und wir müssen ihn nach Hause bringen«, verkündete Emily während einer Gesprächspause. »Corrie? Kommst du mit uns? Wir können dich bei dir absetzen.«

»Ich werde sie nach Hause bringen.« Quints Stimme war gemächlich, aber nachdrücklich.

»Es ist keine große Sache«, sagte Emily. »Ihre Wohnung liegt auf dem Weg.«

»Schon in Ordnung. Ich fahre sie gern. Ihr müsst diesen kleinen Kerl nach Hause bringen.«

Corrie hörte, wie Ethan in seiner Trage strampelte und gurgelte. Als Emily erneut protestierte, trat Corrie unter dem Tisch dorthin, wo sie das Bein ihrer Freundin vermutete, damit sie die Klappe hielt.

»Aua! Scheiße, Corrie. Ich habe keine Ahnung, woher du immer genau weißt, wo mein Bein ist!«

Corrie wusste, dass sie rot wurde. Verflixt, dass Emily sie aber auch immer bloßstellen musste.

Quint lachte. »Los, Süße. Du bist sicherlich müde.«

Alle packten ihre Sachen zusammen und standen vom Tisch auf. Corrie spürte, wie Quint den Arm um ihre Taille schlang, als er sie zwischen den Tischen hindurch zum vorderen Bereich des Restaurants führte. Als sie bei der Tür ankamen, ergriff er ihre Hand, so wie er es immer tat. Zum Dank drückte Corrie seine Hand ganz leicht.

»Es war schön, dich kennenzulernen, Quint«, sagte Bethany ernst. »Du scheinst ein netter Kerl zu sein. Du hast dich Emily und mir gegenüber kein bisschen seltsam verhalten. Das bedeutet uns sehr viel. Und weil Corrie eine unserer besten Freundinnen ist, wirst du uns wahrscheinlich wiedersehen. Behandele sie gut, hörst du? Andernfalls bekommst du es mit *uns* zu tun.«

Corrie zuckte zusammen, sie hätte jedoch wissen sollen, dass Quint auf Bethanys Worte anständig reagieren würde.

»Ich mag Corrie. Jeder ihrer Freunde ist auch mein Freund. Es könnte mich nicht weniger interessieren, ob ihr männlich, weiblich, groß, klein, lila oder gelb seid. Solange ihr sie so behandelt, wie Freundinnen es tun sollten, habe ich damit überhaupt kein Problem. Gute Freunde sind schwer zu finden. Sie und ich wären dumm, wenn wir uns um den restlichen Mist scheren würden.«

»Gute Antwort.« Das war Emily. Sie hatte nicht viel gesagt und es Bethany überlassen, die Führung zu übernehmen, aber Corrie bemerkte, dass sie beeindruckt war.

»Und nur, damit du es weißt, ich fände es toll, wenn ihr euch irgendwann einmal zusammen mit mir, Corrie und meinen Freunden treffen würdet. Ich glaube, ihr würdet euch mit Mackenzie und Mickie verstehen. Sie sind die Freundinnen von zweien meiner Freunde. Ihr macht den Eindruck, Menschen zu sein, die sie mögen würden.«

»Sicher, das wäre toll. Freunde kann man nicht genug haben. Danke«, sagte Emily begeistert zu Quint.

Corrie ließ Quints Hand los, drehte sich zu Emily

um und breitete die Arme aus. Sie umarmte sie fest, dann reichte Emily sie an Bethany weiter. Sie wiederholte die Geste, dann bückte Corrie sich, um Ethan auf die Stirn zu küssen.

»Gute Nacht, ihr drei. Fahrt vorsichtig. Emily, schreib mir eine SMS, wenn ihr zu Hause seid.«

»Mache ich. Du bitte auch.«

»Selbstverständlich.«

»Es hat mich gefreut, dich kennenzulernen, Quint.«

»Ebenfalls.«

Nachdem sie sich verabschiedet hatten, gingen Emily und Bethany zu ihrem Wagen. Corrie spürte, wie Quint erneut ihre Hand in seine nahm. Die beiden gingen zu seinem Fahrzeug und stiegen ein. Ohne ein Wort zu sagen, ließ er den Motor an und fuhr in die Nacht hinaus.

Die beiden waren eine Weile unterwegs, bevor Corrie das Wort ergriff. »Danke für heute Abend, Quint.«

»Wofür?«

»Dafür, dass du meine Freundinnen wie Menschen behandelt hast. Dafür, dass du sie nicht verurteilt hast, und dafür, dass du toll bist. Ich glaube, sie haben dich wirklich gemocht.«

»Dafür brauchst du mir nicht zu danken, Corrie. Ich war ehrlich zu ihnen, als ich gesagt habe, dass mir ihre sexuelle Gesinnung egal ist. In meinem Job bin ich schon sehr vielen schlimmen Menschen begegnet und habe gelernt, dass das Innere zählt, nicht der oberflächliche Mist. Ich kann sehen, dass ihr euch wirklich sehr nahesteht. Der ganze andere gesellschaftliche Scheiß könnte mich wirklich nicht weniger interessieren.« Seine Stimme veränderte sich und aus ernst wurde neckend. »Willst du unbedingt sofort nach Hause? Oder willst du etwas Lustiges machen?«

Corrie gestattete es ihm, das Thema zu wechseln. »Ich habe nichts vor. Ich könnte etwas Spaß vertragen.«

»Wie wäre es mit einer Fahrstunde?«

»Was? Quint! Ich kann nicht fahren!«

»Sicher kannst du das. Ich werde direkt neben dir sitzen und dich lenken.«

»Mein Blindenpolizist?«

Er lachte. »Ja. Das passt.«

»Meinst du das ernst?«

»Ja.«

Corrie schwieg, als Quint weiterfuhr. Wirklich? Autofahren? Das war verrückt. Aber wenn sie ehrlich zu sich war, klang es auch nach jeder Menge Spaß. »Wenn du deswegen keine Schwierigkeiten bekommst, würde ich es sehr gern machen. Wo fahren wir hin?«

»An einen sicheren Ort.«

»Das *hoffe* ich«, neckte Corrie.

Etwa zehn Minuten später spürte Corrie, wie der Wagen langsamer wurde.

»Okay, hier sind wir.«

»Wo ist hier?«

»Mitten im Nirgendwo.« Quint lachte über den verwirrten Ausdruck auf Corries Gesicht. »Es ist irgendeine Landstraße. Es ist dunkel und die Straße ist größtenteils gerade. Los, steig aus und wir wechseln die Plätze.«

Corrie entstieg dem Wagen und war ganz plötzlich nervös. Sie konnte nicht glauben, dass er verrückt genug war, sie seinen Wagen fahren zu lassen. Sie behielt die Hand am Fahrzeug, als sie an der Hinterseite herumging. Dabei stieß sie mit Quint zusammen, der sie an den Schultern packte und am Fallen hinderte. Sie sah zu ihm auf. »Ich bin mir wegen dieser Sache nicht sicher. Du wirst wirklich keinen Ärger bekommen, oder?«

Er gab ihr einen festen Kuss. »Es wird nichts passieren. Ich bekomme keine Schwierigkeiten und ich werde nicht zulassen, dass dir etwas zustößt. Vertrau mir.«

Corrie konnte bloß nicken. Er nahm sie bei der Hand und führte sie die restlichen Schritte zum Fahrersitz. Er half ihr, sich hinzusetzen, schnallte sie an, schloss die Tür und joggte zur Beifahrerseite.

»Okay, stelle deinen Fuß auf das Bremspedal auf der linken Seite.«

Corrie tat wie angewiesen.

»Gut. Jetzt warte eine Sekunde.« Er richtete etwas

an der Lenksäule. »Jetzt nimm ganz langsam den Fuß von der Bremse.«

Corrie tat es und spürte, wie der Wagen sich unter ihr bewegte. Sie trat mit dem Fuß wieder auf die Bremse und ächzte, als der Sicherheitsgurt sie daran hinderte, nach vorn zu fliegen.

Quint rügte sie nicht, sondern lachte nur und sagte zu ihr: »Gut. Noch einmal.«

Corrie befolgte seine Anweisung und spürte erneut, wie der Wagen sich nach vorn bewegte. Dieses Mal behielt sie den Fuß wieder bremsbereit, drückte das Pedal aber nicht sofort wieder durch. »Heiliger Bimbam, Quint. Er bewegt sich!«

»Ja, Süße. Du fährst.«

»Nicht wirklich.«

»Also gut, dann lass uns fahren. Behalte die Hände auf zehn und vierzehn Uhr am Lenkrad. Für den Moment lass einfach den Fuß von der Bremse und tritt noch nicht aufs Gaspedal auf der rechten Seite. Ich werde dir sagen, wenn du das Lenkrad leicht nach links oder rechts bewegen sollst, okay?«

Corrie nickte begeistert. »Okay. Ja. Quint?«

»Ja?«

»Falls ich später vergessen sollte, es dir zu sagen ... danke. Die meisten Menschen behandeln mich, als sei ich vollkommen hilflos«, teilte Corrie ihm außer Atem mit. Sie fand es toll, dass er ihr diese Erfahrung ermöglichte.

Sie spürte, wie er sich zu ihr beugte und sie auf die Schläfe küsste. »Gern geschehen. Lenke uns bloß nicht in einen Graben. Ich bin mir nicht sicher, ob ich das der Versicherung erklären kann.«

Corrie lachte und nahm erneut den Fuß vorsichtig von der Bremse. Sie lächelte strahlend, als sie Quints Anweisungen befolgte.

Er gab ihr tatsächlich genügend Anweisungen, sodass sie in eine andere Straße einbog, und dann war sie sogar mutig genug, das Gaspedal zu benutzen. Verflixt, Corrie wusste, dass sie überhaupt nicht schnell fuhr. Vermutlich nicht schneller als fünfzehn Stundenkilometer, aber es war belebend und aufregend und etwas, das sie nicht mit irgendwem hätte tun können. Sie vertraute darauf, dass er nicht zulassen würde, dass sie den Wagen in einen Graben lenkte.

Schließlich bremste Corrie und drehte sich Quint mit einem, wie sie wusste, albernen Gesichtsausdruck zu.

»Hattest du genug?«

»Ja, ich denke schon. Aus mir wird niemals ein Michael Schumacher, aber ernsthaft, das war großartig, Quint.«

Er beugte sich hinüber, stellte den Schalthebel auf die Parkposition und erklärte ihr, was er gemacht hatte. »Du kannst jetzt den Fuß von der Bremse nehmen. Der Wagen wird nirgends hinfahren. Los, steig aus und ich werde dich nach Hause bringen, bevor deine Kutsche sich wieder in einen Kürbis verwandelt.«

Corrie kicherte und schnallte sich ab. Sie stieg aus und ging vorn um den Wagen herum, wobei sie die Hand zur Orientierung am Metall behielt. Wieder traf sie auf halbem Weg auf Quint. Dieses Mal zog er sie mit einer Hand in ihrem Nacken an sich. Die andere legte er an ihre Taille und drückte ihren Körper an seinen.

»Du bist wunderschön.« Seine Worte waren geflüstert und ehrfürchtig. Ohne ihr eine Chance zur Antwort zu geben, küsste er sie. Es war ein tiefer Kuss, einer, der zu mehr geführt hätte, hätten sie nicht in der Dunkelheit auf irgendeiner Landstraße gestanden. So aber benötigte es ein vorbeifahrendes Fahrzeug, das die beiden anhupte und damit wieder zurück in ihre tatsächliche Umgebung brachte.

Corrie wurde bewusst, dass sie beide Hände unter sein T-Shirt geschoben und über seinen Rücken gekratzt hatte, um ihm noch näher zu kommen. Auch Quint hatte seine Hände bewegt, eine war an ihrer Brust, die andere an ihrem Po.

Corrie lehnte den Kopf an seinen Oberkörper und lachte schwach. »Wir müssen aufhören, uns so zu treffen.« Sie liebte das hemmungslose Schnauben, das durch Quints Brust rumpelte und ihm aus dem Mund kam.

Anstatt ihr zu antworten, küsste er sie noch einmal

stürmisch, bevor er sich widerwillig von ihr löste und ihre Hand ergriff. »Los, ich werde dich nach Hause bringen.«

In angenehmem Schweigen fuhren die beiden zu ihrer Wohnung. Quint manövrierte den Wagen in eine Parklücke hinein und wies Corrie an, sitzen zu bleiben. Er kam zur Beifahrerseite, öffnete die Tür und half ihr beim Aussteigen. Wie üblich nahm er ihre Hand und begleitete sie zu ihrer Wohnung.

Nachdem sie ihre Tür aufgeschlossen und den Sicherheitscode eingegeben hatte, stand sie im Türrahmen, während Quint einen kurzen Rundgang durch ihre Wohnung machte, um sich davon zu überzeugen, dass alles in Ordnung war. »Alles sauber.«

»Danke für den schönen Abend, Quint. Ich bin froh, dass du meine Freundinnen magst, und das Autofahren war toll!«

»Ich habe ein Monster erschaffen«, zog er sie auf.

»Du hast ja keine Ahnung, was es mir bedeutet, nicht wie eine Blinde behandelt zu werden. Die meisten Menschen hätten gar nicht erst daran *gedacht*, mich so etwas tun zu lassen.«

»Ich werde sehen, was mir für dich sonst noch einfällt. Wenn es etwas gibt, was du immer schon machen oder erleben wolltest, lass es mich einfach wissen und ich werde einen Weg finden, es in die Tat umzusetzen.«

Weil Corrie wusste, dass ihre Stimme versagen

würde, wenn sie antwortete, sagte sie nichts. Stattdessen stellte sie sich auf Zehenspitzen und er kam ihr entgegen, indem er den Kopf neigte und ihre Lippen mit seinen berührte. Er ließ nicht zu, dass sie den Kuss vertiefte, und zog sich für ihren Geschmack viel zu schnell von ihr zurück.

»Ich würde nichts lieber tun, als mit dir im Flur rumzuknutschen und dich dann in dein Schlafzimmer zu bringen, um dich noch besser kennenzulernen, aber es fühlt sich zu früh an.«

Corrie nickte widerwillig, denn sie wusste, dass er recht hatte. Sie hatte gern mit ihm auf dem Sofa gesessen, um zu fummeln und ihn zu massieren, aber das war neulich, und jetzt war es etwas anderes.

»Schließ die Tür hinter mir ab, Süße, und wir sprechen uns später. Wir sehen uns schon bald wieder, in Ordnung?«

»Ja, das wäre schön.«

»Vergiss nicht, Emily eine SMS zu schreiben und ihr Bescheid zu sagen, dass du gut zu Hause angekommen bist.«

Corries Herz schmolz noch etwas mehr dahin. Sie hätte es vergessen, wenn er sie nicht daran erinnert hätte. »Danke für die Erinnerung, das werde ich tun.«

Er gab ihr einen Kuss auf die Stirn und drückte ein letztes Mal ihre Hand. »Gute Nacht, Corrie. Bis bald.«

»Gute Nacht.«

Corrie aktivierte ihre Alarmanlage, nachdem sie

die Tür hinter Quint geschlossen hatte. Sie lauschte, wie er sich von ihrer Tür entfernte. Dann drehte sie sich um, legte die Hände auf den Bauch und lächelte ein zufriedenes Lächeln.

Es sah gut aus. Sehr gut. Sie war noch nie glücklicher gewesen.

KAPITEL ZEHN

Corrie lächelte, als ihr Telefon klingelte und die elektronische Stimme ihr mitteilte, dass Quint anrief. Seit ihrer ersten Verabredung waren etwa anderthalb Monate vergangen und sie hatten sich seitdem einige weitere Male gesehen, inklusive dem Abend, an dem er sie hatte fahren lassen. Corrie wurde klar, dass Quint so perfekt war, wie sie es bei ihrer ersten Verabredung bereits angenommen hatte.

Er war ganz sicher nicht vollkommen perfekt, er fluchte zu viel und neigte für ihren Geschmack dazu, übervorsichtig zu sein, aber er gab ein großzügiges Trinkgeld, mochte ihre Freunde und schien sie auf irgendeine Art besser zu verstehen, als es jemals zuvor jemand anderem als Emily oder ihren Eltern gelungen war.

Darüber hinaus war es Quint anscheinend tatsächlich ernst gewesen, Braille lernen zu wollen. Corrie war sich nicht sicher gewesen, ob sie mit Basisschrift oder Kurzschrift anfangen sollte, hatte sich am Ende jedoch dazu entschieden, ihm individuelle Buchstaben und Zahlen beizubringen, weil es ihm auf lange Sicht mehr helfen würde, auch wenn es schwieriger war.

Eines Abends hatten sie sich an ihren Tisch gesetzt und angefangen. Corrie hatte ihr Etikettiergerät benutzt, um das Alphabet auszuschreiben. Selbst für einen blinden Menschen war Braille nicht einfach zu lernen. Quint hatte Schwierigkeiten, aber Corrie war stolz auf sein Durchhaltevermögen.

»Und ich dachte, Englisch sei eine schwierige Sprache«, hatte er sich beschwert, während er sich damit schwertat, zwischen einigen der Buchstaben zu unterscheiden.

»Schließe die Augen. Ich glaube, das macht es einfacher.«

Das hatte er getan und Corrie hatte ihre Finger über seine gelegt, während er die Punkte abtastete. »Stell dir vor, wie die Punkte auf der Seite aussehen, und merke dir, wie sie sich unter deinen Fingern anfühlen. Am Anfang musst du sie langsam bewegen, um zu verstehen, was dort steht. Wenn du zu schnell bist, gehen sie alle ineinander über.«

Sie saßen an diesem ersten Abend mindestens drei Stunden am Tisch, während er versuchte, die Grundlagen zu erlernen. Die Zahlen schienen einfach für ihn zu sein. Er konnte sie sich schnell merken und war sogar in der Lage, einfache Rechenaufgaben zu lösen. Er war so stolz auf sich, dass Corrie nicht widerstehen konnte, ihn jedes Mal, wenn er eine Aufgabe korrekt gelöst hatte, mit Küssen positiv zu bestärken.

Während der letzten drei Wochen hatten sie immer wieder miteinander gelernt und auch wenn er vermutlich nie fließend wäre und es nur langsam voranging, war Corrie von seiner Hartnäckigkeit und seinem aufrichtigen Wunsch, lernen zu wollen, beeindruckt.

Seit sie und Dr. Garza die Praxis wiedereröffnet hatten, kamen nicht mehr so viele Patienten wie vor der Schießerei, aber sie erholten sich langsam davon. Sie hatten einen Tag der offenen Tür veranstaltet und die Presse eingeladen, um ihre neuen Sicherheitsvorkehrungen zu präsentieren. Sie hatten der Öffentlichkeit zeigen wollen, dass sie die zusätzlichen Maßnahmen ergriffen hatten, um dafür zu sorgen, dass sich so etwas wie der Vorfall vor einigen Wochen nie wiederholen würde.

Die Aufmerksamkeit in den Medien war zum größten Teil erfolgreich gewesen und Corrie ging nun wieder jeden zweiten Tag zur Arbeit. Am Anfang hatte sie nicht allein arbeiten wollen und Dr. Garza hatte dafür volles Verständnis gehabt. Während der ersten Woche nach der Wiedereröffnung hatten sie deshalb zusammengearbeitet. Corrie würde ihm ewig dankbar sein, dass er ihre Ängste ernst genommen hatte.

Da Shaun weiterhin nirgends aufzufinden war, hatte Dr. Garza eine neue Assistentin für Corrie eingestellt. Samantha war kompetent und Corrie mochte sie, doch sie sorgte sich weiterhin um Shaun. Ganz egal, was für schreckliche Dinge er getan haben mochte, er war gut zu ihr gewesen und sie vermisste ihn.

Ganz zu schweigen davon, dass Corrie wusste, wie sehr seine Frau litt. Roberts medizinische Versorgung war zu aufwendig, um sich allein darum zu kümmern, geschweige denn dafür zu bezahlen. Ihr Ehemann galt als vermisst und war möglicherweise ein Komplize bei einer Schießerei am Arbeitsplatz. Sie und ihre Kinder taten Corrie schrecklich leid.

Corrie schloss die Tür ihres Sprechzimmers und ging ans Telefon.

»Hallo?«

»Hey, hier ist Quint.«

»Ich weiß.«

Er neckte sie nicht, wie er es normalerweise tat, sondern kam sofort zur Sache. »Matt bittet dich, heute auf die Wache zu kommen.«

»Warum?«, flüsterte Corrie, denn ihr gefiel Quints Tonfall nicht.

»Ich kann darüber nicht am Telefon sprechen, Süße.«

»Ich habe heute noch vier Patienten.«

»Ich denke, das wird schon in Ordnung gehen. Ich werde mit Matt sprechen. Ich kann dich gegen fünfzehn Uhr dreißig abholen. Passt dir das?«

»Ja, ich denke schon. Mein letzter Termin ist um fünfzehn Uhr vorbei. Das gibt mir Zeit, meine Anmerkungen aufzunehmen, bevor ich gehe.« Corrie hielt inne und biss sich betroffen auf die Lippe. »Ist alles okay?«

Quint senkte die Stimme zu dem leisen, brummigen Ton, in dem er sprach, wenn er versuchte, sanft zu ihr zu sein. Corries Magen zog sich zusammen. So sehr sie den Klang auch liebte, hasste sie es, dass er etwas Aufreibendes sagen würde.

»Sie haben Shaun gefunden.«

»Gott sei Dank! Was hat er gesagt? Wo war er? Hat er alles erklärt, was sich zugetragen hat?«

»Süße ...«

Es war sein Tonfall, bei dem es ihr plötzlich klar wurde. »Oh Gott.«

»Ich hole dich um fünfzehn Uhr dreißig ab. Dann unterhalten wir uns. Pass bis dahin auf dich auf.«

»Das werde ich. Bis später, Quint.«

»Tschüss.«

»Tschüss.« Corrie schaltete den Bildschirm ihres Telefons aus und legte den Kopf auf ihren Schreibtisch. Mist. Es war gut, dass sie Shaun gefunden hatten, doch an der Ernsthaftigkeit des Gesprächs mit Quint hatte sie hören können, dass etwas Schlimmes passiert war. Mist, Mist, Mist. Sie hatte tausend weitere Fragen stellen wollen, aber es war offensichtlich gewesen, dass Quint ihr am Telefon keine vertraulichen oder besorgniserregenden Informationen zukommen lassen würde.

Sie hob den Kopf, atmete tief durch und riss sich zusammen. Sie hatte heute noch vier weitere Patienten zu behandeln und musste ihnen ihre höchste Aufmerksamkeit zukommen lassen. Sie wollte sie nicht verletzen. Nach allem, was passiert war, war eine Klage nun wirklich das Letzte, was die Praxis gebrauchen konnte.

Um fünfzehn Uhr zwanzig kam ihre neue Sprechstundenhelferin Lori herein, um Corrie mitzuteilen, dass im Eingangsbereich ein sehr attraktiver Polizist sei, der nach ihr gefragt hatte. Bei ihrer Beschreibung lächelte Corrie. Sie war zwar blind, aber sie hatte ihn bei ihren vielen Erkundungen »gesehen« und musste ihr zustimmen. Corrie war es bislang noch nicht gelungen, Quint davon zu überzeugen, dass sie zu mehr bereit war, als einander nur von der Hüfte aufwärts zu erkunden. Sie hatte gehofft, dass heute der Abend sei, an dem sie ihn endlich dazu bringen könnte, die Hose auszuziehen, aber bei allem, was nun mit Shaun vor sich ging, war sie sich nicht mehr sicher.

»Danke, Lori. Sagen Sie ihm bitte, ich komme sofort.«

Corrie hörte, wie Lori ihr Sprechzimmer verließ und zurück zum Eingangsbereich der Praxis ging. Sie nahm schnell die Anmerkungen für ihren letzten Patienten auf und packte ihre Sachen. Sie nahm ihren Stock und fand es toll, dass sie ihn nur benutzen musste, wenn sie nicht mit Quint zusammen war. Mit ihm verspürte sie nie das Bedürfnis, ihn in der Hand zu halten, weil er ihr immer, wirklich jedes Mal, wenn sie gemeinsam unterwegs waren, geholfen hatte, sich zurechtzufinden, indem er ihre Hand gehalten hatte. Es war für sie beide schon selbstverständlich geworden. Corrie fühlte sich dadurch noch mehr mit ihm verbunden. Wenn sie seine Hand hielt, konnte sie so tun, als seien sie wie jedes andere Paar auf der Straße. Sie fühlte sich fast normal. Fast.

Sie verließ ihr Sprechzimmer und ging den Flur entlang. Ungeachtet der Umstände freute sie sich darauf, mit Quint zusammen zu sein. Sie öffnete die Tür zum Wartebereich und hielt an, da sie wusste, dass Quint zu ihr kommen würde. Corrie spürte eine Hand an ihrem Ellbogen.

»Hey, Süße. Du siehst gut aus.«

Corrie lächelte, denn sie wusste, dass er log. Trotzdem genoss sie seine Worte. »Danke, aber ich weiß es besser. Ich habe den ganzen Tag gearbeitet und meine Haare sind vermutlich durcheinander und ich kann die medizinische Lotion an meinen Händen und meiner Kleidung riechen.«

Sie spürte, wie Quint sich zu ihr beugte und in ihr Ohr flüsterte, während er ihr sanft übers Haar strich. »Du siehst wunderbar zerzaust aus. Ich frage mich, wie du wohl morgens nach dem Aufwachen aussiehst. Und ich bin süchtig nach der Lotion, die du bei der Arbeit benutzt. Ich brauche sie nur zu riechen, und schon erkennt mein Körper dich und reagiert entsprechend.«

Er veränderte etwas die Position, sodass sie seitlich an ihn gedrückt wurde. Trotz seines Waffengürtels mit den ganzen Ausrüstungsgegenständen konnte Corrie spüren, was er meinte. Sie errötete.

Quint lachte leise. »Los, Süße. Bringen wir es hinter uns. Ich habe Pläne für heute Abend.«

»Meinst du damit das nächste Braille-Kapitel?«, neckte sie ihn frech. Corrie liebte den Klang seines Lachens.

»Ganz genau, das meinte ich«, gab er sarkastisch zurück.

Corrie winkte Lori zum Abschied zu und die beiden verließen die Praxis, wobei Quint ihre Hand fest umschlossen hielt, als sie zu seinem Streifenwagen gingen.

»Er ist tot.«

Corrie versuchte, nicht zu reagieren, wusste aber, dass es ihr nicht gelungen war, als sie hörte, wie Quint hinter ihr knurrte. Nachdem Sie auf der Wache eingetroffen waren, waren sie sofort in einen Raum gebracht worden, wo sie informiert worden waren, dass Detective Algood und ein weiterer Mann namens Conor Paxton auf sie warteten. Quint stellte alle Anwesenden vor und ließ sie auf einem Stuhl an einem kleinen Metallschreibtisch Platz nehmen.

Detective Algood fuhr fort: »Conor arbeitet als Wildhüter in der Abteilung Parks und Wildtiere und hat den Tipp erhalten, dass im Medina Lake eine Leiche gefunden worden sei. Es grenzt an ein Wunder, dass der Körper überhaupt gefunden wurde. Es scheint, als sei er mit mehreren Betonplatten beschwert worden, er wurde jedoch zu nahe am Ufer ins Wasser geworfen. Wie Sie alle wissen, hat es dieses Jahr sehr wenig geregnet, und einem Spaziergänger fiel etwas Dunkles im See auf. Als er es genauer inspizierte, sah er, dass ein Fuß aus dem Wasser ragte, und rief die Abteilung Parks und Wildtiere an. Conor ist hingefahren, um es sich anzusehen. Die Leiche wird derzeit von unserem Gerichtsmediziner Calder Stonewall untersucht. Sie ist nicht zu identifizieren, aber wir sind uns ziemlich sicher, dass es sich um Shaun handelt.«

Corrie atmete hörbar ein. Oh Gott, nicht zu identifizieren? Sie spürte eine beruhigende Hand auf ihrer Schulter.

»Herrgott, Matt. Vergiss nicht, mit wem du hier sprichst«, knurrte Quint.

»Tut mir leid, Ma'am. Ist nicht böse gemeint.«

»Wie können Sie wissen, dass es Shaun ist? Ich meine, wenn er so lange im Wasser gelegen hat ...«, fragte Corrie vorsichtig.

»Seine Kleidung. Seine Frau hat sich daran erinnert, was er trug, als sie ihn das letzte Mal gesehen hat, und es passt perfekt.«

»Wie ist er gestorben?«

Conor tauschte über Corries Kopf hinweg einen Blick mit Quint aus. Auf keinen Fall würden sie ihr die furchtbaren Details erzählen. Obwohl die Leiche bis zur Unkenntlichkeit verwest war, fehlten die Hände und der Körper wies zahlreiche Einschusslöcher auf, die nicht zum Tod geführt hatten. Eins im Knie, eins in jedem Oberarm und zwei in den Waden. Die Kugel, die ihn getötet hatte, war die in der Mitte seiner Stirn gewesen. Es war offensichtlich, dass er gefoltert worden war, bevor er schließlich hingerichtet wurde.

»Wir sind uns noch nicht sicher, aber Calder wird es herausfinden«, sagte Conor in beruhigendem, unbeschwertem Tonfall.

»Und was bedeutet das?« Corrie verstand nicht, warum die Polizisten die Notwendigkeit verspürten, sie vorzuladen, um sie über Shaun zu informieren.

Detective Algood ergriff erneut das Wort. »Es bedeutet, dass wer auch immer ihm das angetan hat, nicht gewollt hat, dass er gefunden wird. Ohne die Dürre in der Gegend hätte es sehr lange gedauert, bis wir die Leiche gefunden hätten, vielleicht wäre es sogar nie dazu gekommen. Es bedeutet auch, dass Sie in Gefahr sein könnten.«

»Aber ich befinde mich bereits in Gefahr, seit die ganze Sache passiert ist, oder? Was ist jetzt anders?«

Quint wusste, dass Corrie klug war. Er war nicht erfreut darüber, dass sie das meiste so schnell selbst herausgefunden hatte, aber er war trotzdem beeindruckt. Er kniete sich neben ihren Stuhl, legte ein Finger unter ihr Kinn und drehte ihr Gesicht zu sich. Er hasste es, den besorgten Ausdruck dort zu sehen.

»Wir sind davon ausgegangen, dass Shaun vermutlich tot ist, Süße. Wir sind ebenfalls davon ausgegangen, dass das Fehlen weiterer Drohungen gegen dich bedeutet, dass die Täter sich zurückgezogen haben und dich in Ruhe lassen. Da wir Shauns Leiche und mögliche Hinweise gefunden haben, fürchten wir, dass sie dich wieder ins Visier nehmen werden, um dafür zu sorgen, dass alles, *was* wir finden, nicht zu ihnen zurückverfolgt werden kann. Die Möglichkeit, dass du sie identifizieren kannst, ist nur ein weiterer Grund für sie, verunsichert und sauer zu sein.«

Corrie versuchte zu durchdenken, was Quint ihr gesagt hatte. »Ich verstehe es immer noch nicht. Wenn ich nicht aussagen kann und an jenem Abend *tatsächlich* niemanden gesehen habe, warum sollte ich ihnen wichtig sein?«

Das war der Teil, den Quint bislang zurückgehalten hatte. »Die Bezirksstaatsanwältin hat deine Aussage in dem Fall nicht ausgeschlossen.«

Corrie atmete hörbar ein. »Was? Wirklich?«

»Ja. Da die Schießerei landesweit in den Nachrichten war, wurde sehr viel Aufmerksamkeit auf die Polizei und die Stadt gerichtet. Sie will denjenigen schnappen, der dafür verantwortlich ist, und nachdem sie gehört hatte, dass du Matt erzählt hast, du könntest den Schützen identifizieren, denkt sie darüber nach, deine Zeugenaussage zuzulassen.«

»Oh mein Gott. Quint ...« Corrie streckte eine Hand aus. Sie landete an seiner Brust und sie schob sie an seinen Oberarm. »Das sind tolle Nachrichten! Ich wollte von Anfang an aussagen. Ich weiß, dass ich ihn identifizieren kann. Ich weiß es einfach.«

Quint lächelte nicht einmal. Es freute ihn, dass Corrie sich nicht davor scheute, ihre Pflicht zu tun, und dass sie den Mann, der ihre Freundin und die anderen getötet hatte, unbedingt hinter Gitter bringen wollte, aber als Mann und Polizist, der in der Zwischenzeit angefangen hatte, sie sehr gern zu haben, gefiel es ihm überhaupt nicht.

»Ich weiß, dass du es kannst, Süße. Aber die Bösewichte wissen es ebenfalls.« Er ließ diese Worte sacken. Als sie ihre Stirn angestrengt runzelte, wusste er, dass sie verstanden hatte.

»Oh.« Sie drehte sich in die Richtung, aus der sie Detective Algood zum letzten Mal gehört hatte. »Jetzt wollen sie mich also auch zum Schweigen bringen, nicht wahr?«

Matt nickte und vergaß, dass Corrie ihn nicht sehen konnte.

Conor beantwortete ihre Frage. »Ja, davon gehen wir aus.«

Quint sah zu, wie Corrie sich mental selbst wieder aufrichtete und unbekümmert verkündete: »Also gut. Dann werde ich einfach noch vorsichtiger sein müssen.«

Er schüttelte den Kopf und setzte ein halbes Lächeln auf. Meine Güte, sie war wirklich süß, aber vollkommen ahnungslos. Er erhaschte Conors Blick und schüttelte wieder den Kopf. Quint würde Corrie die Nachricht überbringen.

Conor nickte ihm zu und gab Matt mit dem Kopf ein Zeichen, um ihm zu bedeuten, dass es an der Zeit sei zu gehen.

»Ich weiß, dass ihr wieder miteinander redet, ohne etwas zu sagen«, sagte Corrie gereizt und verschränkte die Arme vor der Brust. Dann fügte sie leise murmelnd hinzu: »Ich hasse das.«

Quint wartete, bis die Männer den Raum verlassen hatten. Er zog den Stuhl heran, der auf der anderen

Seite des Tisches stand, und platzierte ihn neben ihr. Dann drehte er Corries Metallstuhl, der über den Boden schabte und ihn zusammenzucken ließ, herum, sodass sie sich gegenübersaßen und ihre Knie sich berührten. Er ergriff ihre Hände und hielt sie fest.

»Was ist los, Quint? Sag es mir.«

»Ich bin der Meinung, du solltest nicht in deiner Wohnung bleiben.«

Auf Corries Gesicht breitete sich Panik aus, bevor sie sie unterdrücken konnte.

»Aber ich kann nirgendwo hin. Ich habe dir bereits gesagt, dass ich nicht bei Emily und Bethany bleiben werde.«

»Was ist mit deinen Eltern?« Quint kannte ihre Antwort bereits, fragte sie aber trotzdem. Er führte sie zielgerichtet dorthin, wo er sie haben wollte.

»Du weißt, dass ich das auch nicht machen werde. Abgesehen davon leben sie in Fort Worth. Ich kann Dr. Garza nicht einfach so hängen lassen. Ich kann in ein Hotel gehen.«

»Ein Hotel ist nicht sicher, Corrie. Und was ist mit den ganzen anderen Menschen dort?«

»Mist. Du hast recht. Verflixt, Quint. Was soll ich nur tun?«

Bingo.

»Bleib bei mir.« Quint hielt den Atem an, als Corrie seine Worte verarbeitete.

»Aber ... ich kann nicht ...«

»Ich habe eine Alarmanlage. Ich wohne in einem Haus in einer Trabantenstadt. Wenn in der Gegend unbekannte Fahrzeuge auftauchen, wird meine siebenundsiebzigjährige Nachbarin es mich wissen lassen. Sie ist ein Ein-Frau-Verbrechenbekämpfungsteam.« Während Corrie sich auf die Lippe biss, sprach Quint weiter. »Ich habe zwei Gästezimmer, Süße. Ich habe sehr viel Platz. Ich sage nicht, dass ich dich in einem dieser Gästezimmer unterbringen *will*, aber ich werde dich nicht unter Druck setzen. Du kannst bei mir bleiben und dich von mir beschützen lassen. Wenn diese Sache vorbei ist, können wir herausfinden, wo diese Chemie zwischen uns hinführt, wenn du das willst. Kein Druck. Wirklich.«

»Ich komme in ungewohnten Umgebungen nicht allzu gut zurecht.«

Quint seufzte erleichtert auf. Ihr Zögern hatte nichts mit ihm zu tun, sondern war der Nervosität zuzuschreiben, die sie wegen ihrer Blindheit und seines Hauses empfand. Er rieb mit den Daumen über ihre Handrücken, als er sprach. »Ich weiß. Das habe ich bereits verstanden, als du mir erzählt hast, dass Ian zu dir gezogen ist anstatt du zu ihm. Süße, ich bin alleinstehend. Das bin ich schon eine ganze Weile. Ich habe nicht viele Sachen. Ich werde dich durch mein Haus führen, so oft du es brauchst, damit du den Grundriss lernst. Wir werden so viele Hilfsmittel aus deiner Wohnung mitbringen, wie du willst. Verdammt, du kannst sogar meine Küche umgestalten, wie es gut für dich ist. Vertrau mir, dass ich auf dich achtgeben werde, Corrie. Ich bin nicht dieser Idiot Ian. Vertrau mir, dass ich mein Zuhause so bequem für dich gestalten werde, wie deins ist. Ich schwöre dir, ich werde alles tun, was dazu nötig ist.«

»Das Zusammenleben mit mir ist nicht einfach.«

»Es wird für uns beide gewöhnungsbedürftig sein.«

»Du hast ein Gästezimmer?«

Quint wurde schwer ums Herz, er zwang sich aber, in normalem Tonfall zu sagen: »Ja.«

»Ich will bei dir bleiben.«

»Gott sei Dank.« Quint hauchte die Worte. Ohne sich darum zu scheren, dass sie sich in einem Verhörraum mit einem halbdurchlässigen Spiegel befanden, beugte er sich nach vorn, lauschte, wie bei der Bewegung seine Ausrüstung knarzte, und drückte seinen Mund auf Corries. Er küsste sie lange und tief und legte all die Dinge, die er noch nicht gesagt hatte, in diesen Kuss. Schließlich löste er sich von ihr und sah sie an.

Corrie hatte sich mit den Händen an seiner Brust abgestützt und ihr Gesicht erstrahlte in einem rosafarbenen Glanz. Trotz allem, was vor sich ging, war sie nüchtern und so hinreißend, dass er fast nicht glauben konnte, dass sie hier bei ihm war.

»Einerseits hasse ich diese Weste, die du trägst, weil ich *dich* nicht fühlen kann ... aber da ich weiß, dass du sie anhast, um dich zu schützen, kann ich sie nicht *wirklich* hassen.«

Quint lachte leise. Corrie überraschte ihn immer wieder.

»Los, Süße. Teilen wir Detective Algood mit, wo du bleiben wirst, und dann fahren wir zu dir nach Hause und packen deine Sachen.«

»Das heißt aber nicht, dass du heute um deinen Unterricht herumkommst, Freundchen.«

Quint zog Corrie an sich und küsste sie sanft auf die Schläfe. »Das hätte ich auch nicht gedacht.« Er ergriff ihre Hand, half ihr, vom Stuhl aufzustehen, und ging mit ihr zur Tür.

»Danke, Quint.«

Er hielt an. »Wofür?«

»Dafür, dass du so bist, wie du bist. Dafür, dass du mich so magst, wie ich bin. Dafür, dass du verstehst, dass ich nicht so bin wie andere Frauen. Einfach für alles.«

»Du brauchst mir nicht zu danken, dass ich dich mag, und was die Sache angeht, dass du nicht wie andere Frauen bist ... dafür danke ich meinen Glückssternen jeden Tag. Und jetzt komm, wir haben heute Abend noch eine Menge zu tun.«

KAPITEL ELF

Corrie saß nervös auf dem Sofa in Quints Haus. Er war sehr geduldig mit ihr gewesen, während sie entschieden hatte, was sie mit zu ihm nehmen musste, und war sogar so weit gegangen, ihr zu versichern, dass er andere Dinge aus ihrer Wohnung holen würde, sollte ihr klar werden, dass sie etwas brauchte, das sie nicht mitgenommen hatte.

In seinem Haus roch es gut. Corrie wusste nicht, was sie erwartet hatte, wie es dort riechen würde, aber Zimt war es nicht. Er hatte offensichtlich Lufterfrischer in den Zimmern verteilt, um es so wohlriechend zu machen, aber Corrie beklagte sich nicht.

Er hatte ihre Hand gehalten, sie direkt zum Sofa geführt und ihr gesagt, sie solle sich hinsetzen, während er den Rest ihrer Sachen hineintrug. Sie war bereitwillig dort geblieben, wo er sie abgesetzt hatte, weil sie nicht wie eine Idiotin aussehen wollte, während sie durch sein Haus stolperte, um sich zurechtzufinden. Er hatte gesagt, dass er sie herumführen würde, und sie hatte ihn beim Wort genommen.

Corrie hörte, wie er einige Male hinaus in die Garage trat und durch einen Flur in den hinteren Teil des Hauses ging. Er hatte ein wenig in der Küche hantiert und höchstwahrscheinlich den Karton mit ihren Küchensachen abgestellt, die sie beschlossen hatte, umgehend zu benötigen.

Endlich hörte sie, wie seine Schritte sich dem Ort näherten, an dem sie sich in seinem Wohnzimmer befand. Sie spürte, wie das Sofa sich neigte, als er sich neben sie setzte, und seufzte erleichtert auf, als er ihre Hand ergriff.

»Entspann dich, Süße. Ich verspreche dir, du wirst es überstehen.«

»Ich bin bloß nervös. Ich mag keine neuen Wohnungen.«

»Ich weiß, aber schon bald wird es sich hier auch wie dein Zuhause anfühlen. Ich schwöre, ich werde alles tun, damit du dich hier wohlfühlst.«

»Ich bin albern, ich weiß, aber ich –«

Quint unterbrach sie mit einem Kuss. Er löste sich von ihr und flüsterte an ihren Lippen: »Du bist nicht albern. Ich würde mich an deiner Stelle genauso fühlen. Ich bitte dich nur, mir zu vertrauen, dass ich es für dich regeln werde.«

Corrie atmete tief durch. Er hatte recht. »Okay.«

»In Ordnung, zuerst die Führung. Dann entscheiden wir, wo wir deine Sachen hinstellen, okay?«

Corrie nickte und hielt Quints Hand fest, als sie aufstanden. »Geh voran, oh tapferer Krieger.« Sie versuchte, die Stimmung aufzuheitern.

Wie sie es sich erhofft hatte, lachte Quint.

Während der nächsten Stunde gingen sie mehrere Male durch das Haus. Quint verlor nie die Geduld mit ihr, als er ihr sagte, wo seine Möbel standen. Er hielt ihre Hand, während sie die Zimmer erkundeten, und sie benutzte ihren Stock, um die Entfernung zwischen den einzelnen Möbelstücken und die Breite von Fluren und Türrahmen abzuschätzen. Nachdem sie ihn benutzt hatte, fühlte sie sich sicherer, um herauszufinden, wo die einzelnen Sachen standen, und auch weil Quint an ihrer Seite war, der ihr erklärte, worum es sich bei den Dingen handelte, während sie sie abtastete.

Nachdem sie zweimal durch jeden Raum gegangen war, fühlte sie sich sicher genug vorzuschlagen, einige der Möbel umzustellen. Sie wäre nicht so forsch gewesen, aber Quint hatte ihr wiederholt gesagt, dass es in Ordnung sei, und sie so lange ermutigt, bis sie einige Vorschläge gemacht hatte. Selbstverständlich hatte er sofort zugestimmt und mit ihr zusammen daran gearbeitet, die besten Plätze für sein Zeug zu finden.

Als sie zum ersten Mal sein Schlafzimmer betraten, war Corrie extrem nervös, aber Quint war sehr nüchtern bei der Begehung und sie wurde lediglich einer oder zwei sexuellen Andeutungen ausgesetzt. Er versuchte, sich von seiner besten Seite zu zeigen.

Nachdem sie schließlich zweimal sein Haus durchschritten hatte, ohne seine Hand zu halten, und sie sicher war, dass sie sich erinnern würde, wo sie war und wie das Haus eingerichtet war, entschied sie, dass es genug sei. Corrie wusste, dass es Situationen geben würde, in denen sie es vergessen würde, weil sie zu sehr an ihre eigene Wohnung gewöhnt war, aber sie wusste Quints Geduld überaus zu schätzen.

»Wie kommt es, dass du keinen Blindenhund hast?«

Corrie hatte sich bereits gedacht, dass er ihr diese Frage irgendwann stellen würde, da es die meisten Menschen taten, sie war deswegen aber nicht beleidigt. »Ein Hund ist eine große Verantwortung für jemanden, der allein lebt. Ich bin nicht dagegen, im Gegenteil, ich liebe Hunde. Aber so wie ich mich kenne, würde ich mir vermutlich Sorgen um seine Gesundheit machen und was er frisst, das ich nicht sehen kann. Derzeit kann ich mich mit meinem Stock sehr gut fortbewegen und wenn ich Hilfe brauche, scheue ich mich nie, Menschen in meiner Nähe anzusprechen und um Unterstützung zu bitten.«

»Hattest du jemals einen?«

»Einen Hund? Leider nein. Meine Eltern sind allergisch und selbst nachdem ich ausgezogen war, hatte ich mich schon zu sehr an meine Routine gewöhnt.«

»Du hast morgen frei, nicht wahr?«, fragte Quint und wechselte abrupt das Thema, wie er es manchmal tat. Es war, als sei sein Gehirn konstant in Bewegung, und wenn er die Antwort auf eine Frage hatte, ging er zur nächsten über.

Corrie lächelte und tat das, was sie üblicherweise tat: Sie ließ sich einfach auf den Themenwechsel ein. »Ja, morgen hat Dr. Garza Sprechstunde.«

»Ich habe mir morgen ebenfalls freigenommen. Wir werden in der Küche anfangen und du kannst mir die besten Plätze für alle deine Sachen nennen. Wir können versuchen, die Speisekammer und den Kühlschrank so wie in deiner Wohnung zu sortieren.«

»Du bist zu gut, um wahr zu sein, weißt du das? Bist du ein Cyborg? Etwas aus der Zukunft?«

Quint lachte leise. »Nein, ich bin bloß ich.«

»Ich mag ›bloß ich‹.«

»Das freut mich. Ich mag dich auch.«

Corrie wusste, dass sie grinste wie ein Honigkuchenpferd, konnte aber nicht damit aufhören. »Wir werden heute Abend aber trotzdem noch in die Bücher schauen. Ich hoffe, das weißt du.«

Quint lachte kurz auf. »Selbstverständlich, du Sklaventreiberin. Los geht's.« Er zog die Seiten zu sich, die sie ausgedruckt hatte, und konzentrierte sich auf das, was sie heute für ihn vorbereitet hatte. Er wiederholte das Alphabet und machte nur wenige Fehler.

»Okay, heute werden wir uns an die Braille Kurzschrift wagen. Bist du bereit?«

»Ja, gib's mir, Weib.«

Corrie schüttelte den Kopf und fuhr fort: »Okay, probier das mal. Auf Englisch.«

»I, L, Y.«

»Richtig«, lobte Corrie, »aber vergiss nicht, das hier ist Kurzschrift, die Punkte stehen also nicht unbedingt für Buchstaben, sondern für ganze Worte.«

»Das I könnte also kein I sein, sondern stattdessen ein Wort.«

»Genau.«

»Woher weiß ich den Unterschied?«

»Die meisten Sachen sind heutzutage in Kurzschrift geschrieben, es ist also sehr wahrscheinlich, dass es sich um ein Wort und keinen Buchstaben handelt, wenn du etwas liest. Du hast einen kurzen Satz in Kurzschrift vor dir. Hätte ich ihn in Basisschrift ausgeschrieben, hätte er acht Buchstaben. Aber da er in Kurzschrift verfasst ist, sind es nur drei.«

Corrie hielt ihre Hand über Quints, als er die Punkte erneut mit den Fingerspitzen abtastete. »Was steht da?«

»I like you – ich mag dich.«

Wieder fuhr er über die Punkte. »Okay, das I ist also tatsächlich nur ein I. Das L steht für das Wort ›like‹ und das Y für das Wort ›you‹. Super. Aber ich habe eine Frage.«

Corrie bemerkte, dass Quint sie ansah. Seine Hand war regungslos unter ihrer.

»Schieß los.«

»Woher weiß ich, dass das L für das Wort ›like – mögen‹ steht und nicht für ›loathe – verachten‹ oder ›lick – lecken‹ oder«, er hielt einen Moment lang inne und senkte verführerisch die Stimme, »›love – lieben‹?«

Corries Herzschlag beschleunigte sich. »Tatsächlich ist es Übungssache. Du musst den Zusammenhang dessen erkennen, was du liest.«

»Ähhhh, wenn *du* mir also einen Brief in Braille schreiben würdest, könnte es ›love‹ sein, aber wenn ich einen Brief von einem dreckigen Gefängnisinsassen bekäme, wäre es vermutlich ›loathe‹.«

Corrie spürte, wie Quint mit seiner freien Hand ihren Nacken berührte. Sie wusste, dass er fühlen konnte, wie extrem schnell ihr Herz schlug. Sie nickte. »Genau, so ist das.«

»Ich verstehe.« Er schwieg und die beiden saßen einen Augenblick nebeneinander, ohne ein Wort zu sagen. »Ich glaube, der Unterricht ist vorbei. Es ist spät. Du musst müde sein. Gehst du mit mir ins Bett?«

Er hatte die Frage gestellt, aber Corrie erkannte,

dass er nicht wissen wollte, ob sie müde war. Es war endlich so weit. Sie nickte begeistert.

Quint beugte sich zu Corrie und küsste sie. Er konnte sich nicht zurückhalten. Herrgott, sie hier bei sich zu wissen, ihre Sachen überall in seinem Haus zu haben, ließ es mehr wie ein Zuhause erscheinen. Er hatte zuvor erst eine oder zwei Frauen hierhergebracht und es hatte ihm nicht so ein angenehmes Gefühl beschert, wie Corries Anwesenheit ihm gab.

Er konnte es nicht erwarten, ihre Sachen in seiner Küche wegzuräumen und alles so anzuordnen, dass es für sie praktisch war. Quint wollte ihr zusehen, wie sie in seiner Küche Kaffee machte. Er wollte sehen, wie sie kochte und sich in seinem Haus in ihrer eigenen Haut wohlfühlte. Er wollte ihre Anziehsachen in seinem Schrank haben, ihr Zeug in seinem Badezimmer und ihren sexy Körper in seinem Bett, auf seiner Bettwäsche. Es hatte ihn schwer erwischt.

Er leckte über ihre Lippe, als er sich zurückzog und ganz plötzlich seinen Stuhl nach hinten schob. »Komm mit, Süße.« Er fühlte sich wie ein Elefant im Porzellanladen, als er sie in Windeseile durch den Flur zu seinem Schlafzimmer zog und sich nicht einmal die Mühe machte, auf dem Weg dorthin das Licht anzuschalten. Quint wollte sie nicht loslassen, weil er Angst hatte, dass sie sich in Luft auflösen würde, wenn er es täte, zwang sich aber dennoch, ihre Hand loszulassen und sie in Richtung seines Badezimmers umzudrehen.

»Los, Süße. Das Bad ist direkt geradeaus, es sind vielleicht fünf Schritte. Tu, was du tun musst. Ich werde das Gästebad benutzen.«

Corrie nickte und ging vorsichtig mit ausgestreckten Armen ins Bad, damit sie gegen nichts stieß, da ihr Stock auf dem Küchentisch lag, wo sie ihn zurückgelassen hatte. Quint beobachtete, wie ihre Hüften schwangen, als sie das Badezimmer betrat, und schüttelte den Kopf, als sie im Inneren verschwand. Er musste sich zusammenreißen.

Rasch zog er seine Kleidung aus und warf sie in den Wäschekorb in seinem Schrank. Normalerweise würde er sie bloß in die allgemeine Richtung des Plastikbehälters werfen, aber da er jetzt eine neue Realität hatte, konnte er es sich nicht mehr leisten, nachlässig zu sein. Er behielt seine Boxershorts an und verließ das Schlafzimmer mit langen Schritten in Richtung Gästebad, um sich bettfertig zu machen.

Als er einige Minuten später zurück ins Schlafzimmer kam, sah er, dass Corrie unsicher am Fußende seines Bettes stand. Sie hatte die Beine überkreuzt, stand mit einem Fuß auf dem anderen und stützte sich mit einer Hand auf der Matratze ab. Er atmete tief durch, als er sie sah. Sie trug ein langes T-Shirt, doch weiter konnte er nichts sehen. Er hatte keine Ahnung, ob sie darunter nackt war oder nicht, aber ihre langen Beine bescherten ihm beinahe einen Herzstillstand.

»Hey«, begrüßte sie ihn nervös, »ich wusste nicht, auf welcher Seite du schläfst.«

Quint eilte rasch zu Corrie und führte ihre Hand an seinen Mund. Er küsste die Handfläche und umschloss sie mit seiner eigenen. »Ich habe keine Seite. Ich schlafe normalerweise in der Mitte.«

Bei diesen Worten lächelte sie. »War ja klar.«

»Los, leg dich hin. Du kannst die Seite haben, die am bequemsten für dich ist.«

Quint stöhnte beinahe auf, als Corrie die Decke anhob, auf die entfernt liegende Seite rutschte und Platz für ihn ließ. Er folgte ihr und zog sie an sich.

»Dein Herz rast mit hundert Stundenkilometern. Bist du so aufgeregt? Wir müssen nichts machen, Süße. Wir können einfach nur hier liegen. Während des letzten Monats habe ich sehr oft davon geträumt, mit dir in meinen Armen zu schlafen.«

Quint hörte und spürte, wie Corrie seufzte. »Ich bin aufgeregt, das kann ich nicht leugnen. Aber nicht aus den Gründen, die du vielleicht denkst.«

»Entspann dich einfach. Alles ist gut.«

»Ich weiß, du hast wahrscheinlich noch nie darüber nachgedacht, aber du riechst immer so gut. Dein Bett riecht so gut.«

»Mein Bett?«

»Ja, deine Bettwäsche riecht sauber, aber dein Geruch vermischt sich ebenfalls damit. Das Rasierwasser, das du manchmal trägst, die Seife, mit der du dich unter der Dusche wäschst, das Waschmittel, das du benutzt ... *du*. Es riecht nach dir.«

»Und das ist etwas Gutes?«

»Oh ja, absolut.« Sie schwieg kurz, dann sagte sie: »Ich weiß, ich habe dich dort noch nicht gesehen. Und ich muss mich wirklich zusammenreißen, um dich nicht umzuwerfen, dir die Boxershorts runterzureißen und den harten Schwanz zu erkunden, den ich jedes Mal an mir spüre, wenn wir miteinander rumknutschen.«

Quint gab einen tiefen Gurgellaut von sich. Es war eine Mischung aus einem Lachen und dem Schnappen nach Luft. »Das Gefühl beruht definitiv auf Gegenseitigkeit, Süße. Ich weiß nicht, was du unter diesem T-Shirt trägst, aber es juckt mir tatsächlich in den Fingern, es langsam an deinem Körper hinaufzuschieben, bis du so nackt bist wie an dem Tag, an dem du geboren wurdest. Ich weiß, dass es machohaft ist, das zu sagen, aber du hast keine Ahnung, was dein Anblick in meinem Bett mit mir anstellt. Ich habe davon geträumt. Ich habe mir sogar genau hier in diesem Bett zu dem Gedanken daran einen runtergeholt. Ich glaube, unser erstes Mal wird verdammt schnell gehen.«

»Beschwerst du dich etwa?«

Quint konnte das Lächeln in ihrer Stimme hören. »Auf keinen Fall.«

»Hast du das Licht ausgeschaltet?«

Da Quint den Themenwechsel nicht verstand, dauerte es einen Moment, bis er antwortete. »Nein.«

»Gut.«

»Gut?« Die meisten Frauen, mit denen Quint zusammen war, hatten ihn gebeten, das Licht auszumachen, bevor sie sich vor ihm ausgezogen haben.

»Ja, ich will, dass du deine Fantasie bekommst. Ich kann es nicht erwarten, nackt hier zu liegen und mir deine Blicke auf mir vorzustellen. Aber ich warne dich, es wird die Zeit kommen, wenn ich das Licht ausgeschaltet haben möchte, einfach nur, damit du uns so zusammen erleben kannst, wie ich es tue.«

»Herrgott, Corrie. Jedes Mal wenn du den Mund aufmachst, wird mein Schwanz noch härter.«

»Ich kann mir etwas *anderes* vorstellen, das ich mit meinem Mund tun könnte, um ihn *noch* härter zu machen.«

Quint konnte nicht klar denken. Er hätte schwören können, bei ihren Worten wurde ihm grau vor Augen. Er wusste, dass Corrie ihre Gedanken aussprach und für gewöhnlich nicht schüchtern war, aber das hier überstieg seine kühnste Fantasie. Es hatte ihn immer genervt, wenn Frauen wegen ihres Aussehens unsicher waren. Es war nicht so, als würde er nicht verstehen, dass die Medien die Frauen um ihr Selbstbewusstsein brachten, aber vielleicht war das der Grund, warum Corrie so selbstsicher und zufrieden mit ihrem Körper war. Sie konnte die Bilder der dürren Frauen in Hollywood nicht sehen, die ständig im Fernsehen, in Illustrierten und im Internet waren. Es war überaus erfrischend, mit einer Frau zusammen zu sein, die ihren Körper mochte.

Quint packte den unteren Rand von Corries T-Shirt und zog ihn gewaltsam nach oben. Er fragte nicht und sie beschwerte sich nicht. Sie hob lediglich die Arme, um ihm zu helfen. Er sah kurz ihre altrosa Brustwarzen, bevor er sich nach unten beugte, um sie zu verschlingen.

Er nahm eine in den Mund und saugte fest daran, während er mit den Fingern die andere fand und sie zwirbelte. Corrie stöhnte in seinen Armen und hielt sich an seinen Oberarmen fest, während er an ihr herumspielte.

Er war nicht einmal annähernd fertig, als er spürte, wie sie eine ihrer Hände zwischen ihnen an seinem Körper nach unten schob. Quint half ihr, indem er die Hüften zur Seite bewegte, um ihr Platz zu geben. Sie fand problemlos seinen Schwanz und drückte ihn durch die Baumwolle seiner Boxershorts.

Er hob den Kopf und schnappte nach Luft.

»Oh Gott, Quint. Du fühlst dich toll an.«

»Ich glaube, das ist *mein* Text.«

»Wir können ihn uns teilen.«

Quint tolerierte ihre Hand an ihm noch einen weiteren Moment, bevor er sich auf den Rücken rollte und die Hüften anhob, um den störenden Stoff zu entfernen. Je eher Corries Hand seine nackte Haut berührte, desto besser. Bevor er sich zurückrollen konnte, war Corrie schon da. Er sah zu ihr auf und grinste. Sie war so verdammt sexy und sie hatte keine Ahnung. Überhaupt keine Ahnung.

Ihr blondes Haar war zerzaust und fiel ihr ins Gesicht. Sie hob gedankenverloren eine Hand und strich es sich hinter das Ohr, bevor sie die Hand wieder auf seinen Körper legte. Ihre Wangen waren gerötet und sie leckte sich abwechselnd sinnlich über die Lippen, bevor sie sich auf die Unterlippe biss.

Sie hatte volle, muskulöse Oberschenkel. Er konnte sehen, wie ihre Muskeln sich bewegten, als sie es sich auf ihm bequem machte. Quint wusste, dass sie in seinen Händen weich wären.

Ihre Brüste waren perfekt. Sie waren nicht klein, aber auch nicht riesig. Sie passten problemlos in seine Handflächen. Ihr Bauch war weich und rund und sie hatte kleine Pölsterchen an den Hüften. Quint konnte ihr nicht widerstehen, nicht dass er sich noch länger zurückhalten musste. Wenn sie auf dem Sofa miteinander geknutscht hatten, hatte er zuvor schon einige Blicke auf sie werfen können, er hatte sie jedoch noch nie so gesehen. Nackt, rittlings auf seinem Körper sitzend und ganz ihm gehörend.

Er streichelte mit der Hand über ihre Brust und hinunter zu ihrem Bauch. Quint spielte kurz mit ihrem Bauchnabel, bevor er die Hand bewegte. Er packte sie an der Seite und drückte in ihre Haut, bis sie sich in seinem Griff bewegte.

»Du bist so weich. Oh Gott, Corrie. Du bist wunderbar.«

Anstatt zu antworten, rutschte sie auf seinen Beinen nach hinten, zwang ihn dazu, sie loszulassen, und legte die Hände an seine Hüften, um ihn zu erkunden. Quint atmete überhastet ein, als sie mit einer Hand seine Hoden umschloss und mit der anderen seine Erektion direkt unter der Schwanzspitze ergriff.

»Das gefällt dir.«

»Ja.«

Corrie sagte nichts weiter und fuhr lediglich damit fort, mit den Händen über seinen Körper zu streicheln. Sie lernte seine Form und die Beschaffenheit seiner Haut kennen. Mit dem Finger umkreiste sie seine Schwanzspitze und strich darüber, um seinen Lusttropfen zu verteilen und ihn in seine Haut einzumassieren.

Endlich sprach sie erneut. »Tut das weh?«

»Was tut weh?«

»Das hier.« Sie drückte leicht zu. »Ich kann spüren, wie die Adern hervortreten und pulsieren. Es fühlt sich an, als sollte es wehtun. Deine Hoden sind straff, ich weiß nicht, ob ich zuvor schon mal so etwas gespürt habe.«

Quint gefiel es nicht, mit anderen verglichen zu

werden, ignorierte es für den Moment jedoch. Er strich mit der Hand über ihren Kopf, war aber nicht im Geringsten beleidigt, dass sie anscheinend ins Zimmer blickte. Es spielte keine Rolle, ob ihr Kopf nach unten zu seinem Schwanz geneigt oder auf sein Gesicht gerichtet war, sie konnte ihn nicht sehen, zumindest nicht mit ihren Augen. Momentan »sah« sie alles, was sie sehen musste, mit ihren Händen, und es fühlte sich verdammt großartig an.

»Es tut nicht unbedingt weh. Auf eine gewisse Weise ist es schmerzhaft, weil ich so erregt bin, aber es ist ein guter Schmerz. Ich weiß, dass ich schon bald ganz tief in deinem heißen, feuchten Körper vergraben sein werde und dass es sich so verdammt gut anfühlen wird. Das ist jeden Schmerz wert, den ich gerade empfinde.«

Wortlos beugte Corrie sich nach unten und leckte über seine Schwanzspitze. Er stöhnte, als sie seinen Schaft drückte und es noch einmal tat.

Corrie hob den Kopf und schaute in die Richtung, in der sein Gesicht sein sollte. »Ich will dich.«

Ihre Worte gaben ihm den Antrieb, den er benötigte, um die Kontrolle zu übernehmen. »Leg dich hin.« So gut ihr Mund sich an seinem Schwanz auch anfühlte, wusste er, dass er es niemals aushalten würde, wenn er sie weitermachen ließe. Hoffentlich wäre dafür später noch Zeit. Wenn sie es wollte.

Sie tat, worum Quint sie gebeten hatte, und er zog

die Decke so weit nach unten, dass ihr Körper vollkommen entblößt war. Er legte eine Hand auf ihren Bauch, damit sie wusste, dass er dort war. Er schaute auf seine gebräunte Hand auf der blassen Haut ihres Bauches. Es war so erotisch, dass Quint explodieren würde, wenn sie ihn jetzt berührte.

Als er sie ansah, streckte sie sich und drückte den Rücken durch. Sie legte die Hände über dem Kopf ab und Quint hätte schwören können, dass sie genauso aussah wie die Bilder von Marilyn Monroe, bei denen er immer gesabbert hatte, als er noch jünger war.

»Ist es so, wie du es dir vorgestellt hast?« Ihre Stimme war heiser und sinnlich und hatte einen neckenden Klang.

»Nein.« Quint sprach das Wort knapp aus, ohne nachzudenken. Erst als er sah, wie Corrie die Stirn runzelte und die Hände herunternahm, wurde ihm klar, was er gesagt hatte. Er packte sie an den Handgelenken und zwang sie, die Arme wieder über den Kopf zu nehmen, dann beugte er sich hinunter und flüsterte ihr ins Ohr: »Es ist so viel besser, dass ich kurz davor stehe, auf deinen hübschen Titten abzuspritzen. Behalte die Hände genau dort. Beweg dich nicht. Wenn du mich berührst, verliere ich den Verstand, und es gibt sehr viel, das ich noch tun will, bevor es so weit ist.«

Das Lächeln kehrte langsam auf Corries Gesicht zurück und Quint entspannte sich. Er hätte niemals gewollt, dass sie sich in seinem Bett oder irgendwo anders unbehaglich fühlte. Quint glitt an ihrem Körper hinunter und leckte und biss hier und dort, bis er sein Ziel erreicht hatte und sich zwischen ihre Beine kniete. »Mach die Beine breiter für mich, Süße.« Als sie es tat, spürte Quint, wie ihm das Wasser im Mund zusammenlief. Oh Scheiße. Ja.

Ihre Schamlippen waren rosa und glänzten von ihrer Erregung. Er senkte sich hinab, bis er zwischen ihren Beinen auf dem Bauch lag. Dann schob er eine Hand unter ihren Po und hob sie hoch. Mit der anderen spreizte er ihre Muschi für sich.

»Ich hoffe, du liegst bequem, Corrie, denn ich habe das Gefühl, dass ich eine ganze Weile hier unten bleiben werde.« Quint lächelte über das Stöhnen, das ihrem Mund entwich, wandte den Blick von seiner Trophäe aber nicht ab. Er leckte einmal von unten nach oben und schenkte ihrer Klitoris Aufmerksamkeit, als er den Gipfel ihrer Schamlippen erreichte. Als sie an ihm zusammenzuckte, murmelte er mehr zu sich selbst als zu Corrie: »Oh ja, eine sehr lange Weile.«

KAPITEL ZWÖLF

Corrie hielt den Atem an, als sie Quints Zunge an sich spürte. Heiliger Strohsack, seine Berührung war perfekt. Sie wollte unbedingt die Hände auf seinen Kopf legen, behielt sie aber dort, wo sie waren. Es hatte zuvor schon zwei Männer gegeben, die sie oral befriedigt hatten, aber es hatte sich eher angefühlt wie: »Bringen wir es hinter uns, damit wir zum schönen Teil übergehen können.«

Aber Quint sorgte dafür, dass es sich so anfühlte, als sei *genau das* der schöne Teil. Er erweckte den Eindruck, als würde er wirklich genießen, was er tat. Corrie konnte sein leises Stöhnen und die Laute hören, die er in seiner Kehle erzeugte. Er hatte ihren Hintern fest gepackt und bohrte immer wieder die Finger in ihr Fleisch. Sie spürte, wie seine Schultern an den Innenseiten ihrer Oberschenkel rieben, während er sich darauf konzentrierte, ihr Lust zu bereiten. Corrie hörte die Geräusche seines Leckens und ihrer Säfte an seinen Fingern, mit denen er sie penetrierte. Es hätte ihr unangenehm sein sollen, aber in diesem Moment erregte es sie nur noch mehr.

Alles, was er tat, war unsagbar scharf, dabei konnte sie es nicht einmal sehen. Sie konnte sich nur vorstellen, wie sie in Quints Augen aussah, während er ihren weiblichen Merkmalen ganz nahe war. Corrie errötete und hoffte, dass Quint zu beschäftigt sei, um es zu bemerken.

Quint liebte Corries Geschmack. Wenn man ihn gefragt hätte, wäre er nicht in der Lage gewesen, ihn zu beschreiben, aber er war erregender als alles, was er jemals zuvor in seinem Leben gekostet hatte. Er bewegte die Hüften an der Matratze, während er Corries Schamlippen weiter leckte und an ihnen saugte. Sein Schwanz war so steif, dass er wusste, sobald er in sie eindrang, würde er jegliche Kontrolle verlieren.

Er führte zwei Finger in ihre heiße Muschi ein und konzentrierte sich auf ihre Klitoris. Quint konnte spüren, wie Corrie zitterte, als er sie immer näher an den Abgrund brachte. Er rieb an ihren inneren Wänden und versuchte, ihren G-Punkt zu finden. Als er eine kleine, weiche Stelle in ihr berührte und sie in seinen Armen zusammenzuckte, wusste er, dass er ihn gefunden hatte.

»Genau so, Corrie. Komm an meinen Fingern. Ich will es fühlen.« Er neigte den Kopf und stieß sie mit seinem Doppelangriff auf ihre Nervenenden in den Abgrund.

Quint hatte Schwierigkeiten, den Mund an ihrer Knospe zu behalten, als Corrie in seinem Griff zuckte. Er lächelte und behielt den Blick fest auf ihr Gesicht gerichtet, während sie sich in seinen Armen wand. Sie stöhnte und er konnte ihre Hände in seinem Haar fühlen. Innerlich grinste er, da ihm bewusst wurde, dass sie im Rausch der Leidenschaft die Hände nicht über dem Kopf halten konnte, wie er es von ihr verlangt hatte. Als sie sich gerade wieder beruhigt hatte, drückte er mit seinen Fingern, die sich immer noch in ihr befanden, ein weiteres Mal gegen die feuchten Wände ihrer Muschi.

Er hob den Kopf und sah zu, wie sie in seinen Armen erneut unkontrolliert zitterte. Er hatte andere Frauen bei ihren Orgasmen beobachtet, aber das hier war anders. Sie stöhnte nicht und machte dann weiter. Genauer gesagt gab sie außer einem leisen Gurren hier und da kaum einen Laut von sich. Ihre Reaktionen auf seine Streicheleinheiten waren aufrichtig und ehrlich und in gewisser Weise hundertmal erotischer als die jeder Frau, mit der er jemals zusammen gewesen war. Corrie schien ihre Orgasmen von den Zehen- bis in die Haarspitzen zu spüren. Es war einfach fantastisch.

Quint zog die Finger langsam aus ihr heraus, selbst

als sie weiterhin zuckte und die Hüften nach oben drückte. Er genoss, wie ihr Körper ihn fest umschlossen hielt und versuchte, ihn daran zu hindern, ihre Muschi zu verlassen. Er schob sich seine von ihren Orgasmussäften bedeckten Finger in den Mund, saugte daran und genoss ihren intensiven, moschusartigen Geschmack. Er begab sich auf alle viere und kroch an Corries Körper hinauf, bis er sich über ihr befand.

Ihre Arme lagen schwach an ihren Seiten und ihre Lippen waren zu einem süßen Lächeln verzogen. Sie sah vollkommen befriedigt und fertig aus.

»Hey, geht es dir gut?«

»Psssssst.«

Quint grinste. Er sagte nichts, beugte sich stattdessen hinunter und begann, ihren Hals zu küssen. Er leckte über ihr Schlüsselbein und arbeitete sich zu ihrem Ohr vor, wo er das Ohrläppchen in den Mund nahm, daran saugte und dann zärtlich hineinbiss.

Corrie stöhnte unter ihm und bewegte endlich die Hände seitlich an seinen Körper, um ihn fest zu packen. »Nicht fair«, beklagte sie sich gespielt, selbst als sie den Kopf neigte, um ihm noch mehr Zugang zu ihrem empfindlichen Hals und Ohr zu geben.

»Beachte mich gar nicht, Süße. Du brauchst nur dazuliegen und mich zu ignorieren.«

»Selbst wenn ich es versuchen würde, könnte ich dich gar nicht ignorieren.«

Quint lächelte erneut. Alles mit ihr machte so viel Spaß. Er hatte zuvor noch nie so viel gelächelt, während er mit einer Frau im Bett war. In der Vergangenheit war es ihm einzig darum gegangen, erst sie und dann sich selbst zum Höhepunkt zu bringen. Er hatte nie spielen und necken wollen. Er hatte nicht gewusst, was er verpasste.

»Ich will dich, Corrie.« Quints Worte waren nun ernst. Er löste sich von ihr und schaute Corrie von oben ins Gesicht. Sie sah zu ihm auf. Ihre blauen Augenprothesen richteten sich auf die Stelle, an der sie ihn vermutete. Quint hätte schwören können, dass sie in der Lage waren, direkt in seine Seele zu blicken.

»Ich will dich auch, Quint. Ich will dich in mir spüren, will fühlen, wie du mich ausfüllst.«

»Oh Gott.« Quint knirschte mit den Zähnen, als sein Schwanz an Corries Bauch zuckte. Er beugte sich zu der Schublade neben seinem Bett und nahm eine brandneue Packung mit Kondomen heraus. Er hatte sie letzte Woche in der Hoffnung gekauft, dass er Corrie irgendwann ins Bett bekommen würde. Zu jener Zeit war es ihm egal gewesen, ob es Monate oder Tage dauern würde, obwohl er gehofft hatte, dass die Wartezeit im Tagesbereich anzusiedeln war.

Er zerrte an der Packung herum und verfluchte sich dafür, dass er nicht vorausgedacht und sie vorher geöffnet hatte. In seiner Eile, sie unbedingt aufzukriegen, flogen die Kondome plötzlich überall herum, als er die Schachtel aufriss. Corrie warf den Kopf zurück und lachte aus vollem Hals, als sie spürte, wie die Folienpäckchen auf und neben ihr landeten.

Sie nahm eins, das auf ihrer Brust gelandet war, und hielt es hoch. »Suchst du eins hiervon?«

Quint beugte sich nach unten und gab Corrie einen stürmischen Kuss, bevor er ihr das Kondom aus der Hand nahm. »Ja, danke.«

Er riss die Folie auf, ignorierte die anderen Kondome, die auf dem Bett verteilt lagen, und setzte sich auf, um es über seinen aufrecht stehenden Schwanz zu rollen. Quint sog die Luft ein, als Corrie seine Hände wegschlug und die Aufgabe für ihn übernahm.

Während er durch seine Erregung atmete, presste er die Zähne zusammen und fragte: »Wie kommt es, dass du darin so gut bist?«

»Nicht, was du vielleicht denkst«, scherzte Corrie, als sie die Spitze des Kondoms zusammendrückte und es ganz langsam über seinen Schwanz nach unten rollte.

»Ich meinte nicht ... oh mein Gott, Weib ... ich meinte ...«

Quints Stimme verstummte und Corrie antwortete auf das, was er so dringend zu fragen versuchte. »Hey, ich kann vielleicht nichts sehen, aber ich habe auf der Highschool mit allen anderen in meinem Gesundheitskurs geübt, diese Babys über eine Banane zu stülpen.«

»Hast du das wirklich gemacht?«

»Ja. Ich kann mir nicht vorstellen, dass Eltern so etwas heutzutage in den öffentlichen Schulen zulassen würden, aber für mich und meine Freundinnen war es extrem aufschlussreich. Schon fertig.« Sie streichelte seine Erektion, die jetzt mit einem Kondom bedeckt war, und zupfte ermutigend daran, damit er beendete, was er angefangen hatte.

Quint versuchte zu ignorieren, wie gut ihre Hände sich an ihm anfühlten, damit er nicht käme, bevor er überhaupt in sie eingedrungen war, und beugte sich wieder über sie. »Halte dich an meinen Armen fest, Süße. Das hier wird heftig und schnell werden, tut mir leid. Beim nächsten Mal werde ich dafür sorgen, dass es besser für dich wird.«

»Wenn es noch besser wäre, wäre ich tot. Ich will dich. Ich will dich in mir spüren. Nimm mich, Quint. Tu es.«

Er wartete, bis sie mit den Händen seine Oberarme ergriffen hatte, bevor er sich mit einer Hand oberhalb ihres Kopfes abstützte. Dann ergriff er seine Schwanzwurzel mit der anderen Hand. Er spürte, wie Corrie die Beine noch weiter spreizte, um ihm Platz zu geben. Mit der Schwanzspitze rieb er einmal, zweimal über ihre Klitoris, dann senkte er sich ab und drang in sie ein. Quint stöhnte auf, als er langsam in ihre heiße, feuchte Muschi hineinglitt.

»Scheiße, Corrie. Oh Gott, du fühlst dich gut an.«

Quint stützte sich auch mit der anderen Hand neben ihrer Schulter ab, während er in ihren warmen Körper eindrang, so weit es ihm möglich war. Er spürte, wie Corrie die Knie anzog und die Beine um seine Taille schlang. Sie überkreuzte die Knöchel und drückte ihn. Als sie die Hüften neigte, hätte Quint schwören können, dass er noch zwei weitere Zentimeter in sie hineinsank.

»Oh Gott.« Quint zog den Schwanz bis zur Spitze heraus, dann drang er langsam wieder in sie ein. »Du fühlst dich.« Wieder zog er ihn raus und drückte sich hinein. »So verdammt gut an.«

Quint hörte auf zu reden. Er bekam keine weiteren Worte mehr heraus. Er erhöhte das Tempo, als er immer wieder in Corrie hineinstieß. Sie fühlte sich himmlisch an.

»Ich kann nicht … Scheiße … halt dich fest, Süße. Sag Bescheid, wenn ich dir wehtue, okay?«

Corrie stöhnte und zog ihn näher an sich. Quint fiel über ihr auf die Ellbogen.

»Du tust mir nicht weh. Tu es. Bitte.« Ihre Stimme neben seinem Ohr war sanft und gehaucht. Er spürte ihren warmen Atem, als sie an seinem Hals keuchte.

Quint warf seine Zurückhaltung über Bord und hämmerte in Corrie hinein, als würde sein Leben davon abhängen. Faszinierenderweise spürte er, wie sie genau in dem Moment unter ihm erzitterte, in dem er die Kontrolle verlor. Er hatte länger durchgehalten, als er gedacht hatte, aber nur etwa zwei Stöße länger. Er drückte sich fest in Corrie hinein, als er den Kopf zurückwarf und stöhnte.

Da Quint sich nicht mehr aufrecht halten konnte, senkte er sich hinab und legte sich neben sie, wobei er dafür sorgte, dass eins ihrer Beine über seiner Hüfte blieb, damit er so lange wie möglich in ihr verweilen konnte. Beide lagen schwer atmend auf dem Bett und Corrie kuschelte sich an seine Brust, während Quint weiterhin versuchte, zu Atem zu kommen.

»Heilige Scheiße, Weib.«

Corrie kicherte ihm ins Ohr und Quint hielt es für das schönste Geräusch, das er je gehört hatte.

Sie hielten einander ein paar Minuten fest und genossen die Nachwirkungen ihrer Orgasmen. Schließlich löste Quint sich widerwillig von ihr. »Ich muss das Kondom entsorgen, beweg dich nicht.«

Ihr Bein rutschte von ihm herunter und Quint griff nach seinem Schwanz und hielt das Kondom fest, als er aus ihrem warmen Körper glitt, wobei er es insgeheim liebte, wie Corrie dabei enttäuscht aufstöhnte. Er beugte sich zu ihr, küsste sie auf die Lippen und flüsterte: »Ich bin gleich zurück.«

Corrie rollte sich auf den Rücken und nickte lächelnd in seine allgemeine Richtung. Quint verschwand im Badezimmer und warf das Kondom in den Mülleimer. Er stellte das Wasser an, wartete, bis es warm war, und befeuchtete einen Waschlappen. Dann ging er zurück ins Schlafzimmer, hielt an und erfreute sich ein weiteres Mal an dem Anblick von Corrie, die nackt auf seinem Bett lag. Sie hatte sich auf die Seite gedreht und schaute nun in seine Richtung. Einen Arm hatte sie unter das Kissen unter ihrem Kopf geschoben, der andere lag locker auf ihrer Hüfte. Ihre Beine waren angewinkelt und sie sah aus wie ein Pin-up-Model. Quint dankte seinen Glückssternen, dass sie ganz allein ihm gehörte.

Er ging zu seinem Bett und setzte sich auf die Kante. »Leg dich auf den Rücken, Süße.«

»Wieso?«

»Ich habe einen Waschlappen, ich will dich sauber machen.«

Corrie errötete und streckte ihm die Hand hin. »Ich kann das machen.«

»Ich will es tun.« Quint hielt den nassen Lappen so, dass sie ihn nicht erreichen konnte. »Bitte.«

Wortlos rollte Corrie sich auf den Rücken, behielt ihren Kopf aber in Richtung Decke gerichtet.

»Das hier kann dir nicht ernsthaft peinlich sein.« Quint machte Small Talk, als er sich der überaus angenehmen Aufgabe widmete, ihre überstrapazierten Schamlippen zu beruhigen und die Beweise ihrer Erregung abzuwischen.

»Ist es aber.«

Quint lachte leise und beendete seine Arbeit. »Mir macht es Freude. Ich mag es, dafür zu sorgen, dass es dir gut geht und du alles hast, was du brauchst.«

Sie sagte nichts und Quint ließ es gut sein. Sie würde sich an ihn gewöhnen. Zumindest hoffte er das.

Er machte sich nicht die Mühe, den Waschlappen zurück ins Bad zu bringen. Er warf ihn einfach neben das Bett auf den Boden und machte sich eine mentale Notiz, ihn morgen früh nach dem Aufstehen aufzuheben, damit Corrie nicht drauftrat. Er konnte sich nicht vorstellen, wie ekelhaft es sein musste, morgens gleich als Erstes auf einen kalten, nassen Lappen zu treten.

Quint tat sein Bestes, um die Kondome, die überall verteilt lagen, mit der Hand von der Matratze zu fegen. Dann kuschelte er sich wieder ins Bett und zog die Decke nach oben. Etwas in seiner Brust zog sich zusammen, als Corrie nicht zögerte, sich ohne ein Wort an ihn zu schmiegen. Er spürte, wie sie ihm mit der Hand auf die Brust tippte.

»Was tust du da?«

»Ich schreibe mit meiner Fingerspitze in Braille.«

Quint konzentrierte sich darauf, was sie »schrieb«. Er lächelte strahlend, als er die Buchstaben erkannte. Er vergrub das Gesicht an ihrem Hals und zerdrückte dabei ihre Finger zwischen ihren Körpern. »Ich mag dich auch, Süße.«

Corrie drehte sich um und stöhnte. Sie war wunderbar wund. Es war schon eine Weile her, seit sie das letzte Mal Sex hatte, und Quint war kein kleiner Mann ... nirgendwo.

Sie blinzelte und erstarrte bei dem beinahe schmerzhaften Gefühl, das sie überkam. Mist. Sie musste ihre Prothesen einmal pro Monat herausnehmen und sie gründlich reinigen. Sie hatte es in diesem Monat noch nicht getan und angesichts des Schmerzes, den sie empfand, war es offensichtlich, dass sie zu lange gewartet hatte. Sie wollte es eigentlich nicht vor Quint machen, aber da sie vorhatten, den Tag damit zu verbringen, seine Küche für sie umzuräumen, würde sie es nicht vermeiden können. Ihre Augen fühlten sich verkrustet an und sie wusste, dass sie nicht darum herumkam.

Corrie erinnerte sich daran, wie sie die gründliche Reinigung zuvor schon einmal zu lange hinausgezögert hatte. Sie hatte eine schmerzhafte Entzündung bekommen und sich von ihren Ärzten eine Standpauke anhören müssen. Aber es war ihr unangenehm, ihre Augen vor Quint herauszunehmen. Einmal hatte sie Emily gefragt, wie sie ohne sie aussah, und ihre Freundin war ehrlich gewesen und hatte gesagt, dass sie etwas gruselig wirke. Emily hatte gelacht und gesagt, mit den zwei leeren Löchern, wo ihre Augen sein sollten, sähe sie aus wie eine Figur aus einem Horrorfilm. Corrie wollte wirklich nicht gruselig vor Quint aussehen, ganz besonders nicht nach der wunderbaren Nacht, die die beiden miteinander verbracht hatten. Sie waren immer noch in der Kennenlernphase und sie wollte vor ihm nicht wie ein Zombie aus einer Horrorshow aussehen.

Ihre Prothesen mussten mindestens zwei Stunden in der Reinigungslösung liegen und sollten eigentlich länger dort drinnen bleiben, um so tiefengereinigt zu werden, wie sie es benötigten. Mist, Corrie wusste, dass sie es gestern Abend hätte machen sollen. Hätte sie es getan, wären sie jetzt sauber und sie könnte sie benutzen.

»Was ist los?« Quints Stimme an ihrem Ohr klang verschlafen.

»Nichts, schlaf weiter.« Corrie wagte es. Sie spürte trotzdem, wie Quint den Kopf von seinem Kissen hinter ihr anhob, wo er sie in den Armen gehalten hatte.

»Ich bin nicht müde. Was ist los? Hast du unseretwegen Zweifel?«

»Nein. Meine Güte, warum musst du auch so aufmerksam sein?«, beschwerte Corrie sich etwas gereizt.

»Darum. Corrie, wenn es nichts mit uns zu tun hat, dann sag mir: Was. Ist. Los?«

Er betonte ganz deutlich jedes Wort. An der angespannten Art, in der er sie in den Armen hielt, erkannte sie, dass er sowohl verärgert als auch besorgt war.

Es war keine große Sache. Oder? Wenn sie mit ihm zusammen sein wollte, würde sie es ihm früher oder später sowieso erzählen müssen. »IchmussmeineProthesensäubern.«

»Okay ... und?«

Mist. »Und um das zu tun, muss ich sie herausnehmen.«

»Jaaa ...« Er zog das Wort in die Länge und klang langsam verwirrt und genervt.

Corrie drehte sich in seinen Armen herum und drückte das Gesicht an seine Brust. Er roch so gut, nach Quint und Sex. Es beruhigte sie. »Es ist widerlich. Ich will nicht, dass du mich ohne meine Augen siehst.«

Sie spürte, wie Quint von ihr abrückte. Sie seufzte. Sie rutschte etwas nach hinten und blickte dorthin, wo sie sein Gesicht vermutete. Sie spürte seine Hände seitlich an ihrem Kopf, die ihn festhielten.

»Musst du sie vollständig herausnehmen?«

»Hmm-hmm.«

»Cool! Darf ich zusehen?«

Corrie zuckte verwirrt zurück. »Was?«

»Ich habe so etwas noch nie gesehen. Tut es weh? Wie nimmst du sie raus? Ich wusste nicht, dass sie *überhaupt* rausgenommen werden können. Ich meine, natürlich können sie rausgenommen werden, es sind ja Prothesen, aber wie machst du sie sauber? Sind sie rund?« Er klang fast schon wie ein kleiner Junge, der sich auf seinen ersten Besuch beim Weihnachtsmann freut.

Corrie streckte die Arme aus und versuchte, Quints Mund zu finden. Zuerst verfehlte sie ihn und bedeckte nur sein Kinn, doch dann schob sie die Hand nach oben, bis sie seinen Mund fand und ihn zuhielt. Sie lächelte ihn schwach an.

»Wenn du es wirklich wissen willst, werde ich deine Fragen beantworten, aber du sollst verstehen, dass ich ohne meine Prothesen seltsam aussehe. Emily hat es mir gesagt.«

Quint nahm ihre Hand von seinem Mund und beugte sich nach vorn, bis er ihre beiden Augenlider küssen konnte. »Du wirst niemals seltsam aussehen, Corrie. Ja, du bist anders. Na und? Unser Aussehen macht uns nicht zu dem, was wir im Inneren sind. Und du, Süße, bist wunderschön. Du könntest zwei Köpfe haben und ich wäre immer noch dieser Meinung. Ich mag dich sehr und ich bin dabei, mich sehr schnell in dich zu verlieben. Aber nicht in deine Augen oder deinen Körper, sondern in *dich*. Und das hier ist ein Teil dessen, was du bist. Ich will alles über dich wissen, inklusive dieser Sache, okay?«

»Okay.« Etwas anderes fiel ihr in dem Moment nicht ein. Sie wollte wie ein kleines Mädchen kreischen und ihr Gesicht im Kissen vergraben. Er war dabei, sich in sie zu verlieben? Heiliger Bimbam. Sie hatte allerdings keine Zeit, das zu verarbeiten, da Quint sie aus dem Bett scheuchte.

»Cool, gehen wir. Ich kann es nicht erwarten, das zu sehen.«

Corrie schüttelte bloß den Kopf und folgte Quint. Er hatte sie bei der Hand genommen und zog sie in sein Badezimmer.

»Gibst du mir eine Minute?«, fragte Corrie schüchtern.

»Scheiße, ja. Tut mir leid. Ich werde das Bad am Ende des Flurs benutzen. Fang nicht ohne mich an.«

Corrie lachte, als sie hörte, wie Quint aus dem Raum eilte und den Flur entlangjoggte. Sie ging zurück ins Schlafzimmer und fand ihr T-Shirt, das Quint ihr am Abend zuvor ausgezogen hatte. Bevor sie eingeschlafen waren, hatte Quint sich verschlafen über sie gebeugt, es auf dem Boden gefunden und ihr gesagt, er würde es ans Fußende legen, damit sie es finden könnte, sollte sie es am nächsten Morgen brauchen.

Corrie ging ins Bad, beendete rasch ihre Morgenroutine und wartete darauf, dass Quint zurückkam.

Quint eilte zurück ins Badezimmer und trat von hinten an sie heran. »Okay, mach weiter. Ich bin bereit. Tu einfach so, als sei ich nicht hier.«

Corrie schüttelte den Kopf und lächelte nervös. Als sei sie dazu imstande. Aber sie versuchte es. Sie nahm die benötigten Dinge aus ihrer Toilettentasche. Sie bat Quint um ein sauberes Handtuch und als er es ihr gab, bedeckte sie damit das Waschbecken vor sich. Wenn sie ihr Auge herausnahm, wollte sie nicht, dass es in dem harten Waschbecken landete und splitterte. Auch das hatte sie auf die harte Tour gelernt.

Sie nahm das Häkchen aus ihrem Reinigungsset und zog das Unterlid so weit nach unten, bis sie das winzige Teil des Plastiks unter den Rand der Prothese schieben konnte. Sie drückte sie nach oben, bis sie über ihrem Unterlid hervortrat, und fing sie mit der anderen Hand auf, als sie aus ihrer Augenhöhle herausfiel.

Die Prothese war nicht rund, wie die meisten Menschen annahmen. Sie hatte eine ovale Form und war auf der anderen Seite hohl. Sie saß wie ein Aufsatz in ihrer Augenhöhle, wobei die Rundung an der Vorderseite dafür sorgte, dass sie mehr wie ein normales Auge aussah.

Corrie versuchte, die Tatsache zu ignorieren, dass Quint schweigend hinter ihr stand und höchstwahrscheinlich alles so aufmerksam beobachtete, wie er es immer tat, und fuhr mit ihrem Reinigungsritual fort.

Sie nahm einen feuchten Wattebausch, um Schmutz und Ausfluss rund um ihre leere Augenhöhle zu entfernen. Dann füllte sie das Augenbad mit der speziellen Salzlösung, die sie zu Hause hergestellt hatte, und legte den Kopf nach hinten, um ihre Augenhöhle auszuwaschen.

Danach spülte Corrie die Prothese im Waschbecken unter warmem Wasser ab und benutzte die geruchsfreie Seife, die sie bei sich hatte, um sie sauber zu schrubben. Als sie damit fertig war, legte sie die Prothese in einen speziellen Behälter, um sie in der Salzlösung einweichen zu lassen. Einige Leute ließen diesen Schritt aus, aber sie war der Meinung, dass das Auge dadurch sauberer würde, als es wäre, wenn sie es einfach nur mit Seife unter fließendem Wasser wusch.

Sie legte dieses Auge zur Seite und begann die ganze Prozedur erneut mit ihrer anderen Prothese. Als sie fertig war und sich beide Augen in der Reinigungslösung befanden, sagte Quint zum ersten Mal etwas. »Wie lange weichst du sie ein?«

»Das kommt darauf an. Normalerweise lasse ich sie über Nacht in der Lösung, aber heute sollten zwei Stunden ausreichen.«

Corrie spürte, wie Quint sie in seinen Armen herumdrehte. Einen Moment lang machte sie sich steif, doch dann gab sie nach. Das hier war Teil dessen, was sie war. Er hatte recht. Wenn sie wollte, dass es funktionierte, musste er sie ohne ihre Prothesen sehen. Sie hasste es, aber es war besser, es jetzt zu tun, als später, wenn die Verbindung zu ihm noch stärker wäre.

Sie spürte, wie Quint den Finger unter ihr Kinn

legte. Corrie hob den Kopf und wartete, während sie versuchte, nicht zu hyperventilieren. Sie spürte Quints Lippen an ihrer Stirn, dann an ihrer Nase, dann an ihren Lippen. Als sie die Augen schloss, spürte sie, wie er zärtlich beide Augenlider küsste.

»Du bist wunderschön, Corrie. Ernsthaft. Für mich bist du jetzt, ohne deine Prothesen, nicht weniger schön, als du es warst, als du nackt in meinem Bett gelegen und auf mich gewartet hast. Und auch wenn dabei mein innerer Geek zum Vorschein kommt, muss ich sagen, dass es das Coolste war, was ich seit langer Zeit gesehen habe.«

Corrie schnaubte.

»Ernsthaft. Und Süße, ich sehe wirklich keinen Unterschied in dem, was du gerade gemacht hast, verglichen mit dem, was ein Kontaktlinsenträger jeden Abend tut. Ich will nicht, dass du dich mir gegenüber deswegen seltsam fühlst. Wenn du sie herausnehmen und reinigen musst, bevor wir ins Bett gehen, dann tu das. Wenn du glaubst, dass es mich dazu bringt, mich nicht tief in deinem scharfen Körper vergraben zu wollen, liegst du vollkommen falsch.«

Corrie stolperte nach vorn, als Quint sie in seine Arme zog. Sie konnte seinen Schwanz spüren, der hart gegen ihren Bauch drückte. »Dich hier in meinem Badezimmer in den Armen zu halten, mit nichts weiter als diesem T-Shirt bekleidet, ist fast so gut, wie dich nackt in meinem Bett zu haben. Zwei Stunden, was?

Gut. Das ist ausreichend Zeit für mich, um das von gestern Abend wiedergutzumachen.«

»Wiedergutzumachen?«

»Ja, ich habe nur eine Minute durchgehalten. Ich muss dir meine Männlichkeit beweisen, damit du nicht denkst, dass ich immer so schnell bin.«

Corrie kicherte. »Haben wir heute nicht zu tun?«

»Ja, aber das kann warten. Das hier ist wichtiger.«

»Okay, ich bin dabei. Zeig mir, was du draufhast.« Corrie war so erleichtert, dass ihr die Worte fehlten. Sie hatte so viel Angst gehabt, dass er einen Blick auf ihre leeren Augenhöhlen werfen und angewidert sein würde.

Sie lachte und schlang die Arme um Quints Hals, als er sie auf die Arme nahm, mit ihr aus dem Bad trat und zum Bett ging. Oh ja, sie mochte diesen Mann. Definitiv.

Der Mann trat die Zigarette, die er geraucht hatte, mit dem Fuß aus. Die Schlampe war also endlich bei dem Bullenschwein eingezogen. Das erschwerte seine Pläne, machte sie aber nicht unmöglich. Er hatte endlich den besten Weg gefunden, wie er an sie herankommen konnte. Er hatte zwei Wochen dafür gebraucht, aber er wusste jetzt, wie das Ganze vonstattengehen würde.

Der Boss war sauer, dass die Polizei Shauns Leiche bereits gefunden hatte. Das hatte nicht passieren sollen. Er war vorsichtig gewesen, aber die verdammte Hitze in Texas hatte ihm einen Strich durch die Rechnung gemacht. Hätte es keine Dürre gegeben, hätte niemals irgendwer den Wichser gefunden.

Der Mann knirschte mit den Zähnen, als er an seinen Boss dachte. Er war der erfolgreichste Kredithai in der Stadt, war es aber nur deshalb geworden, weil er ein vollkommenes Arschloch war. Er vertraute niemandem. Er hatte keine anderen Angestellten ... sie waren alle mit den Jahren verschwunden.

Der Mann war nicht dumm. Er wusste, wenn er den Boss sauer machte, würde er ebenfalls verschwinden, aber derzeit war das Geld gut und er genoss die Nebeneffekte, die darin bestanden, Menschen töten und foltern und jede Muschi vögeln zu können, die er in die Finger bekam.

Dieser Gedanke brachte ihn wieder in die Gegenwart zurück. Er musste nur noch etwas länger warten. Der Boss machte gerade einen neuen Ort klar, an den die blinde Schlampe gebracht werden sollte, nachdem sie geschnappt wurde. Sie mussten herausfinden, was sie der Polizei erzählt hatte, und sie benutzen, um ein Exempel für andere in der Stadt zu statuieren, die eventuell darüber nachdachten, etwas über ihr Geschäft auszuplaudern. Der Boss traute ihr das jedoch durchaus zu. Sie würden sie an einen Ort bringen, von dem sie niemals entkommen könnte und wo ihre Schreie von niemandem gehört würden. Und er würde etwas Spaß haben können.

Der Mann griff sich in den Schritt und richtete seinen Schwanz. Er liebte es, wenn er die Gelegenheit bekam, mit Frauen zu spielen. Sie zu foltern machte so viel mehr Spaß, als es mit Männern der Fall war. Wenn er ihnen gleich zu Beginn den Schwanz in die Muschi schob, kooperierten sie für gewöhnlich weitaus besser.

Die Schlampe war blind, was seltsam war, aber damit kam er klar. Kein Problem. Sie sollte es besser genießen, diesen Bullen zu ficken, solange sie noch Gelegenheit dazu hatte. Schon bald würde er mit ihr machen können, was er wollte. Er konnte es nicht erwarten.

KAPITEL DREIZEHN

Corrie lag im Bett und hörte zu, wie Quint sich für die Arbeit fertig machte. Er hatte Frühschicht und ihr war es mehr als recht, noch ein paar Stunden weiterzuschlafen. Sie waren bis spät nachts wach gewesen, weil sie nicht die Finger voneinander lassen konnten. Als sie das letzte Mal miteinander schliefen, hatte Quint auf ihr Bitten hin während der gesamten Zeit die Augen geschlossen gehalten. Hinterher hatte er ihr gesagt, es sei die intensivste Erfahrung gewesen, die er jemals gehabt hatte. Corrie lächelte, als sie sich daran erinnerte.

Er hatte damit begonnen, sie von Kopf bis Fuß zu streicheln, und sie danach gnadenlos scharf gemacht, bis sie ihre Zehen verkrampft hatte. Danach hatte Corrie ihn auf den Rücken gedrückt und sich revanchiert. Sie hatte es genossen, sein Stöhnen und Keuchen zu hören, während sie mit den Händen und Lippen seinen gesamten Körper liebkost hatte. Sie hatte seinen Schwanz tief in den Mund genommen und Quint hatte ihr gesagt, wie unglaublich, wie viel ... *intensiver* ... es sich angefühlt hatte, als er sich nur vorstellen und nicht sehen konnte, was sie tat.

Bevor er explodiert war, hatte er sie von seinem Schwanz gezogen und herumgedreht. Er hatte sie angewiesen, auf alle viere zu gehen, und sie von hinten genommen. Nachdem er sich ein Kondom übergestreift hatte, hatte Quint in einem langsamen, gleichmäßigen Rhythmus immer wieder in sie hineingestoßen und dauerhaft davon gesprochen, wie gut sie sich anfühlte, wie weich sie war, wie sehr er es liebte, dass ihre Haut sich unter seinen Händen aufstellte und zitterte. Er hatte ihr sogar leichte Klapse auf den Hintern gegeben und sich darüber gefreut, wie ihr Po sich unter seinen Schlägen aufheizte.

Corrie hatte schließlich mit einer Hand nach unten greifen und seine Hoden massieren müssen, während er sie langsam gevögelt hatte, um ihn dazu zu bringen, seine eisenharte Kontrolle zu verlieren. Er hatte sie mit den Händen an den Hüften gepackt und fest in sie hineingestoßen. Corrie hatte das Gleichgewicht verloren und war auf die Unterarme gefallen, aber der andere Winkel schien bloß dafür zu sorgen, dass er noch mehr seiner Kontrolle verlor. Sie hatten beide gestöhnt und gekeucht, bis erst Corrie und dann Quint explodiert war.

Er war langsam aufs Bett gesunken, hatte Corrie an sich gezogen und mit ihr dort für eine scheinbare Ewigkeit gelegen, ohne ein Wort zu sagen. Endlich hatte Quint den Schwanz aus ihr herausgezogen und war ins Bad gegangen, um das Kondom wegzuwerfen. Er war mit einem warmen Waschlappen zurückgekommen, wie er es immer tat, und nachdem er sie beide gesäubert hatte, hatte er sich wieder hinter sie gekuschelt und ihr allerlei tolle Dinge zugeflüstert, während er ihren Hals und ihre Schulter küsste.

Es war fantastisch gewesen, aber dann wiederum war jeder Sex mit Quint unfassbar großartig.

Sieben Tage waren vergangen, seit Corrie bei Quint eingezogen war, und er hatte sein Versprechen gehalten und alles Mögliche unternommen, um dafür zu sorgen, dass sie sich bei ihm zu Hause wohlfühlte. Sie war deswegen sehr besorgt gewesen, aber bislang funktionierte es gut.

Corrie wusste, dass sie mit Quint sehr viel schneller den nächsten Schritt wagte, als sie es vermutlich tun sollte, aber sie konnte einfach nicht anders. Er arbeitete hart, war aufmerksam, ohne erdrückend zu sein, war loyal seinen Freunden gegenüber, war romantisch und die Chemie zwischen den beiden war einfach unbeschreiblich.

Wie ihr zuvor schon aufgefallen war, war Quint

nicht perfekt. Er hatte die Angewohnheit, etwas zu häufig zu fluchen, und wenn er auf dem Rücken schlief, schnarchte er manchmal so laut, dass er die Toten davon hätte aufwecken können. Sie hatte ebenfalls das Gefühl, dass er sie wegen ihrer Blindheit immer noch als zerbrechlich ansah, aber für den Moment lief es in ihrer Beziehung gut. Sie hätte noch sehr viel Zeit, mit ihm an den anderen Sachen zu arbeiten. Zumindest hoffte sie das.

Sie lauschte, als die Dusche ausgeschaltet wurde und Quint durchs Zimmer ging, um sich anzuziehen. Ihm zuzuhören, wie er seine Kleidung anlegte, hatte etwas sehr Intimes an sich. Corrie hätte das nie für möglich gehalten. Für Ian hatte sie das nicht empfunden, nicht einmal annähernd.

Corrie hörte das Knarzen von Quints Waffengürtel, als er auf sie zuging, und spürte, wie die Matratze sich neigte, als er auf Höhe ihrer Hüfte Platz nahm.

»Wirst du noch etwas weiterschlafen?«

»Hm-hm.«

»Okay. Du musst um neun in der Praxis sein?«

»Ja, mein erster Termin ist erst um halb zehn, deshalb kann ich heute etwas später kommen.«

»Holt Emily dich ab?«

Darüber hatten sie sich am Vorabend ebenfalls gestritten. Quint hatte sie jeden Tag zur Arbeit gefahren, aber da er so früh schon losmusste, wollte sie ihm keine Unannehmlichkeiten bereiten und ihn bitten, während seiner Schicht zurück nach Hause zu kommen. Darüber hinaus war sie ebenfalls egoistisch, denn sie wollte ausschlafen und nicht so früh bei der Arbeit erscheinen, wie sie es tun würde, wenn er sie vor seinem Schichtbeginn bei der Praxis absetzte. Emily hatte es nie etwas ausgemacht, sie abzuholen, und als sie fragte, hatte ihre Freundin sofort bereitwillig zugestimmt. Es war schon länger her, seit sie Emily zum letzten Mal gesehen hatte, und beide freuten sich darauf, sich wieder einmal miteinander unterhalten zu können.

Corrie wusste, dass sie darüber nachdenken musste, neue Termine für den Fahrdienst zu vereinbaren, den sie genutzt hatte, bevor alles passiert war. Nach der Schießerei hatte sie ihn vorübergehend abgesagt, aber sie hasste es, sich immer darauf verlassen zu müssen, dass Emily und Bethany – und jetzt auch Quint – sie überall dorthin brachten, wo sie hinmusste.

As ihr klar wurde, dass Quint auf eine Antwort wartete, sagte sie schnell: »Ja, sie wird gegen halb neun hier sein. Wir werden uns ein wenig unterhalten und auf den neuesten Stand bringen, und dann fahren wir los. Es ist schon in Ordnung.«

»Okay. Sollen wir zusammen Mittag essen?«

Corrie sah Quint mit gespieltem Stirnrunzeln an. »Du bist während der letzten Woche jeden Tag zur

Mittagszeit verschwunden. Wirst du keinen Ärger bekommen?«

Sie spürte, wie er mit der Hand über ihren Kopf streichelte und ihr eine Haarsträhne hinters Ohr strich. »Nein. Es ist uns gestattet, während unserer Schicht zu essen, weißt du.«

»Also dann, ja. Ich würde sehr gern mit dir Mittag essen. Ich werde nie ausschlagen, Zeit mit dir zu verbringen.«

Quint beugte sich zu ihr und gab ihr einen sanften Kuss auf die Stirn. »So gern ich auch wieder zu dir ins Bett klettern möchte, ich muss los.«

Corrie streckte die Hand bis zu Quints Nacken aus und zog ihn zu sich hinunter. Sie küsste ihn lange und stürmisch, bevor sie sich von ihm löste. »Okay, dann geh jetzt. Wir sehen uns später.«

»Meine Güte, Süße. Jetzt muss ich mit einer Erektion zur Arbeit fahren.«

Corrie kicherte. »Du wirst es überleben. Und jetzt verschwinde. Wir sehen uns zum Mittag.«

»Wenn ich es richtig anstelle, bekomme ich vielleicht einen Mittagsquickie«, neckte er sie verspielt. Dann küsste er sie noch einmal und wandte sich zum Gehen. »Ich werde die Alarmanlage einschalten und abschließen, wenn ich gehe. Bleib im Bett und genieße deinen faulen Morgen.«

»Okay, danke.«

»Tschüss, Süße. Bis später.«

»Tschüss, Quint.«

Corrie lächelte und kuschelte sich tiefer unter die Decke, während sie lauschte, wie Quint durchs Haus ging, in der Küche hantierte und durch die Tür nach draußen trat. Oh Gott, sie liebte ihn.

Moment mal. Was?

Corrie dachte darüber nach. Ja. Die Beziehung bestand noch nicht sehr lange, aber sie konnte es zugeben, zumindest vor sich selbst. Sie liebte ihn.

Er hatte ihr auf unzählige Arten gezeigt, wie viel sie ihm bedeutete, angefangen damit, dass er alle seine Anziehsachen in den Schrank im Gästezimmer geräumt hatte – und dann ihre Sachen im Kleiderschrank in seinem Schlafzimmer exakt so angeordnet hatte, wie es bei ihr zu Hause gewesen war – bis zu dem Punkt, dass er sogar einige seiner Möbel eingelagert hatte, damit im Haus mehr Platz wäre, um herumzugehen, und sie weniger Möglichkeiten hätte, sich wehzutun.

Sie hatten ebenfalls sorgfältig die Küche zusammen umgeräumt und dafür gesorgt, dass sie alle Teller und Tassen und Kochutensilien erreichen konnte. Er hatte in einen der Schränke ein zusätzliches Regal eingefügt, um dort alle ihre Gewürze in der gleichen Ordnung unterzubringen, wie sie es in ihrer eigenen Wohnung hatte.

Und nicht einmal – kein einziges Mal – war sie über etwas gestolpert, das er aus Versehen liegen gelassen hatte. Er war extrem aufmerksam und räumte seine Sachen immer weg. Alles hatte seinen Platz und bis jetzt hatte er sich daran gehalten. Corrie wusste, dass es nicht ewig so weitergehen würde. Es war unvermeidlich, dass er etwas vergessen würde, aber bei so viel Mühe, wie er sich gegeben hatte, um dafür zu sorgen, dass nichts im Weg herumlag, war Corrie klar, dass er entsetzt wäre, wenn es tatsächlich passieren würde.

Quint war aufmerksam, was ihre Bedürfnisse im Bett anging, er war unfassbar sexy und er strengte sich so sehr an, Braille zu lernen, dass ihr Herz beinahe schmerzte. Selbst ihre Eltern hatten sich nicht so große Mühe gegeben, so lesen und schreiben zu können, wie sie es tat. Sie hatten einen halbherzigen Versuch gestartet, als sie noch jünger war, wegen der besseren Technologie und ihrer Fähigkeit, E-Mails und Webseiten »lesen« zu können, jedoch aufgegeben.

Corrie dachte an den Vortag zurück, als Quint ihr schüchtern einen Zettel gegeben hatte, den er akribisch mit ihrem Braille-Etikettiergerät geschrieben hatte. Es war umständlich und er hatte sowohl Basis- als auch Kurzschrift miteinander vermischt, aber sie war in der Lage gewesen, es zu lesen. Dort stand: *Du machst mich glücklich. Der glücklichste Tag meines Lebens war der, an dem du mit dem Hilfskellner zusammengestoßen bist.*

Das war das erste Mal gewesen, dass sie vor ihm

geweint hatte, und Corrie dachte, er würde durchdrehen. Er war entsetzt gewesen, sie zum Weinen gebracht zu haben, bis sie auf die Knie gegangen und ihm zum Dank einen geblasen hatte.

Sie grinste, als sie daran dachte. Oh Gott, sie liebte, wie er roch und schmeckte. Corrie drehte sich zur Seite und drückte einen Knopf auf ihrer speziellen Uhr.

Alarm eingestellt auf sieben Uhr dreißig, ließ die monotone Computerstimme verlauten.

Zufrieden, dass ihr noch anderthalb Stunden zum Schlafen blieben, kuschelte Corrie sich wieder in die Decke. Sie schlief sofort ein und träumte von Quint.

Erschrocken wachte Corrie auf. Jemand klingelte an Quints Haustür. Das laute *Ding Dong* hallte durchs Zimmer und verstummte. Sie drehte sich zur Seite und drückte den Knopf an der Uhr.

Sieben Uhr dreizehn, verkündete die mechanische Stimme.

Corrie schwang die Beine aus dem Bett und griff nach ihrem T-Shirt, als die Türklingel erneut ertönte. Sie zog es sich über den Kopf und eilte zum Schrank, wo sie auf dem Regalbrett nach ihrer Jogginghose tastete. Sie machte sich nicht die Mühe, das Braille-Etikett zu suchen, das ihr mitteilen würde, welche

Farbe sie hatte, sondern zog einfach das erste Kleidungsstück über die Beine, das ihr in die Finger kam. Sie kniete sich hin, tastete nach ihren Schuhen und griff sich die Flipflops, die am Ende der Reihe standen.

»Ich komme!«, rief Corrie, als es erneut klingelte. Vielleicht war Emily zu früh dran. Es sah ihr allerdings nicht ähnlich, zu früh zu irgendetwas zu erscheinen. Normalerweise war sie pünktlich auf die Minute. Corrie hatte sie unzählige Male damit aufgezogen, dass sie die nervtötende Angewohnheit besaß, zum exakten Zeitpunkt an exakt dem Ort zu sein, an dem sie sein sollte.

Corrie hielt an der Haustür an. »Wer ist da?«, erinnerte sie sich zu fragen, bevor sie einfach die Tür öffnete.

»Hier ist Bethany.«

Corrie runzelte die Stirn. Was zum Henker tat Bethany hier?

Oh Gott – Emily oder Ethan. Etwas musste passiert sein!

Corrie drehte sich zum Zahlenfeld neben der Tür um und gab den Code ein, um den Alarm auszuschalten. Sie schloss die Tür auf und öffnete sie. »Bethany? Wo ist Emily? Und Ethan? Ist mit ihnen alles in Ordnung?«

Corrie hörte, wie Bethany flüsterte: »Es tut mir so leid«, bevor sie einen Schlag auf den Kopf erhielt und ohnmächtig wurde.

Quint saß seinem Freund Calder Stonewall am Schreibtisch gegenüber. Calder war der Gerichtsmediziner, der die Autopsie an Shauns Leiche durchgeführt hatte. San Antonio war keine große Stadt und ihre Wege hatten sich in der Vergangenheit so oft gekreuzt, dass sie Freunde geworden waren. Sie waren in einer Art Gesetzesvollzugs-Clique, bei denen fünf andere in zahlreichen anderen Strafverfolgungsbehörden tätig waren.

»Sprich mit mir, Calder. Mit was für einem kranken Wichser haben wir es zu tun?«

»Es wird dir nicht gefallen, Quint.«

»Ich weiß, dass es mir nicht gefallen wird. Spuck es schon aus.«

»Ich habe keine Hände, um es sagen zu können, aber angesichts der Tatsache, dass jeder seiner Zehen abgetrennt war, würde ich wetten, dass sie das Gleiche mit seinen Fingern gemacht haben, bevor sie ihm die Hände vollständig abgeschnitten haben.«

»Oh Gott. Sprich weiter.«

»Viel von dem üblichen Scheiß. Brandmale von Zigaretten, gebrochene Rippen, Blutergüsse und petechiale Blutungen.«

»Sie haben ihn gewürgt?«

»Vermutlich wiederholt. Höchstwahrscheinlich haben sie ihm die Luftzufuhr abgeschnitten, bis er ohnmächtig wurde, und dann gewartet, bis er wieder zu sich kam, um es erneut zu tun.«

»Scheiße.«

»Was wollten sie, Quint? Das ist kein normaler Mist. Hierbei handelt es sich um ein höchst sadistisches Verhalten und nicht um irgendetwas, was die Verbrecher hier in der Gegend normalerweise tun. Wenn der Mann kein Geld hatte, was würde es nützen, ihn zu foltern? Es ist unwahrscheinlich, dass er das Geld vor ihnen versteckt hatte, er war tatsächlich pleite. Wer auch immer das getan hat, ist unzurechnungsfähig, *genießt*, was er tut, und ist sehr gut darin. Ich würde erwarten, diese Sachen bei der Mafia zu sehen, aber nicht hier in San Antonio.«

»Detective Algood konnte nicht besonders viel herausfinden, aber nachdem wir Cruz und das FBI hinzugezogen hatten, waren sie in der Lage, mehr darüber herauszubekommen, in was Shaun hineingeraten war.«

Calder nickte, damit Quint fortfuhr.

»Seit Shauns Sohn den Unfall hatte, hatten sie Geldschulden. Es kostet sehr viel Geld, dieses Kind am Leben zu erhalten. Zuerst die Krankenhauskosten am Tag des Unfalls, dann die Arztkosten, um ihn am Leben und funktionsfähig zu halten. Katheter, Beatmungsgeräte, Ernährungssonden, mechanische Betten, Rezepte, medizinische Versorgung rund um die Uhr ... was immer dir einfällt, dieses Kind braucht es.

Eine normale Familie kann sich diesen ganzen Mist unter gar keinen Umständen leisten.«

»Dann ist er einen Pakt mit dem Teufel eingegangen?«, fragte Calder.

»Ja. Im Speziellen mit einem Mr. Dimitri Prandini.«

»Heilige Scheiße, er hatte einen Todeswunsch, oder?«

»Ich gehe davon aus, dass er keine Ahnung hatte, worauf er sich eingelassen hat.« Quint und Calder kannten Dimitri, weil er ein ortsansässiger Kredithai war, einer, der nicht gerade für einen freundlichen Umgang bekannt war. »Anscheinend hat er sich mehr als hunderttausend Dollar geliehen und als Dimitri das Geld mit Zinsen zurückhaben wollte, konnte Shaun nicht zahlen. Da hat er seinen Handlanger Isaac Sampson auf ihn angesetzt, um das Geld einzutreiben.«

»Wie schafft ein Mann mit nur einem Mitarbeiter es, so erfolgreich zu sein?«

Quint zog eine Grimasse und nickte zustimmend. »Ich weiß. Nach allem, was man so hört, hätten die anderen Haie hier in der Gegend ihn mittlerweile auffressen sollen. Aber Dimitri ist ganz besonders bösartig. Ich habe von Cruz gehört, dass das FBI ihn im Auge hat und ihn zu gern verhaften würde, doch bislang fehlen ihnen dafür ausreichende Beweise. Als er in dem Geschäft angefangen hat, hatte er etwa ein Dutzend ›Helfer‹. Sie sind in der Stadt herumgelaufen und haben nach Idioten Ausschau gehalten, die dumm genug waren, Geld zu verspielen, das sie nicht besaßen. Dimitri hat ebenfalls grundlose Angriffe auf die anderen Kredithaie angeordnet. Seine Handlanger haben sie einfach aus dem Hinterhalt angegriffen und umgebracht.«

»Aber Quint, das ergibt keinen Sinn. Haben die anderen Haie sich nicht gegen ihn verbündet oder so was?«

»Doch«, stimmte Quint grimmig zu, »das haben sie. Und Dimitri hat seine Taktik so verändert, dass er nicht mehr die Haie, sondern ihre Frauen angegriffen hat.«

»Oh Gott.«

»Ja, Dimitri hat keine Seele. Gar nichts. Er befahl seinen Männern, die Frauen und Freundinnen von jedem zu entführen, zu vergewaltigen und zu töten, der öffentlich schlecht über ihn sprach. Es gab weiterhin Gerüchte, dass die Haie sich gegen ihn verbünden und Dimitris Herrschaft für immer ein Ende setzen wollten, bis er eine ganze Familie ausgelöscht hat.«

Calder sagte nichts, er knurrte bloß.

»Ich brauche wohl nicht zu erwähnen, dass es kein schöner Anblick war. Der Mann hatte drei Töchter zwischen drei und zwölf Jahren. Dimitris Schläger fingen mit der Ältesten an und arbeiteten sich nach unten vor. Dann nahmen sie sich seine Frau vor und brachten schließlich den Kerl um. Danach hat es niemand mehr gewagt, gegen ihn vorzugehen.«

»Und seine Gruppe von Handlangern?«

»Keiner weiß etwas Genaues, aber Gerüchten zufolge ist Dimitri paranoid. Eines Tages hat er beschlossen, dass alle es darauf abgesehen hatten, ihn aufs Kreuz zu legen, und sich aller entledigt.«

»Herrgott noch mal. Und dieser Typ hat Anweisung erteilt, Shaun in der Praxis des Chiropraktikers zu töten?«

»Ja.«

»Und jetzt hat er es auf deine Frau abgesehen.«

Quint hatte keinem seiner Freunde erzählt, wie ernst es ihm mit Corrie war, aber anscheinend musste er das auch nicht. Es war offensichtlich genug. »Ja.«

»Aber wie passt deine Corrie in all das hinein?«

Quint konnte nicht leugnen, dass die Worte »deine Corrie« sich direkt in seiner Seele einnisteten, als würden sie dort hingehören. »Sie versuchen, ungelöste Probleme zu bewältigen. Dimitri ist nicht unbedingt der Klügste und Isaac hat auch nicht viel mehr im Oberstübchen. Er ist der letzte seiner Handlanger und bekannt als der sadistischste. Ich gehe davon aus, dass sie denken, wenn sie Corrie schnappen und zum Schweigen bringen können, werden sie mit dem Mord an Shaun und den anderen Menschen in der Praxis straffrei davonkommen.«

»Vollidioten.«

»Richtig.«

Bevor Quint noch etwas anderes sagen konnte, klingelte das Telefon auf seinem Schreibtisch. Er beugte sich nach vorn und nahm den Hörer ab.

»Hier ist Axton. Was? Ja, sie wusste es. Sie hatte vor, gegen neun Uhr da zu sein. Sind Sie sicher? Okay, ich werde sie anrufen. Vielleicht hat sie verschlafen. Danke, Dr. Garza.«

Quint legte auf und fluchte.

»Ist alles in Ordnung?« Calder hatte den angespannten Ton in Quints Stimme bemerkt.

»Ich weiß nicht. Das war Corries Praxispartner. Sie hätte um neun Uhr bei der Arbeit sein sollen, aber Dr. Garza hat gerade eben von der neuen Sprechstundenhelferin Lori erfahren, dass sie noch nicht eingetroffen ist.« Quint sah auf die Uhr. Viertel vor zehn.

Er wählte Corries Nummer und wartete. Sie ging nicht ran. Er wählte sie noch einmal und wieder schaltete sich nach viermaligem Klingeln die Mailbox ein. Ihm standen die Haare im Nacken zu Berge und er bekam eine Gänsehaut an den Armen. »Scheiße. Calder, ich muss gehen. Sag Bescheid, falls du noch mehr rausfindest.«

»Soll ich Cruz und die anderen verständigen?«

Quint zögerte nicht. »Ja. Irgendetwas stimmt nicht. Ich kann es fühlen.«

»Schon dabei. Geh schon.«

Quint wartete nicht. Er war dankbar, dass er auf Calder zählen konnte, ihm Verstärkung zu beschaffen. Er ging von seinem Schreibtisch direkt ins Büro des stellvertretenden Polizeichefs. Er musste die Einheit von San Antonio auf die Straße bekommen. Er hatte keine weitere Sekunde. Corrie hatte vielleicht keine weitere Sekunde. Er hatte ein verdammt schlechtes Gefühl bei dieser Sache und es half ebenfalls nicht, dass er soeben erzählt hatte, was für furchtbare Menschen Isaac und Dimitri waren. Calders Beschreibung von dem, was Shaun durchgemacht hatte, ging ihm immer wieder durch den Kopf.

Verdammte Scheiße.

Mit Blaulicht und heulenden Sirenen raste Quint durch seinen Bezirk. Er konnte nicht sagen, woher er wusste, dass es schlimm war, er wusste es einfach. Zwei weitere Streifenwagen folgten ihm mit Blaulicht, aber ohne Sirenen. Sie würden Cruz bei ihm zu Hause treffen, sobald er es schaffte, dort zu sein.

Alles schien ruhig zu sein, als Quint mit quietschenden Reifen vorfuhr und auf seinen Rasen schlitterte, während er darum kämpfte, die Kontrolle über seinen Wagen nicht zu verlieren. Ohne den Schlüssel abzuziehen, aber immerhin nach dem Ausschalten der Sirene, duckte Quint sich und lief mit gezogener Pistole zu seiner Haustür, während seine Kollegen ihm folgten.

Die Tür war geschlossen, doch Quint konnte durch

das dicke Eichenholz ganz deutlich das Schreien eines Babys hören.

Was zur Hölle war hier los?

Abwesend fiel ihm auf, dass seine Hände zitterten, als er den Hausschlüssel herauszog und ihn in das Schloss steckte. Es war leiser, die Tür mit dem Schlüssel zu öffnen, als sie einzutreten. Und falls sich irgendwer im Haus aufhalten sollte, wollte er die Person nicht wissen lassen, dass er sich im Inneren befand.

Quint stieß die Tür auf und schaute auf das Schaltfeld der Alarmanlage.

Ausgeschaltet. *Scheiße.*

Das Schreien des weinenden Babys war im Inneren des Hauses nun lauter. Das kleine Kind war offensichtlich in Not. Es war kein *Gib-mir-zu-essen-ich-habe-Hunger*-Weinen, es war ein *Wenn-sich-nicht-sofort-jemand-um-mich-kümmert-könnte-ich-sterben*-Schreien.

Gemäß ihrer Ausbildung ignorierten die Polizisten die klagenden Schreie, die aus dem hinteren Teil des Hauses kamen, und konzentrierten sich darauf sicherzustellen, dass alles sauber war und keine Gefahr bestand. In einem Szenario mit einem aktiven Schützen musste der Tatort zunächst überprüft werden, bevor sich um verwundete Opfer gekümmert werden konnte. Das war eins der schwersten Dinge: Das Flehen und Bitten von Verletzten zu ignorieren, die um Hilfe schrien, und wenn nötig über sie hinwegzusteigen, um dafür zu sorgen, dass der Tatort für die Ersthelfer und die restlichen potenziellen Opfer sicher war.

Quint gab einem Polizisten zu seiner Rechten und einem zu seiner Linken ein Handzeichen, ihm Deckung zu geben. Systematisch gingen sie durch die Küche und das Wohnzimmer. Beide Räume waren leer. Die Schreie des Babys kamen vom anderen Ende des Flurs. Sie sahen in beiden Gästezimmern und dem Bad nach, die ebenfalls sauber waren.

Der letzte Raum war sein Schlafzimmer.

Die Tür war geschlossen. Quint legte die Hand auf die Klinke und sah beide Polizisten an. Sie nickten ihm zu, um ihm zu bedeuten, dass sie bereit waren, und er drückte die Klinke nach unten und hob erneut die Hand, in der er die Pistole hielt. Quint hatte keine Ahnung, was sie vorfinden würden, aber er betete so stark wie noch nie in seinem Leben, dass es sich nicht um Corrie handelte, die blutete und möglicherweise tot war.

Sie stürmten das Zimmer und Quint drehte sich der Magen um.

Herrgott im Himmel.

Bethany lag auf seinem Bett.

Er war überrascht, anstatt Corrie ihre Freundin dort zu sehen, aber die Art, wie sie sie vorfanden, erschütterte ihn bis ins Mark. Sie war mit jeweils einem Messer durch die Handflächen an das hölzerne Kopfteil gekreuzigt worden.

Sie war bei Bewusstsein, worüber Quint sehr erleichtert war, aber sie hatte offensichtlich große Schmerzen und bewegte sich aufgeregt auf dem Bett.

Die drei Polizisten ignorierten die Frau einen Moment lang und überprüften den Raum. Er war leer und von Corrie, Emily oder irgendwelchen Bösewichten war nichts zu sehen. Quint begab sich ins Badezimmer, ohne anzuhalten, um Bethany zu beruhigen, die ihn anflehte, ihrem Sohn zu helfen.

Im Badezimmer sah Quint sofort, dass Ethan in Lebensgefahr schwebte. Er lag in der Badewanne auf dem Rücken. Der Stöpsel befand sich im Abfluss und das Wasser war angestellt. Es tröpfelte zwar nicht nur, war aber auch nicht voll aufgedreht. Es war ein schwerfälliger Strahl, der langsam die Badewanne füllte, in der Ethan hilflos auf dem Rücken lag.

Das Baby war nackt und schrie. Sein Gesicht war dunkelrot und er ruderte wie wild mit den Armen. Das Wasser hatte die Wanne bereits so weit gefüllt, dass der Großteil von Ethans Körper bedeckt war. Das Wasser stand ihm fast bis zur Brust und stieg rasch immer weiter an. Wenn sie nur eine Stunde – ach was, dreißig Minuten – später gekommen wären, hätte das Wasser sein Gesicht vollständig bedeckt und Ethan wäre ertrunken.

Ohne nachzudenken, steckte Quint seine Pistole

zurück in das Holster und griff nach dem verängstigten Baby. Das Wasser war eiskalt. Kein Wunder, dass Ethan schrie. Er nahm ein Handtuch von der Stange und wickelte das Kind ein, so gut es ihm möglich war, bevor er ihn an seine Brust drückte und ihm beruhigend über den Rücken streichelte. Kaltes Wasser tropfte von dem nassen Handtuch auf Quints Hemd und die darunterliegende Weste, doch er bemerkte es nicht einmal.

Quint hörte, wie der zweite Polizist einen Krankenwagen und die Spurensicherung verständigte. Er drehte sich wieder zum Schlafzimmer um. Ethan weinte noch immer, doch aus dem verängstigten Schreien waren Schluchzer geworden, die von einem Schluckauf unterbrochen wurden. Er presste sich an Quints Brust und lag dort beinahe regungslos, mit Ausnahme seines kleinen Oberkörpers, der durch die Schluchzer immer wieder angehoben wurde.

Quint ging zu seinem Bett, auf dem Bethany mit tränenüberströmtem Gesicht lag. Er konnte sehen, dass sie versucht hatte, sich zu befreien, aber den Schmerz nicht aushalten konnte, den sie hätte erleiden müssen, um sich von den Messern durch ihre Handflächen zu befreien.

»Er ist okay, Bethany. Es geht ihm gut. Er ist unterkühlt, aber es geht ihm gut.« Er sah zu, als sie versuchte, ihr Weinen zu kontrollieren. »Der Krankenwagen ist auf dem Weg, ihr beide werdet wieder in

Ordnung kommen, ich schwöre es dir. Kannst du mir erzählen, was verdammt noch mal los ist? Wo ist Corrie? Wo ist Emily? Was ist hier passiert?«

»Heute Morgen ist ein Typ bei uns zu Hause aufgetaucht.« Bethanys Stimme klang gequält. »Er ist eingebrochen und hat sich Emily geschnappt. Er sagte, er würde sie töten, wenn ich nicht genau das täte, was er mir sagt. Er sah wahnsinnig aus. Ich habe es ihm geglaubt.«

Quint nickte und ermutigte sie fortzufahren.

Da sie wusste, wie wichtig es war, Quint so viele Informationen wie möglich zukommen zu lassen, sprach sie von Schluchzern geschüttelt weiter. »Er hat gesagt, ich solle Ethan halten, dann hat er Em gefesselt und sie immer wieder geschlagen. Er sagte, wir seien Lesben und dürften auf diesem Planeten nicht existieren. Er sagte, falls ich versuchen sollte, ihn aufzuhalten, würde er Emily vor meinen Augen eine Kugel ins Gehirn jagen. Und falls ich wegliefe, würde er sie vergewaltigen und dann umbringen. Sie hat mich mit flehendem Blick angesehen, als er sie verprügelt hat. Ich wusste, dass sie mich angebettelt hat, mich um Ethan zu kümmern und mich nicht um sie zu sorgen.«

»Bethany, ich weiß, dass du Schmerzen hast, und der Krankenwagen ist bereits auf dem Weg, aber du musst mir die Adresse sagen, damit wir Emily Hilfe schicken können«, wies Quint sie so sanft wie möglich an.

Quint wandte sich an den Polizisten, der hinter ihm stand und sich hilflos umsah. Beide wussten, dass Bethany sterben könnte, wenn sie versuchten, die Messer aus ihren Händen zu entfernen. Sie hatte bereits zu viel Blut verloren. Ihr Gesicht war sehr bleich. Er brauchte es dem Polizisten nicht zu sagen, wies ihn aber sofort, nachdem Bethany ihre Adresse mit schmerzverzerrter Stimme geflüstert hatte, an: »Melde es der Zentrale.«

Der Polizist nickte und wandte sich mit der Hand am Funkgerät bereits ab. Quint hörte, wie er der Zentrale von der anderen Frau berichtete. Sie würden Einsatzkräfte zu Emilys Haus schicken, um dafür zu sorgen, dass mit ihr alles in Ordnung war.

Quint wandte sich wieder Bethany zu. Jetzt galt seine Sorge Corrie. Er wiegte Ethan weiterhin in seinen Armen und streichelte seinen Rücken, um ihn zu beruhigen. »Wir schicken einige Beamte zu eurem Haus, um nach Emily zu sehen. Bitte, Bethany, was war hier los? Wo ist Corrie?«

»Nachdem er Em bewusstlos geprügelt hatte, hat er mich gezwungen, in seinen Wagen zu steigen. Ich wollte Ethan zu Hause lassen, aber er hat ihn mir entrissen. Er ist mit Ethan auf dem Schoß hierhergefahren und hat die ganze Zeit geflucht, dass er ein bösartiges Kind sei und es besser für ihn sei, wenn er ihn sofort tötete, anstatt ihn als Sohn eines Lesbenpaares aufwachsen zu lassen. Ich wollte etwas tun, wusste aber nicht was. Ich dachte darüber nach, aus dem Wagen zu fliehen, aber dann wäre Ethan bei ihm geblieben. Ich konnte mein Baby nicht zurücklassen. Er hätte ihn auf der Stelle umgebracht.«

»Pssst, ich weiß, dass es dir nicht möglich war. Du hast das Richtige getan. Was ist dann passiert?« Quint versuchte, nicht die Geduld zu verlieren, und legte beruhigend eine Hand auf ihr Bein.

»Er hat Ethan ein Messer an den Hals gehalten und mich gezwungen, an eurer Tür zu klingeln. Corrie kam und ich habe ihr gesagt, dass ich es bin. Als sie die Tür öffnete, hat er sie so fest geschlagen, dass sie bewusstlos wurde.«

Quint sah rot und drückte das Baby ein wenig zu fest. Ethan schrie auf, beruhigte sich aber wieder, als Quint ihn in seinen Armen wiegte.

Mit schwächer werdender Stimme sprach Bethany weiter. »Er ließ sie auf dem Boden liegen und zwang mich hier hinein. Er warf mich aufs Bett und zog die Messer hervor. Er sagte mir, ich hätte eine Wahl … ich könne still liegen bleiben und ihn das hier tun lassen … oder er könne es mit Ethan machen.« Bethany schluchzte erneut und Quint sah, wie ihr die Tränen aus den Augen fielen.

»Er schwor, er würde ihn auf den Boden legen und in Ruhe lassen, wenn ich gehorchte. Also habe ich stillgehalten und zugelassen, dass er mir die Handflächen durchbohrt. Ich hatte keine Ahnung, dass solche

Schmerzen existieren. Als ich schreiend dalag, ging er mit Ethan ins Badezimmer und erzählte mir während der gesamten Zeit, was er tat und dass Ethan trotz allem sterben würde. Ich schrie ihn an, er solle ihn in Ruhe lassen, dass er es versprochen hätte, aber er lachte mich bloß aus. Dann ist er gegangen. Ich habe versucht aufzustehen, aber ich konnte nicht. Es tut weh, Quint. Es tut so schrecklich weh.«

Quint nahm die Hand von ihrem Bein und legte sie ihr auf die Stirn, um sie zu trösten. Er war der Ansicht, dass es eine sichere Stelle war, an der er sie berühren konnte, ohne ihr weiteren Schmerz zuzufügen. »Hat er dir gesagt, wo er hinfährt? Irgendwas, das uns helfen kann, Corrie zu finden?«

»Nein.«

»*Denk nach*, Bethany. Alles, woran du dich erinnern kannst, selbst wenn es unwichtig erscheint, wird uns jetzt weiterhelfen.«

Quint hielt den Atem an, als Bethany die Augen schloss und daran zurückdachte, was sich an jenem Morgen zugetragen hatte.

Als sie die Augen öffnete, konnte Quint sehen, wie sie sich mental aufrichtete. Er war noch nie so erleichtert gewesen. Sie schaute zu Quint auf. »Während wir im Berufsverkehr unterwegs waren, hat er etwas davon gemurmelt, dass er die Stadt hasse und er nicht erwarten könne, zur Hütte zu fahren.«

Dankbar schloss Quint eine Sekunde lang die Augen.

Bingo. Das musste ausreichen. Es war weit hergeholt, aber zu wissen, dass sie sich in einer Hütte außerhalb der Stadt aufhielten, war mehr, als sie ohne Bethany gehabt hätten. Er beugte sich nach vorn und küsste sie auf die Stirn, so wie er es mit Corrie tat, wenn er sie trösten wollte. »Danke.« Quint konnte hören, wie der Krankenwagen vorfuhr und die Rettungssanitäter sein Haus betraten. »Du wirst wieder in Ordnung kommen. Ethan ist okay und um Emily werden sie sich auch kümmern.«

Aus vor Schmerz glasigen Augen starrte sie zu ihm auf, doch ihr Blick war fest. Sie war ein starkes Mädchen. Quint war froh, dass Corrie eine Freundin wie sie hatte. »Wirst du sie finden? Wirst du dieses Arschloch davon abhalten, Corrie wehzutun?«

»Ich werde mein Bestes tun.«

Bethany nickte, als die Rettungssanitäter ins Zimmer kamen. Quint übergab Ethan an einen der Männer und überließ die Erklärungen, was sich zugetragen hatte, den anderen Beamten. Sie hatten hinter ihm gestanden, als Bethany ihm erzählt hatte, was passiert war.

Als Quint sein Wohnzimmer betrat, sah er dort Cruz zusammen mit Dax, seinem Freund TJ und sogar Hayden Yates. TJ war Autobahnpolizist, scheute sich jedoch nie, dort zu helfen, wo er gebraucht wurde. Er war dabei gewesen, als Dax den Serienmörder konfrontierte, der Mackenzie lebendig begraben hatte.

Hayden war Hilfssheriff und eine der härtesten Gesetzeshüterinnen, die Quint je getroffen hatte – männlich oder weiblich. Er würde derzeit alle Hilfe in Anspruch nehmen, die er kriegen konnte.

Rasch gab er Bethanys Erzählungen davon wider, was sich morgens zugetragen hatte.

»Dann ist er also seit etwa dreieinhalb Stunden weg«, rechnete Cruz. »Glaubst du, sie hat ihr Handy dabei?«

Quint schaute sich um und sah Corries Handtasche, die neben dem Tisch im Flur an einem Haken hing. Er ging dorthin und hielt den Atem an. Er griff in die kleine Tasche, in der sie immer ihr Handy aufbewahrte, und zog es heraus, dann zeigte er es den anderen. Verdammt.

»Okay, wir können sie also nicht mit ihrem Handy verfolgen. Was haben wir sonst noch?«

»Cruz, wen kennst du, der tief nachforschen und uns Informationen beschaffen kann?«, fragte Quint verzweifelt.

Er zuckte mit den Schultern. »Die Jungs beim FBI sind gut, allerdings etwas eingeschränkt, wegen ... du weißt schon ... der Gesetze.«

»Scheiße.« Quint spuckte das Wort geradezu aus. »Alles muss tadellos laufen, damit es nicht in die Hose geht. Ich weiß, dass Dimitri und Isaac dahinterstecken. Es ist das Einzige, das Sinn ergibt. Aber es auf dem offiziellen Weg zu machen wird zu viel Zeit in Anspruch nehmen.«

»Ich kenne vielleicht jemanden«, sagte TJ leise.

Vier Augenpaare wurden auf den Autobahnpolizisten gerichtet. Er sprach, bevor irgendjemand eine Frage stellen konnte. »Ihr wisst, dass ich bei der Delta Force war. Es gab Zeiten, in denen wir uns auf einen Typen außerhalb der Organisation verlassen haben, um uns Informationen über unsere Ziele zu beschaffen oder uns mit zusätzlichen Details zu versorgen, bevor wir einen Einsatz durchgeführt haben. Er ist vollkommen sauber … arbeitet für die Regierung, aber ich bin mir ziemlich sicher, dass er seine Informationen nicht immer auf dem legalen Weg beschafft.«

»Ruf ihn an«, sagte Quint sofort. Es war ihm egal, wie der Mann an seine Informationen kam, solange sie ihn zu Corrie führten.

»Wenn er uns etwas beschaffen kann, müssen wir uns eine Geschichte ausdenken, wie wir sie gefunden haben«, warnte TJ.

Quint sah die besten Freunde an, die er im Leben hatte. Die Einzigen, die fehlten, waren Conor und Calder. »Wenn es Mackenzie wäre, würdest du es tun?«, wollte er von Daxton wissen.

»Sofort«, war seine umgehende Antwort.

»Bitte, TJ, ruf deinen Mann an. Ich werde den Kopf hinhalten, sollte es nötig sein, doch Corrie bedeutet mir mehr als alles andere, auch mehr als mein Job.«

TJ sagte kein weiteres Wort, um seinen Freund von der Sache abzubringen. Er tippte auf seinem Handy auf den Kontakt und hielt sich das Telefon ans Ohr. Nach einem kurzen Moment sprach er mit demjenigen, der den Anruf angenommen hatte. »Ghost. Hier ist Rock. Ja, ich weiß, es ist schon zu lange her. Ich brauche Tex. Ja, A Rot.« Er bedeckte den Lautsprecher und übersetzte für seine Freunde: »Alarmstufe Rot.« Seine Aufmerksamkeit wurde wieder auf das Gespräch gezogen, als der geheimnisvolle Ghost weitere Fragen beantwortete. »Wir brauchen sofort Informationen. Entführt. Danke. Ich weiß das zu schätzen. Wir müssen uns wirklich bald treffen. Ich habe gehört, du hast eine Frau gefunden.« Er lachte über etwas, das der Mann am anderen Ende der Leitung sagte, dann wurde er wieder ernst. »Danke, ich weiß es zu schätzen. Ich werde dich wissen lassen, wie es läuft. Bis dann.« TJ beendete die Verbindung.

»Und?«, fragte Quint ungeduldig.

»Gib ihm einen Moment. Er wird anrufen. Ghost wird ihn schon ausfindig machen.«

»Warum hast du nicht die Nummer von dem Typen?«, fragte Hayden.

»Tex ist ... exzentrisch. Er kennt jeden und auch wenn er diejenigen von uns, die mit ihm zusammengearbeitet haben, sofort ausfindig machen kann, wissen wir auch, dass er keine Lust darauf hat, dass seine Kontaktinformationen in allen Gruppen verbreitet werden, mit denen er zusammenarbeitet. Nur die Teamleiter haben seine direkte Nummer und selbst die ändert sich einmal pro Monat. Der Kerl ist so gut, er könnte mit seiner Familie verschwinden und niemand würde ihn je finden. Er stellt uns sich und seine Computerfähigkeiten in Notfällen zur Verfügung.«

»Was will er im Gegenzug haben?«

»Informationen. Er würde niemals Geld für irgendetwas nehmen, das er tut. Er behauptet, dass die Regierung ihm mehr als genug zahlt, sodass er und seine Familie davon leben können. Aber er lebt für Informationen. Wenn er uns braucht, wird er es uns wissen lassen.«

»Was immer er will, ganz egal, was es ist«, versprach Quint. »Wenn er uns zu Corrie führen kann, ist es mir scheißegal, was er von mir haben will.«

»Und genau deswegen ist Tex der Beste«, sagte TJ in ernstem Tonfall. »Er hat Gefallen in einem Land gesammelt, das voll ist mit Männern wie dir, Quint. Aber ehrlich gesagt weiß ich, dass er es tun wird, weil es das Richtige ist.«

Als TJs Telefon vibrierte, tippte er kurz darauf und hielt es sich ans Ohr. »Tex ... ich weiß, es ist schon lange her ... Corrie Madison, sie ist blind ... Dimitri Prandini, P-r-a-n-d-i-n-i, und Isaac Sampson ... Soweit wir wissen seit mehr als drei Stunden ... Die Zeugin sagt, dass derjenige, der sie gezwungen hat, zu Corries Haus zu fahren, von einer Hütte gesprochen hat ... Ja ... Wir warten.« TJ beendete das Gespräch und wandte sich an seine Freunde.

»Und?«

»Er wird mich zurückrufen.«

»Das ist lächerlich«, schimpfte Quint und drehte sich zu Cruz um. »Ich kann nicht nur hier rumstehen und darauf warten, dass irgendein geheimnisvoller Typ namens Tex nach einem dreißigsekündigen Anruf herausfindet, wo Corrie sich aufhält. Cruz, ruf deinen Mann beim FBI an. Sag ihm, er soll nach Gebäuden suchen, die sich zu Dimitri oder Isaac zurückverfolgen lassen. Es ist weit hergeholt, aber vielleicht sind sie arrogant genug, sie zu einem ihrer eigenen beschissenen Häuser gebracht zu haben.«

»Gib Tex fünf Minuten, Cruz«, wies TJ ihn an. Alle schauten überrascht zu ihm. TJ war der Sorglose in ihrer Gruppe. Es war erstaunlich genug, dass der Mann bei der Delta Force war, da er einfach nicht den Eindruck machte, als hätte er die entsprechende Gesinnung, aber derzeit reichte nur ein Blick auf sein Verhalten und seine Mimik, und niemand zweifelte daran, dass dieser Mann ein Killer war.

»Tex wird sie finden. Er ist ein verdammter Hacker. Ich habe ihm nicht viele Informationen gegeben, aber er wird sein Computertalent anwenden und uns sagen, wo sie sind. Cruz' FBI-Typ wird drei Stunden brauchen, um das herauszufinden, was Tex in fünf Minuten in Erfahrung bringen kann.«

»Ich kann sie nicht verlieren«, sagte Quint mit gebrochenem Herzen.

»Das wirst du nicht«, versicherte Daxton ihm voller Überzeugung. »Diese Kerle sind zu arrogant. Sie halten sich für unverwundbar. Sie haben eine Spur hinterlassen, die dieser Computerfreak finden wird. Glaube daran.«

Es vergingen mehrere Minuten, in denen niemand ein Wort sprach. Quint ging nervös auf und ab, während die anderen Polizisten von San Antonio und die Rettungssanitäter einen großen Bogen um das Quintett machten. Es war offensichtlich, dass von ihnen einige intensive Schwingungen ausgingen, denn niemand sprach sie an.

Nachdem sieben Minuten verstrichen waren, vibrierte endlich TJs Handy mit einem eingehenden Anruf. Sofort nahm er ihn an und lauschte, bevor er sagte: »In Ordnung, gib uns eine Sekunde.«

Mit einer Handbewegung bedeutete TJ den anderen, ihm nach draußen zu folgen. Ohne Fragen zu stellen, gingen alle dem Autobahnpolizisten hinterher, bis sie neben seinem Wagen standen und außer Hörweite von anderen waren, die eventuell ihr Gespräch mitbekommen könnten. Er schaltete den Lautsprecher ein und hielt das Handy in die Mitte des Kreises der Gesetzeshüter.

»Okay, du kannst sprechen, Tex. Wir sind alle hier.«

»Zunächst einmal tut es mir sehr leid, dass diese Arschlöcher deine Frau entführt haben«, sagte Tex mit leichtem Südstaatenakzent. »Aber die guten Nachrichten lauten, dass sie nicht besonders schlau sind. Prandini hat zahlreiche Decknamen. Prado, Prandino, Prandima ... wie ich bereits sagte, nicht besonders schlau. Wie dem auch sei, es sieht aus, als hätte der Mann die Schulden eines bodenständigen Jungen vom Land namens Chaz Willis übernommen. Chaz hatte ein kleines Problem mit dem Glücksspiel, darüber hinaus aber ebenfalls einige Schwierigkeiten mit nicht einer, sondern zwei Ex-Frauen. Irgendwie ist es ihm gelungen, seine Schwägerin dazu zu bringen, in ihrem Namen ein Haus für ihn zu erwerben, damit seine derzeitige Frau ihn nicht findet, wenn er sich mit seiner ersten Ex oder seiner Geliebten trifft.«

»Herrgott und worauf willst du hinaus?«, fragte Quint so gestresst, dass er kurz davor stand, die Kontrolle zu verlieren.

»Dazu komme ich jetzt«, sagte Tex, ohne im Geringsten von Quints Ausbruch beleidigt zu sein. »Chaz hat Prandini Geld geschuldet. Geld hatte er aber nicht. Auf einmal hat unser Freund Chaz seit mehr als einem Jahr keine Ausflüge mehr zu seiner kleinen Jagdhütte am See gemacht. Handy- und Kreditkartenrechnungen beweisen, dass er im Herzen von San Antonio ein perfekt elendes Leben führt. Während der ganzen Zeit hat der Mann keine ›Jagdausflüge‹ mehr unternommen. Ach, und seine dritte Scheidung läuft gerade.«

»Prandini?«, fragte Cruz.

»Genau. Er ist der neue stolze Besitzer einer abgelegenen Hütte am Medina Lake. Er hat seine Kreditkarten erneuert, aber aus Geschäften in unmittelbarer Nähe gab es Abbuchungen für Benzin und Lebensmittel. Ich habe so ein Gefühl, dass der Mann nicht unbedingt ein Naturtyp ist.«

»Mein Gott, natürlich. Medina Lake«, sagte Quint ungläubig. »Darauf hätte ich kommen sollen.«

»Welche Verbindung gibt es?«, wollte Hayden wissen.

»Shauns Leiche wurde dort gefunden«, ließ Quint die Gruppe sachlich wissen.

»Adresse?«, fragte Cruz, der bereits einen Notizblock in der Hand hielt und schreibbereit war.

»Ein etwa ein Kilometer langer, unbefestigter Feldweg führt zu der Hütte, die von Bäumen und Sträuchern umgeben ist. Wie ihr alle wisst, war es ein warmes Jahr für Texas, aber es gibt immer noch viele Verstecke dort draußen. Ihr müsst euch leise annähern und euch an sie ranschleichen.«

»Verdammt, Tex. Was zur Hölle glaubst du, mit

wem du hier sprichst?«, sagte Quint ungehalten. »Adresse?«

»Südseite. Nehmt den Privatweg sechsundzwanzig siebzig, der von der Bundesstraße zwei sechs fünf abzweigt. Fahrt eins Komma neun Kilometer nach Norden und ihr seht auf der linken Seite einen Feldweg. Die Hütte befindet sich am Ende des Weges. Ich werde Rock die Koordinaten schicken.«

»Fahren wir, es dauert mindestens dreißig Minuten, dorthin zu gelangen«, sagte Quint und marschierte bereits in Richtung des Geländewagens davon.

»Quint«, rief Tex.

Er hielt an und wartete, dass der Mann weitersprach. Er wollte unbedingt von hier verschwinden, um Corrie zu finden, aber er schuldete Tex noch ein paar Sekunden seiner Zeit. Wenn er recht hatte und das der Ort war, an dem Corrie sich aufhielt, dann wusste Quint, dass er ihm sehr viel mehr als nur Zeit schuldete.

»Von dem, was ich in fünf Minuten recherchieren konnte, ist mir klar geworden, dass deine Frau intelligent ist. Wenn es einen Weg gibt, um dort rauszukommen, wird sie ihn finden.«

»Danke. Ich zähle darauf.« Und damit ging Quint zu Haydens Geländewagen. Während die Gruppe auf Tex' Rückruf wartete, hatte sie beschlossen, ihn falls nötig zu nehmen, da sie sich mit ihm im texanischen Hinterland besser fortbewegen konnten.

Er blendete aus, wie die anderen in ihre Fahrzeuge stiegen, und sogar, dass sein Telefon vibrierte, weil TJ ihm die Koordinaten weitergeleitet hatte. Quint konnte einzig an Corrie denken. War zu viel Zeit vergangen? Ging es ihr gut? Was taten diese Arschlöcher mit ihr?

Noch nie in seinem Leben hatte er sich mehr gewünscht, ein Ritter in einer glänzenden Rüstung zu sein, wie er es jetzt tat. Es war für sein Wohlbefinden noch nie so wichtig gewesen.

»Halte durch, Süße. Ich komme zu dir«, flüsterte er, als Hayden losfuhr. »Ich bin auf dem Weg.«

KAPITEL VIERZEHN

Corrie lag auf dem Boden, wo der Mann sie hingeworfen hatte. Sie war in seinem Wagen aufgewacht. Sie war orientierungslos und benommen gewesen, hatte aber gewusst, dass sie in großen Schwierigkeiten steckte. Sie erinnerte sich daran, dass Bethany bei ihr zu Hause war, und danach an nichts mehr. Ging es ihr gut? Emily? Ethan? Mist, sie hasste es, nicht Bescheid zu wissen, aber sie würde ihre Entführer auf keinen Fall danach fragen.

Sobald sie wieder bei Bewusstsein war, hatte sie gewusst, dass sie sich in Gegenwart des Mannes befand, der Cayley und all die anderen in der Praxis getötet hatte. Sie erkannte seine Stimme und seinen schrecklichen Geruch. Dieser Gestank hing in ihrer Nase fest. Sie verspürte eine kleine Genugtuung, denn ganz egal, was die Bezirksstaatsanwältin dachte, und selbst wenn sie in Erwägung zog, Corrie aussagen zu lassen, hatte sie *gewusst*, dass sie in der Lage wäre, ihn zu identifizieren. Aber Genugtuung würde sie an diesem Punkt nicht weiterbringen.

Der Mann, Isaac – er hatte sich ihr tatsächlich vorgestellt, als seien sie bei einer schicken Party zu Gast –, hatte während der gesamten Zeit im Wagen geredet. Er hatte detailreich darüber gesprochen, was er mit Shaun gemacht hatte, und sogar mit dem Plan von ihm und seinem Boss angegeben, sie an einen abgelegenen Ort zu bringen, um sie zu foltern und zu töten.

Corrie hatte sich nach Bethany und Emily erkundigen wollen, aber den Mund gehalten. Es schien ihn wütend zu machen, dass er sie nicht dazu bringen konnte, mit ihm zu sprechen, aber ganz egal, welche fiesen Sachen er auch sagte, sie hatte sich geweigert, den Mund aufzumachen.

Sie waren eine scheinbare Ewigkeit gefahren, bis er auf einen Schotterweg abgebogen war. Corrie hatte den Unterschied der Fahrbahnbeschaffenheit unter den Rädern des Wagens gespürt. Er hatte sie tatsächlich mitten ins Nirgendwo gebracht. Sie roch überall Kiefern und Staub. Es war trocken, dort wo sie waren.

Corrie hatte eine aufsteigende Panikattacke gespürt, sich aber mit aller Kontrolle, die sie besaß, gezwungen, ruhig zu bleiben. Sie durfte jetzt nicht den Verstand verlieren. Ihre Eltern hatten ihr beigebracht, ihre Sinne zu benutzen, wenn sie im Kreis gedreht wurde. Das hier war das Gleiche. Sie musste sich nur konzentrieren.

Isaac hatte sie grob aus dem Wagen gezerrt und nach vorn gestoßen. Als sie über Dinge gestolpert war, die ihr im Weg lagen, hatte er gelacht. Sie hatte keine Ahnung, wo sie waren oder wohin sie gingen, aber Corrie hatte die Hilflose gespielt, so gut sie konnte. Sie wollte Isaac und seinen Boss glauben machen, dass sie vollkommen unfähig war, sich selbst zu helfen.

Isaac hatte sie in ein Zimmer gestoßen und die Tür zugeschlagen. Corrie hatte gehört, wie der Schlüssel auf der anderen Seite im Schloss umgedreht wurde. Sie stand auf und ging mit ausgestreckten Armen vorsichtig zur Tür und war stolz, dass sie auf dem Weg dorthin lediglich an einen Stuhl gestoßen war. Sie drückte das Ohr an das Holz der Tür und lauschte.

»Was jetzt, Dimitri?«

»Jetzt finden wir heraus, was sie weiß und was die Bullen wissen.«

»Und was dann?«

Corrie hörte einen Schlag, dann schrie Isaac auf.

»Beruhige dich, verdammte Scheiße. Du kommst schon noch dazu, deinen Schwanz in sie zu stecken, sobald ich weiß, was ich wissen will.«

Corrie gefiel nichts von dem, was sie da hörte.

Sie hörte, wie die beiden Männer zurück durch den Flur gingen. Corrie eilte zur Mitte des Bodens, wo sie hingestoßen worden war, und unterdrückte ein Schluchzen. *Wo bist du, Quint? Ich brauche dich.*

Quint hielt sich am Deckengriff fest und biss die Zähne zusammen. Hayden fuhr wie eine Wahnsinnige. Nicht einmal in Kurven ging sie vom Gas. Der Geländewagen, den sie von ihrer Abteilung bekommen hatte, gab allerlei fürchterliche Geräusche von sich, als sie ihn an seine Grenzen brachte.

Quint konnte einzig daran denken, wie viel Angst Corrie haben musste. Sie hatte nicht einmal zu ihm ins Haus ziehen wollen, weil sie nicht wusste, wo alle seine Möbel standen. Wie verängstigt musste sie jetzt sein? Mitten in einem verdammten Wald mit zwei durchgeknallten Arschlöchern, die ihr sonst was antaten. Sie hatte nicht einmal ihren Stock dabei, denn er hatte ihn zusammengefaltet in ihrer Handtasche gesehen, als er ihr Handy herausgenommen hatte.

Er knirschte mit den Zähnen. Wenn diese Wichser ihr auch nur ein Haar krümmten, würde er sie umbringen.

»Wir werden zu ihr gelangen, Quint. Und nicht nur wir. Ich glaube, der Großteil von Wache sieben ist ebenfalls auf dem Weg. Du weißt, dass diese Feuerwehrleute alles für dich tun würden«, sprach Hayden ihm vom Fahrersitz ruhig zu. Er schaute zu ihr hinüber. Sie schien ruhig, beherrscht und vernünftig zu sein, obwohl sie raste, als würde sie beim Indianapolis 500 mitfahren.

»Ja«, war alles, was Quint durch zusammengepresste Zähnen herausbringen konnte. Er war froh, dass die Rettungssanitäter ebenfalls auf dem Weg waren. Möglich, dass Corrie sie brauchen würde, aber er hasste die Vorstellung, dass sie auch nur eine winzige Schnittwunde haben könnte. Das hier war Folter. Sie würden zu ihr gelangen, das war sicher. Aber was ihm Sorgen bereitete, war das, was sie vorfinden würden, wenn sie dort ankamen.

Corrie versuchte, das Adrenalin zu ignorieren, das in ihrem Körper wütete, und tat so, als sei sie eine hilflose Frau. »Ich weiß nicht, wovon Sie reden. Ich habe nichts gesehen. Ich habe nichts außer Schüsse gehört. Ich weiß nicht, warum die Polizei denkt, dass ich eine Person von einer anderen unterscheiden kann. Ich bin bliiiiind.« Sie verlieh dem Wort einen jammernden Unterton und versuchte so, noch schwächer zu klingen. »Ich habe *niemanden* gesehen.«

»Herrgott noch mal«, schimpfte Dimitri, während er vor dem Stuhl, auf den sie sie gesetzt hatten, auf und ab ging. »Sie weiß gar nichts. Wir haben so viel Zeit und Geld verschwendet.«

Corrie schüttelte den Kopf und versuchte, das Ohrenklingeln zu vertreiben. Ihr Gesicht schmerzte dort, wo Isaac ihr vorhin im Haus einen Schlag versetzt hatte, und davon, dass Dimitri und Issac sich später damit abgewechselt hatten, ihr Ohrfeigen zu geben, um herauszufinden, was sie wusste. Die Idioten hatten sich nicht einmal die Mühe gemacht, sie am Stuhl festzubinden, weil sie dachten, sie sei eine bemitleidenswerte, hilflose, blinde Frau – Gott sei Dank.

»Kann ich sie dann jetzt haben?«

Corrie hörte, wie Dimitris Faust erneut in Isaacs Gesicht landete. »Du bist so ein notgeiler Drecksack. Wir müssen zuerst Schadensbegrenzung betreiben, Arschloch. Lass sie in Ruhe. Du kannst sie später ficken und dann irgendwo loswerden. Und dieses Mal machst du es gefälligst richtig. Nicht so wie bei dem Wichser Shaun.«

Isaac lachte, und Corrie zuckte zusammen und schrie unfreiwillig auf, als ein Fuß gegen ihr Knie trat. Mist, das tat weh. Sie beugte sich nach vorn und heulte übertrieben, um beiden Männern zu zeigen, dass sie emotional und körperlich fertig war.

»Komm mit, wir haben Sachen zu erledigen«, sagte Dimitri und ging zu der Tür ihres Zimmers.

Corrie hielt den Atem an. *Bitte lass mich mit Isaac nicht allein. Bitte lass mich mit Isaac nicht allein.*

»Ich bin später wieder da, Schlampe. Ich hoffe, du bist bereit, dir von mir meinen fetten Schwanz ins

Arschloch stecken zu lassen. Ich fange gern dort an, weil es am meisten wehtut. Danach werde ich zu deiner Fotze und deinem Gesicht übergehen. Ich liebe es zuzusehen, wie ich einem Weib meinen Schwanz in die Kehle schiebe. Wusstest du, dass ich die letzte Frau umgebracht habe, indem ich sie mit meinem Schwanz erstickt habe? Sie hat zu mir aufgesehen, während mein Pimmel in ihrer Kehle gesteckt hat. Sie konnte nicht mehr atmen und ist mit meiner Wichse im Magen verreckt. Ich kann es kaum erwarten.«

Isaac schlug die Tür hinter sich zu und Corrie hörte, wie er sie abschloss.

Oh Gott. Ihre Hände zitterten, als sie sich all die schrecklichen Dinge vorstellte, die er ihr antun wollte. Sie schlug die Hand vor den Mund, um sich nicht zu erbrechen. Sie durfte jetzt nicht die Kontrolle verlieren. Sie atmete einige Male tief durch. Gott sei Dank hatte er sie in Ruhe gelassen und Gott sei Dank hatten sie sie nicht gefesselt. Sie musste von hier verschwinden. Sie konnte nicht darauf warten, von Quint gefunden zu werden. Sie glaubte nicht, dass er rechtzeitig ankommen würde. Isaac war zu entschlossen, sie zu vergewaltigen und zu töten. Es lag an ihr, sich selbst zu retten.

Sie hörte, wie Isaac und Dimitri im Nebenzimmer stritten. Das gab ihr einen noch größeren Ansporn zu fliehen, während die beiden abgelenkt waren.

Corrie stand auf und zuckte vor Schmerz zusammen, als ihr Knie unter ihr beinahe wegknickte. Mist. Einer der Männer hatte sie fester getreten, als sie angenommen hatte. Dieses Mal waren die Tränen, die ihr in die Augen stiegen, echt und nicht gespielt. Corrie weigerte sich, sie zu weinen, und humpelte mit ausgestreckten Armen durch das Zimmer, um mit nichts zusammenzustoßen und somit Aufmerksamkeit zu erregen.

Sie stieß mit dem Schienbein gegen einen Tisch, dann gegen einen Stuhl, dann gegen ein Bett, aber sie ging immer weiter. Die kleinen Schmerzen waren unwichtig, sie waren besser, als tot zu sein oder brutal missbraucht zu werden.

Sie tastete sich an der Wand entlang und seufzte erleichtert auf, als sie fand, wonach sie gesucht hatte: ein Fenster. Es maß etwa ein Meter mal ein Meter und war groß genug, um sich hindurchzuzwängen. Es befand sich etwa anderthalb Meter über dem Boden, was es schwierig machen würde, hinauf- und rauszuklettern, aber sie versuchte dennoch, es zu öffnen.

Es bewegte sich nicht.

Panik überkam sie und Corrie verschwendete etwas Zeit mit hilflosem Keuchen und Ächzen und Stöhnen, um das Fenster nach oben aufzuschieben. Endlich hielt sie inne, um nachzudenken, und fühlte einen Griff. Da! Sie drehte ihn am Fenster nach oben und versuchte noch einmal, vorsichtig zu schieben.

Es bewegte sich. Oh Gott, es bewegte sich tatsächlich.

Corrie drückte das Fenster langsam nach oben, für den Fall, dass es irgendwelche Geräusche machen sollte. Das tat es jedoch nicht. Dem Himmel sei Dank für Besitzer, die sich um ihre Gebäude kümmerten. Weil Corrie hörte, dass Isaac und Dimitri im Nebenzimmer weiterhin miteinander stritten, setzte sie ihre Flucht fort. Endlich ließ das Fenster sich nicht weiter nach oben schieben. Corrie tastete mit den Händen. Es war nicht vollständig geöffnet, aber das musste reichen. Als ihr der Stuhl einfiel, bückte sie sich und schlurfte dorthin zurück, wo sie glaubte, dass er stand.

Bingo. Als ihre Finger die Rückenlehne berührten, stieß sie ihn fast um. Vor Schreck keuchte sie, denn sie wusste, sollte Isaac ein verdächtiges Geräusch hören, würde er sofort zurück ins Zimmer kommen und sie würde ihre Chance verlieren, von hier zu entkommen. Vorsichtig hob sie den Stuhl an und war dankbar, dass es sich um ein instabiles Holzgebilde handelte.

Nachdem sie ihn langsam zum Fenster getragen hatte, stellte sie ihn ab und kletterte darauf. Hoffentlich würde sie genügend Vorsprung bekommen, bevor Isaac zurückkäme, um sie zu vergewaltigen.

Corrie hielt inne und nahm sich einige wertvolle Sekunden, um siebzehn Punkte an die Wand zu malen, bevor sie aus ihrem Gefängnis ausbrach. Als sie vorhin das Zimmer durchsucht hatte, hatte sie einen

Stift gefunden und eingesteckt. Sie wusste, dass sie ein Risiko einging – ein großes Risiko, wenn sie zu lange brauchte –, doch sie musste es tun.

Als sie fertig war, legte sie den Stift auf die Fensterbank, steckte den Kopf aus dem kleinen Fenster und wartete. Sie legte den Kopf zur Seite und lauschte. Sie hörte, wie der Wind wehte, roch Pinien und verrottende Blätter, aber sonst nichts. Es war jetzt oder nie.

Corrie zog sich mit dem Kopf voran durch das Fenster. Sie lag mit dem Bauch auf dem Sims und streckte die Hände aus. Sie konnte den Boden nicht berühren. Mist. Sie hatte gehofft, dass sie vielleicht Glück hätte und neben dem Haus ein kleiner Hügel aufgeschüttet wäre. Sie hatte keine Ahnung, wie weit nach unten es zum Gras war, aber da sie keine Treppe hinaufgestiegen war, als Isaac sie ins Haus gezerrt hatte, hoffte sie, dass der Fall nicht zu tief sein würde.

Wieder legte sie die Hände auf den Sims und schob sich Zentimeter für Zentimeter nach vorn, bis sie nur noch auf ihren Hüftknochen balancierte. Corrie streckte erneut die Hände aus und rutschte ein weiteres Mal nach vorn. Die Schwerkraft erledigte den Rest für sie. Sie fiel aus dem Fenster und landete schmerzhaft auf ihren Händen. Ihre Ellbogen gaben nach und sie schlug sich den Kopf an, als sie zu Boden fiel.

Corrie wartete nicht, um ihren Körper zu überprüfen. Sie rappelte sich auf und schritt rasch in Richtung des Baumgeruchs. Sie streckte die Hände vor sich aus, machte beim Gehen übertriebene Schritte und blieb vornübergebeugt, während sie versuchte, nicht über Dinge zu stolpern, die ihr im Weg lagen. Vermutlich sah sie lächerlich aus, aber ohne ihren Stock war es wirklich schwer, sich an unbekannten Orten fortzubewegen. Sie wusste, dass sie viel zu langsam war, aber es war nun einmal nicht so, als könnte sie einfach weglaufen. Sie musste klug und vorsichtig sein. Sie hatte nur eine Chance. Wenn sie sie schnappten, war sie so gut wie tot.

Ganz egal, was auch passierte, sie musste weitergehen. Ganz egal, wie oft sie auch hinfiel, ganz egal, wie oft sie mit irgendetwas zusammenstieß ... der Schüssel, um am Leben zu bleiben, lag darin, einen Fuß vor den anderen zu setzen. Sie brauchte sich nur vorzustellen, was Isaac mit ihr tun wollte, und schon hatte sie die benötigte Motivation, um weiterzugehen.

Sie hatte Todesangst, das hier war kein Spaß und einmal hatte sie über die genau gleiche Situation sogar Albträume gehabt ... darüber, im Wald verloren zu sein.

Aber Corrie lief weiter. Ein schmerzhaft langsamer Schritt nach dem anderen. Wenn sie erst das Haus hinter sich gelassen hatte, würde sie sich überlegen, was sie als Nächstes tun sollte. Corrie wusste, dass sie einzig Issac fernbleiben musste. Quint würde sie irgendwann schon finden. Sie musste nur das perfekte

Versteck finden. Sie wusste, wonach sie suchte, aber es war Glückssache, ob sie es tatsächlich finden würde.

Sie stolperte weiter und hoffte, dass das Glück einmal auf ihrer Seite wäre.

»Ganz egal, was auch passiert, du darfst nicht die Nerven verlieren«, warnte Hayden, als sie sich der Hütte näherten. Sie waren auf einen Schotterweg abgebogen. Hayden drosselte das Tempo gerade ausreichend, damit sie in den tiefen Fahrspuren kein Rad verloren.

»Ich werde nicht die Nerven verlieren.«

»Ich habe die Akte von diesem Isaac gelesen. Wir wissen beide, was wir unter Umständen vorfinden könnten.«

Quint knirschte mit den Zähnen und antwortete nicht.

»Wenn sie vergewaltigt wurde, musst du dich zusammenreißen«, fuhr Hayden stur fort. »Es könnte sein, dass sie nicht angefasst werden will. Manchmal kann die sanfteste Berührung eine Frau dazu bringen, dass sie sich vollkommen verschließt. Lass mich einfach überprüfen, wie ihre mentale Verfassung ist, bevor du sie anfasst. Wenn Bedarf besteht, kann Penelope ihr helfen anstatt einer der Feuerwehrmänner.«

»Hör auf damit.«

»Quint, ich sage das nicht, um dir wehzutun, aber du musst vielleicht ganz sorgsam mit ihr umgehen.«

Quint drehte den Kopf in Haydens Richtung. Seine Stimme war leise und gleichmäßig und entglitt ihm nur einmal. »Ich weiß ganz genau, was ich vorfinden könnte. Es könnte sein, dass ich sie furchtbar verängstigt und außer sich und so unter Schock vorfinde, dass ich nicht zu ihr durchdringen kann. Ich könnte sie bewusstlos geprügelt oder an eine beschissene Wand gekreuzigt vorfinden. Ich hoffe, dass sie noch lebt. Ich komme mit allem zurecht, nur nicht damit. Es lässt sich nicht sagen, was diese Arschlöcher ihr bis jetzt angetan haben könnten. Sie ist verletzlich und meine Geduld hängt am seidenen Faden. Wenn du mir also sagst, dass dieses Arschloch eventuell seinen Schwanz in etwas hineingesteckt haben könnte, das *mir* gehört, ist es *nicht* hilfreich. Ich weiß, dass du es gut meinst, und ich weiß es zu schätzen. Wirklich. Aber ich würde es noch mehr zu schätzen wissen, wenn du uns endlich dorthin bringen könntest, damit ich meine Frau finden und mich um sie kümmern kann, okay?«

»Okay. Aber Quint?«

Als Antwort grunzte er.

»Ich glaube, du unterschätzt sie. Ich kenne Corrie nicht, aber nach dem zu urteilen, was du mir über sie erzählt hast, glaube ich nicht, dass sie so verletzlich ist. Sie ist schon ihr gesamtes Leben lang blind. Das hier ist für sie nichts Neues. Sie war schon vorher in Situationen, die ihr Angst gemacht haben.«

»Nicht so wie diese hier.«

»Du hast vollkommen recht, nicht so wie diese hier. Aber du sprichst von ihr, als würde sie zu Hause sitzen und jeden Tag Angst haben, das Haus zu verlassen. Sie hat einen Beruf. Und basierend auf dem, was du mir erzählt hast, hat sie wie wild dafür gekämpft, ihn ausüben zu können. Sie war geistesgegenwärtig genug, um sich vor Sampson zu verstecken, als er das Massaker in der Praxis angerichtet hat. Erinnere dich daran, was Penelope in der Türkei durchgemacht hat. Frauen sind sehr viel stärker, als sie erscheinen. Unterschätze Corrie nicht.«

Quint spürte, wie sich ein Kloß in seinem Hals bildete. Anstatt zu antworten, nickte er bloß. Er hoffte, dass Hayden recht hatte. Er hoffte inständig, dass sie recht hatte.

Während der restlichen Fahrt zur Hütte war es still in der Fahrerkabine des Geländewagens.

Corries Hände schmerzten. Sie wusste, dass sie aufgeschürft waren, und darüber hinaus hatte sie sich heftig den Kopf an einem tief hängenden Ast angestoßen. Doch sie lief weiter. Ihr Knie pochte noch immer wegen des Tritts, den sie vorhin bekommen hatte, aber sie humpelte vorwärts. Vermutlich war sie blut- und dreckverschmiert. Zusätzlich zu den Verletzungen, die Isaac und Dimitri ihr vor ihrer Flucht aus der Hütte zugefügt hatten, musste sie mittlerweile aussehen wie eine entflohene Insassin von Laurel Ridge, dem psychiatrischen Krankenhaus in San Antonio.

Immer wieder hielt sie an und legte den Kopf zur Seite, um zu lauschen, ob Isaac oder Dimitri schon bemerkt hatten, dass sie nicht mehr da war. Bis jetzt war es hinter ihr ruhig. Sie hatte keine Ahnung, wie weit sie schon gekommen war, nur, dass es noch nicht weit genug war. Vermutlich würde es nie weit genug sein. Sie musste sich beeilen, das zu finden, wonach sie suchte, andernfalls wäre es zu spät.

Sie setzte sich erneut in Bewegung, doch bevor sie ein Dutzend Schritte gegangen war, hielt sie abrupt an. Von dem Weg, den sie zurückgelegt hatte, hörte sie Schreie. Mist. Sie hatten bemerkt, dass sie weg war.

Corrie ging schneller, während ihr Herz wie wild klopfte. Sie musste sich verstecken. Sie musste das perfekte Versteck finden ... *sofort*.

Corrie federte von dem gefühlt fünfzigsten Baum ab, seit sie die Hütte verlassen hatte, und schlug hart auf dem Boden auf. Einen Moment lang keuchte sie. Warum um alles in der Welt hatte sie gedacht, dass sie in der Lage sei, es zu schaffen? Verdammt, sie war unsicher, sich in einem unbekannten Raum zurechtzufinden, geschweige denn mitten in einem beschissenen Wald.

Sie schluchzte einmal. Großartig. Einfach großartig. Jetzt fluchte *und* weinte sie. Sie rappelte sich auf und streckte erneut die Hände vor sich aus. Sie musste einfach weitergehen. Ein Schritt nach dem anderen. Sie würde es diesen Arschlöchern nicht einfach machen. Wenn sie sie haben wollten, mussten sie um sie kämpfen.

Sie ging ein weiteres Dutzend Schritte vorwärts und stieß mit etwas zusammen. Verflixt. Noch ein doofer Baum.

Moment ... Sie befühlte ihn.

Oh mein Gott, er schien perfekt zu sein.

Er hatte einen Ast, der nahe genug über dem Boden hing, um ihn zu greifen. Seit sie beschlossen hatte, aus dem Fenster zu klettern, war das ihr Plan gewesen, und dies war der erste Baum, bei dem es eventuell funktionieren könnte. Sie packte den ersten Ast, der sich etwa auf Schulterhöhe befand, und stützte sich mit dem Knie am Stamm ab, um hochzuklettern. Sie zog sich nach oben und bemühte sich, vor Anstrengung nicht zu keuchen. Ihre Arme zitterten, doch sie gab nicht auf. Schließlich gelang es ihr, sich auf den ersten Ast zu setzen. Corrie streckte einen Arm über den Kopf aus, dankte Gott, dass sich über ihr ein weiterer Ast befand, und zog sich langsam nach oben. Sie konnte sich lediglich hinhocken, bevor sie mit dem Kopf gegen noch einen Ast stieß. Bingo.

Sie tastete um sich herum und stieg auf den nächsten Ast. Langsam, aber sicher setzte sie ihren Aufstieg fort. Sie spürte, dass der Baum, auf dem sie sich befand, sich leicht im Wind bog, doch sie hielt nicht an. Sie hatte keine Ahnung, wie hoch sie geklettert war, aber sie wusste, dass sie nicht aufhören durfte. Sie musste hoch genug klettern, damit Isaac und Dimitri sie nicht sehen konnten. Sie betete, dass der Baum an dieser Seite von ihr Blätter hätte, um sie zu verbergen, aber sie ging davon aus, weil sie das Rascheln in der Luft hören konnte. Selbst wenn sie sie sahen, müssten sie auf den Baum klettern, um sie zu fangen. Nach dem Sturz von diesem Baum zu sterben war besser als das, was Isaac mit ihr vorhatte.

Als ihr die Äste schließlich zu dünn und zerbrechlich erschienen, um ihr Gewicht zu halten, sollte sie sich daraufstellen, beendete sie ihren wilden Aufstieg. Sie schlang die Arme fest um den Baumstamm und versuchte, ihren Atem zu regulieren. Es wäre kein besonders gutes Versteck, wenn sie sich durch ihr allzu lautes Keuchen verriete.

Corrie wusste, dass sie hoch oben war. Das Geräusch der raschelnden Blätter gab ihr Hoffnung, dass sie ausreichend verborgen war. Der Stamm, an dem sie sich festklammerte, war hier oben nicht besonders dick, sodass sie ihn mit den Armen vollständig umschließen konnte und sogar noch Platz hatte. Obwohl es keinen Unterschied machte, kniff sie die Augen fest zusammen und betete, dass sie vom Boden aus nicht gesehen werden konnte.

Sie war sich nicht sicher, wie lange sie sich bereits wie ein verängstigtes Äffchen an dem Baum festgeklammert hatte, aber ganz plötzlich wurde die Stille von Isaacs und Dimitris Stimmen durchbrochen, die in ihre Richtung kamen. Sie bewegten sich weitaus schneller, als sie es getan hatte.

»Komm raus, komm raus und zeig dich, wo immer du bist«, höhnte Isaac in einem Singsang, der Kindern ganz sicher Albträume beschert hätte, anstatt sie zu beruhigen. »Du kannst auch gleich rauskommen. Wir wissen, dass du in diese Richtung gegangen bist, weil wir deine verdammten Fußspuren gesehen haben, die direkt in den Wald führen. Wenn du dich jetzt ergibst, verspreche ich, nicht zu streng mit dir zu sein.«

Corrie schwieg.

»Komm schon, Süße. Du wirst uns nicht entkommen. Du bist verdammt noch mal blind. Du wirst verlieren. Wenn du jetzt rufst, werde ich dich schnell töten.«

Dimitris Stimme durchschnitt Isaacs aufgesetzt freundlichen Tonfall. »Komm raus, du Schlampe! Dafür wirst du bezahlen. Niemand hält Dimitri Prandini zum Narren.«

Bei dem Hass und dem Wahn in seiner Stimme lief

Corrie ein Schauer über den Rücken. Sie zitterte, als sie ihren Griff verstärkte. Sie hielt den Atem an, als die Männer scheinbar direkt unter dem Baum anhielten, auf dem sie sich versteckte. Sie fühlte sich genau wie an dem Tag vor vielen Wochen, an dem sie wusste, dass sie sterben würde, wenn sie eine falsche Bewegung oder ein falsches Geräusch machte.

Ganz genau so.

»Wir haben für diesen Mist keine Zeit, Dimitri.«

»Wir lassen sie nicht zurück. Sie könnte alles kaputt machen.«

»Sie werden den Worten irgendeiner blinden Schlampe keinen Glauben schenken, dass ich diese ganzen Leute erschossen habe.«

»Es ist mir scheißegal, ob du dafür den Kopf hinhältst. Meine Sorge ist, dass sie davonkommt und ich wegen versuchten Mordes und Entführung angeklagt werde und du während des Verhörs einknickst und mich auch wegen Shauns Tod ans Messer lieferst.«

»Ich würde dir nicht in den Rücken fallen, Dimitri.«

»Was für eine Scheiße, natürlich würdest du das.«

»Sieh mal, du weißt, dass ich diese Schlampe unbedingt haben will. Sie hat es nicht nur geschafft, sich vor mir zu verstecken, ich werde es ebenfalls nicht zulassen, dass ich wegen irgendeiner behinderten blonden Hure in den Knast gehe. Ich stimme dir zu, dass wir sie finden müssen, aber wir können nicht die ganze Nacht hier draußen bleiben. Sie kann nicht weit gekommen sein. Sie ist blind, Herrgott noch mal. Wo sollte sie hier draußen denn hingegangen sein? Lass uns noch etwas weitersuchen. Irgendwann wird sie sicher über etwas stolpern und sich so sehr verletzen, dass sie nicht mehr aufstehen kann. Dann bringen wir sie zurück in die Hütte, ich ficke sie, du folterst sie, dann bringen wir sie um. Danach werde ich ihre Leiche so entsorgen, dass wirklich niemand auch nur eine Spur von ihr findet.«

»Du hast es versaut, Isaac! Sie in einem Zimmer mit einem beschissenen Fenster zu lassen. Ich glaube, sie ist weitaus schlauer, als du es ihr zugetraut hast. Sie muss sterben. Vielleicht hätte sie dich identifizieren können, vielleicht auch nicht, aber *jetzt* kann sie es ganz sicher. Sie hat uns reden gehört, sie weiß, was wir vorhaben. Wir können sie jetzt nicht entkommen lassen. Auf gar keinen Fall.«

»Verdammt. Beschissene Schlampe. Es wird dunkel. Wir haben diese Hochleistungs-Taschenlampen im Wagen. Lass uns zurückgehen und sie holen. Auf keinen Fall wird sie die Nacht allein hier draußen verbringen. Höchstwahrscheinlich wird sie versuchen, die Straße zu erreichen. Wenn es ihr gelingt, dort anzukommen und einen Wagen anzuhalten, sind wir am Arsch.«

Corrie hörte, wie die beiden Männer sich über den Weg entfernten, den sie gekommen waren, wagte es aber nicht, sich zu bewegen. Als die Stimmen der Männer leiser wurden, während sie zurückgingen, um ihre Taschenlampen zu holen und die Suche nach ihr fortzusetzen, atmete sie endlich langsam und vorsichtig aus. Sie hatte keine Ahnung, was sie tun würde, wenn sie sie fänden, oder wie sie sie vom Baum herunterbekämen. Da Corrie nicht vorhatte, in näherer Zukunft vom Baum zu klettern, würden sie hinaufsteigen oder den Baum fällen müssen. Sie würde sich nicht rühren. Auf gar keinen Fall, unter gar keinen Umständen.

Als das Adrenalin in ihrem Körper zurückging, fing sie an zu zittern. Schon bald konnte sie zwischen dem Wind und ihren zitternden Muskeln nicht mehr unterscheiden. Es spielte keine Rolle. Sie würde sich nicht bewegen. Sie würde genau dort bleiben, wo sie war, bis Quint sie fand, selbst wenn sie die Nacht hier draußen verbringen musste. Sie hatte keinen Zweifel, dass Quint sie retten würde. Überhaupt keinen Zweifel.

Quint, Dax, Hayden, TJ, Cruz und sechs andere Beamte der Polizei von San Antonio und des FBI schlichen durch das Gehölz auf die Hütte zu. Sie hatten ihre Fahrzeuge etwa einen Kilometer entfernt auf dem Schotterweg abgestellt, um Isaac und Dimitri nicht zu alarmieren, dass sie im Anmarsch waren. Zwei Feuerwehrfahrzeuge von Wache sieben und ein Rettungswagen standen ebenfalls bereit.

Vor der Hütte parkte ein schwarzer Geländewagen, das bedeutete also hoffentlich, dass die Männer noch dort waren. Die Gruppe der Gesetzeshüter teilte sich auf und umstellte das Haus. Isaac und Dimitri würden nicht entkommen. Auf keinen Fall.

Quint wäre am liebsten zur Hütte geeilt, um Corrie zu holen, aber sie wussten, dass sie langsam und vorsichtig vorgehen mussten. Eine falsche Bewegung könnte einen der Männer dazu veranlassen, sie zu töten, bevor sie sie erreichen konnten. Er würde es ihnen zutrauen.

»Offenes Fenster an der Westseite«, hörte Quint Cruz in seiner tiefen Stimme durch den Ohrhörer sagen.

»Eingangstür weit geöffnet«, antwortete Hayden mit ruhiger Stimme von der anderen Seite der Hütte.

Quint und TJ drehten sich gemeinsam um, als sie Stimmen hinter sich vernahmen. Sie eilten zur anderen Seite des Geländewagens, um sich zu verstecken, und sahen ungläubig zu, wie Isaac und Dimitri aus dem Wald kamen, als kehrten sie soeben von einem gemütlichen Spaziergang zurück und hätten keine Frau entführt und zwei andere beinahe getötet.

»Beeil dich und hol die Dinger. Wir müssen uns ein für alle Mal darum kümmern. Wir sind den Bullenschweinen derzeit einen Schritt voraus und müssen sie uns so lange wie möglich vom Hals halten. Nachdem wir sie entsorgt haben, setzen wir uns mit unseren anderen Kunden in Verbindung und sehen zu, dass wir von hier verschwinden. Wir können untertauchen und uns neu organisieren. Eine blinde Frau wird meinem Geschäft kein Ende setzen. Das lasse ich nicht zu«, motzte Dimitri, als er neben Isaac herging.

Die Männer waren fast am Geländewagen angekommen, als TJ plötzlich an der Vorderseite des Fahrzeugs erschien und seine Pistole auf Dimitri richtete. »Tut mir leid, Jungs, aber ihr habt die Bullenschweine bereits am Hals.«

Quint hätte bei diesem dummen Scherz mit den Augen gerollt, aber er hatte nicht die Kraft dazu. Wo kamen diese Arschlöcher her und wo war Corrie?

Isaac und Dimitri machten kehrt, um zurück in den Wald zu flüchten, und standen vier weiteren Polizisten mit Pistolen gegenüber. Sie waren vollkommen umzingelt.

Isaac, der offensichtlich der Impulsivere der beiden war, versuchte sich an einer dramatischen Geste und zog eine Pistole aus seinem Hüftholster.

Trotz Quints Befehl, nicht zu schießen, ertönten zahlreiche Schüsse auf der Lichtung. Innerhalb weniger Sekunden konnten weder Isaac noch Dimitri jemals wieder einen Cent von irgendjemandem eintreiben.

Es war Quint scheißegal, wessen Kugeln das Leben

dieser Widerlinge beendet hatten, allerdings waren sie vermutlich die einzigen beiden Menschen auf der Erde, die wussten, wo Corrie war. Als sie darüber sprachen, ihre Leiche zu entsorgen, hatte es ihn beinahe umgebracht. Er versuchte, positiv zu bleiben und zu hoffen, dass sie noch nicht dazu gekommen waren, sie zu töten.

Hayden steckte ihre Pistole zurück ins Holster. Sie sah Quint an und zuckte mit den Schultern, bevor die beiden sich umdrehten und zur Hütte liefen, um nach Corrie zu suchen. »Zwei Kakerlaken weniger, um die wir uns sorgen müssen.« Sie war wirklich knallhart bis ins Mark.

Quint steckte seine eigene rauchende Dienstpistole zurück ins Holster und lief auf die offene Tür der Hütte zu.

Er ging entschlossenen Schrittes durch die kleine Behausung. Jedes Zimmer war leer. Als er in einem der kleinen Schlafzimmer stand, drehte er sich zu TJ um, der ihm ins Innere gefolgt war.

»Quint ...« TJ schüttelte traurig den Kopf.

Quint streckte seinem Freund die Handfläche entgegen. »Nein. Nein, verdammt. Ich werde nicht glauben, dass sie tot ist, bis ich es mit eigenen Augen sehe.«

»Kumpel, die beiden kamen gerade aus dem Wald zurück.«

Plötzlich war auch Dax da. Er legte TJ eine Hand

auf die Schulter. »Nein, Quint hat recht. Bis wir sie sehen, ist sie nicht tot. Erinnerst du dich an Mack? Ich habe sie sterben gesehen, trotzdem ist sie heute noch bei mir. Wir werden weitersuchen, bis absolut keine Hoffnung mehr besteht, und dann setzen wir die Suche erneut fort.«

TJ nickte ernst. »Scheiße. Ja, du hast recht. Lasst uns die Hütte noch einmal durchsuchen. Irgendeinen Hinweis muss es geben.«

Die Männer teilten sich auf. Dax und TJ gingen zurück in den Hauptbereich der Hütte und Quint sah sich in den Zimmern im hinteren Teil um. Er durchsuchte den ersten Raum ohne Erfolg, aber als er zu dem zweiten Raum ging, warf er einen genaueren Blick auf die Tür.

Richtig! An der Tür befand sich ein brandneuer Türknauf, aber er war andersherum montiert. Das Schloss war an der Außenseite angebracht und nicht an der Innenseite des Zimmers. Er ging hinein und sah sich um. Wie zur Hölle war ihm das beim ersten Mal entgangen?

Weil er nach Corrie gesucht hatte, nicht nach Hinweisen. Deshalb.

Dieses war der Raum mit dem geöffneten Fenster. Darunter stand ein Stuhl. Quint sah sich um. Nichts schien außergewöhnlich zu sein. Ein Einzelbett, eine Kommode, ein kleiner Schrank, ein Tisch und dieser Stuhl. Er schaute genauer hin.

Ein Stift. Auf der Fensterbank lag ein Stift.

Adrenalin schoss Quint durch die Adern. »Dax!«, brüllte er, selbst als er zum Fenster ging, um einen genaueren Blick darauf zu werfen. Gerade als Dax das Zimmer betrat, sah Quint sie.

Kleine Punkte an der Wand.

Sie hatte ihm eine Nachricht hinterlassen.

»Was ist das?«, fragte Dax, als er sich neben Quint stellte.

»Braille.«

»Was steht da?«

Quint fuhr mit den Fingern über die Punkte. Sie waren nicht erhoben wie Braille, aber er konnte sich nicht zurückhalten, sie zu berühren. Seine Corrie war hier gewesen und hatte sie für ihn aufgeschrieben. Er versuchte, sich auf die Nachricht zu konzentrieren, die sie für ihn hinterlassen hatte.

»Also?«, fragte Dax ungeduldig.

»Gib mir eine Sekunde. Ich kann das noch nicht so gut. O, V, T ... nein, warte ... U, O, U, T. Out – draußen.«

»Draußen? Okay, da der Stuhl hier steht, ist es offensichtlich, dass sie aus dem Fenster gestiegen ist. Ist das alles?«

»Nein, da ist noch etwas.« Quint neigte den Kopf, um sich die letzten beiden Buchstaben anzusehen. Sie hatte die Basisschrift benutzt, um die Buchstaben aufzuzeichnen, weil sie wusste, dass er immer noch Schwierigkeiten mit der Kurzschrift hatte, und nicht riskieren wollte, dass er nicht verstand, was sie ihm mitteilen wollte.

U und ... P. Up – oben.

»Out und up – draußen und oben. Sie ist rausgeklettert und wir müssen nach oben schauen.«

»Ist deine blinde Freundin wirklich mitten im Wald aus dem Fenster gesprungen, nachdem sie entführt wurde, und losgegangen, um einen Baum zu finden, den sie erklettern kann?«

Bei Dax' Worten lächelte Quint. Hayden hatte recht gehabt. Frauen waren tatsächlich knallhart. Zum ersten Mal, nachdem er erfahren hatte, dass Corrie verschwunden war, gestatte er es sich zu entspannen. »Ja, ich glaube, das hat sie getan.«

»Mann, ich mag sie, Quint. Jeder, der in der Lage ist, sich selbst zu befreien, hat dich absolut verdient.«

»Ja, ich mag sie auch. Aber können wir jetzt losgehen und meine Frau finden, damit wir von hier verschwinden können?« Quint hatte sich bereits in Bewegung gesetzt, als er die Worte aussprach. Dax war direkt hinter ihm. Auf dem Weg nach draußen gesellten sich TJ, Cruz und Hayden ebenfalls zu ihnen.

Die fünf Polizisten versammelten sich neben der Hütte unter dem offenen Fenster. Quint schaute sich um. Er schloss die Augen, streckte die Arme aus und ging los.

Er kam keine drei Meter weit, bevor er die Augen öffnete. Er schaffte es nicht. Er hatte keine Ahnung, wie Corrie Kraft und Mut aufgebracht hatte, im wahrsten Sinne des Wortes blind in den Wald zu gehen. Er schaffte nicht einmal zehn Schritte.

Hayden hatte vollkommen recht gehabt, ihn dafür zu kritisieren, dass er Corrie unterschätzt hatte. Sie war nicht zerbrechlich, nicht so, wie er gedacht hatte. Er hatte keinen Zweifel, dass alles, was heute passiert war, sie traumatisieren würde, aber er würde sie nie wieder herabwürdigen, indem er sie für schwach hielt.

Er setzte seinen Weg fort, wobei er abwechselnd zu Boden und nach oben blickte. Er wäre der Erste, der ihr sagen würde, wie stolz er auf sie war ... sobald er sie gefunden hatte.

KAPITEL FÜNFZEHN

Corrie fröstelte. Sie glaubte nicht, dass es kalt draußen war, konnte es aber wirklich nicht sagen. Sie spürte ihre Füße nicht, weil der dünne Ast, auf dem sie stand, ihre Blutzirkulation abgeschnitten hatte. Einen Baum in Flipflops zu erklettern war nicht das Klügste, was sie jemals getan hatte, aber ihr war keine Wahl geblieben.

Kopf und Knie schmerzten dort, wo Isaac und Dimitri sie geschlagen hatten. Ihr war schwindelig, sie wusste aber nicht genau, ob es an dem sich wiegenden Baum lag, auf dem sie stand, oder an etwas anderem. Sie zitterte und umklammerte den Baumstamm fester. Das fehlte gerade noch, dass sie vom Baum fiel, bevor Quint sie fand. Sie wünschte bloß, er würde sich beeilen.

Sie war weggedöst, aber erschrocken aufgewacht und hatte sich panikartig am Baum festgeklammert.

Sie seufzte erleichtert auf, als sie nicht fiel. Sie lehnte die Stirn an die raue Baumrinde und versuchte, nicht zu weinen.

»Cooooooorrie!«

Corrie hob den Kopf und neigte ihn zur Seite in der Hoffnung, besser hören zu können.

»Cooooooorrie. Wo bist du?«

Wieder fing ihr Herz an, wie wild zu klopfen. War Isaac schon wieder zurück? Mist, sie hatte gehofft, die beiden hätten eventuell die Idee aufgegeben, weiter nach ihr zu suchen, nachdem sie bei ihrem Wagen angekommen waren. Oder dass vielleicht die Batterien in ihren Taschenlampen leer waren. Sie sagte nichts und versuchte, ihren Atem zu verlangsamen.

»Corrie? Bist du hier draußen?«

Die Stimme kam von einer Frau. Corrie verstand nicht, was vor sich ging. Waren Dimitri und Isaac mit Verstärkung zurückgekehrt? Hatten sie noch eine Frau entführt? Sie war jetzt sehr verwirrt.

Sie hörte jetzt noch mehr Stimmen. Allerdings waren sie unterdrückt, sodass sie keine Worte verstehen konnte.

»Corrie, Süße ... kannst du mich hören? Hier ist Quint. Du bist in Sicherheit.«

Quint? Endlich war Quint da! Seine Stimme hallte durch die Bäume und wurde vom Wind zu ihr getragen.

Corrie schaute zu Boden. Es war albern, denn sie

konnte ja nichts sehen. Sie wartete. Die Stimmen kamen näher und näher.

Was, wenn es eine Falle war? Was, wenn Dimitri Quint eine Waffe an den Kopf hielt oder so was? Er könnte Quint benutzen, um sie herauszulocken.

Zum ersten Mal seit sehr langer Zeit wünschte Corrie sich, sehen zu können. Als kleines Mädchen hatte sie regelmäßig Gott darum gebeten, ihr Augenlicht zu schenken, aber jetzt wünschte sie sich *wirklich*, sehen zu können, was vor sich ging, denn wenn Quint ihretwegen getötet würde, würde sie sich bis in alle Ewigkeit dafür hassen.

Sie musste das Risiko eingehen. Wären alle diese Menschen bei ihm, wenn Isaac ihn in seiner Gewalt hätte? Sie hoffte nicht. »Quint?« Ihre Stimme kam als ein Krächzen heraus. Sie versuchte es noch mal, dieses Mal kräftiger. »Quint? Ich bin hier.«

»Corrie? Oh, Gott sei Dank!«

Wegen der Erleichterung in seiner Stimme musste Corrie beinahe lachen.

»Noch mal. Sprich noch mal mit mir, damit ich dich finden kann.«

Corrie schluckte die Tränen hinunter, die ihr die Kehle zuschnürten. »Hier. Ich bin oben in einem Baum.«

»Sprich weiter, Süße. Wir werden dich finden.«

Wir? Es war ihr egal, wer bei ihm war. Sie konnte es nicht erwarten, von ihm gehalten zu werden. »Ich bin hier oben. Ich bin so hoch geklettert, wie ich konnte, damit sie mich nicht sehen können. Ich habe aber keine Ahnung, wie weit oben ich bin. Kannst du mich schon sehen?« Der letzte Satz klang zu jämmerlich für ihren Seelenfrieden.

Quint hielt unter dem hohen Baum an und schaute nach oben. Er konnte Corrie kaum sehen. Guter Gott. Er hatte keine Ahnung, wie sie es überhaupt so weit hinauf geschafft hatte. Wie um alles in der Welt sollte er sie herunterbekommen? »Ich kann dich sehen, Süße. Halte dich einfach weiter fest, okay?«

»Quint? Bist du okay? Sie sind nicht bei dir, oder?«

Er verstand sofort. Er hatte sich schon gedacht, dass sie sich um ihn und nicht um sich selbst Sorgen machen würde. »Nein, Corrie. Sie sind nicht hier. Ich bin hier mit Cruz und einigen anderen Freunden. Du bist in Sicherheit.«

»Hast du sie geschnappt? Ihre Namen lauten Isaac und Dimitri, sie haben Shaun getötet. Sie wollten mich auch töten, aber ich bin entkommen. Hast du meine Nachricht gefunden?«

Quints Herz schmerzte. Corrie klang so traurig und verloren. Er wollte nichts mehr, als sie in die Arme zu schließen und nie wieder loszulassen. »Wir haben sie, Süße. Sie werden weder dir noch irgendjemand anderem jemals wieder wehtun. Sie wurden vor der Hütte erschossen. Und ja, ich habe deine Nachricht gefunden.« Er versuchte, etwas Humor in ihre Unterhaltung einfließen zu lassen, obwohl er nicht dazu in der Stimmung war. »Und nur dass du es weißt, dein U sieht aus wie ein V.«

»Tut es nicht«, protestierte sie schwach. »Du brauchst nur mehr Übung.«

Quint schnaubte und knöpfte sein Hemd auf. Er musste seine Weste und den Waffengürtel abnehmen, um durch das dichte Geäst zu ihr zu gelangen.

»Ich mache das schon.«

Als er sich umdrehte, sah er, dass Hayden ihre Ausrüstung bereits abgelegt hatte und sich bereit machte, den Baum hinaufzuklettern. Er legte ihr eine Hand auf den Arm. »Nein, sie ist meine Verantwortung, ich werde raufsteigen.«

»Du wirst auf keinen Fall hindurchpassen, Quint. Denk doch mal nach. Ich bin damit aufgewachsen, auf Bäume wie diesen hier zu klettern. Abgesehen davon wiegst du mehr als ich oder Corrie. Du wirst wahrscheinlich die Äste abbrechen und dann wird sie da oben festsitzen. Vertrau mir. Ich werde sie dir sicher runterbringen.«

Quint hasste es mit jeder Faser seines Seins, aber Hayden hatte recht, verdammt. »Okay«, sagte er und sah Hayden fest in die Augen, »aber sei vorsichtig. Sie bedeutet mir die Welt.«

Hayden nickte bloß und forderte ihn auf: »Hilf mir nach oben.«

Quint verschränkte die Hände und hielt sie nach

unten, damit sie den Fuß hineinsetzen konnte. Nachdem sie so weit war, hob er sie problemlos auf den ersten Ast. Als Quint es sich ansah, hatte er keine Ahnung, wie es Corrie gelungen war, sich ohne Hilfe dort hochzuziehen. »Hilfe ist unterwegs, Corrie. Halte durch.«

»Kommst du hoch, um mich zu holen?«

Quint konnte die Hoffnung in ihrer Stimme hören und hasste es, sie zu enttäuschen. »Nein, ich nicht. Ich bin zu groß. Aber Hayden kommt dich holen. Erinnerst du dich daran, wie ich dir von ihr erzählt habe? Sie ist der Hilfssheriff und kann schneller schießen und laufen als die meisten Kerle in meiner Abteilung. Und ganz egal, was du tust, fordere sie niemals zu einem Zweikampf heraus. Sie ist die einzige Frau, die ich kenne, die mich aufs Kreuz legen kann.« Quint sprach seine Worte gleichmäßig und beruhigend aus. Er spürte, dass Corrie kurz davor stand, die Nerven zu verlieren. »Corrie?«

»Gut, okay. Ich habe Angst. Ich habe auf dich gewartet, warum hast du so lange gebraucht?« Corrie hasste das Zittern in ihrer Stimme, aber nachdem sie so lange tapfer durchgehalten hatte, wie es ihr möglich war, gestattete sie es sich nun, da Quint endlich da war, ein wenig auseinanderzubrechen. Sie hatte den letzten Satz hinzugefügt, um dafür zu sorgen, dass sie nicht noch mehr durchdrehte.

»Ich weiß, dass du Angst hast, aber ich bin so

verdammt stolz auf dich. Du hast ja keine Ahnung.« Quint behielt Hayden im Blick, während sie den Baum erkletterte, als sei sie auf einem geboren worden. »Ich bin losgegangen, um dich zu finden, und habe meine Augen etwa zwei Komma drei Sekunden lang geschlossen, bevor ich sie wieder öffnen musste. Ich konnte es nicht. Aber du hast es getan, Süße. Du hast es geschafft. Du hast diese Arschlöcher überlistet und dich gerettet. Du hast mich dafür nicht gebraucht.«

»Ich –« Ihre Stimme verstummte. Quint konnte sehen, dass Hayden bei Corrie angekommen war und mit ihr sprach.

Corrie zuckte bei der Berührung ihrer Wade zusammen, doch dann entspannte sie sich, als sie die Frauenstimme hörte.

»Ganz ruhig, Corrie. Ich bin es, Hayden Yates. Ich werde dir runterhelfen, in Ordnung?«

Corrie nickte. »Okay, danke. Ich hatte keine Ahnung, wie um alles in der Welt ich hier wieder runterkommen sollte. Wie hoch bin ich?«

»Du hast gute Arbeit geleistet und du willst nicht wissen, wie hoch du geklettert bist, aber du bist so hoch oben, dass wir dich vom Boden aus kaum gesehen haben. Selbst wenn diese Arschlöcher direkt unter dir gestanden hätten, hätten sie dich wahrscheinlich nicht bemerkt.«

»Ich glaube, sie standen *tatsächlich* direkt unter mir.«

»Ha, dann scheiß auf sie. Los, ich werde deine Jogginghose festhalten und deinen Fuß zu einem Ast führen. Deine Schuhe werden es nicht einfach machen, aber wir werden einfach ganz langsam absteigen. Nimm dir Zeit, es gibt absolut keinen Grund zur Eile. Es warten keine Bösewichte auf dich, nur Quint, und er kann sich da unten ein bisschen beruhigen, richtig?«

Corrie lächelte, als ihr klar wurde, dass Hayden ihr gut zuredete, damit sie sich entspannte. Sie nickte noch einmal.

»Okay, dieser erste Schritt ist einfach. Der Ast befindet sich etwa fünfzehn Zentimeter unter deinem rechten Fuß. Halte dich mit den Händen einfach weiter unten am Stamm fest und lasse den Fuß runtergleiten. Genau so.«

Corrie folgte Haydens sanftem Zug an ihrer Jogginghose und bewegte vorsichtig den Fuß. Der Ast war genau dort, wo sie es gesagt hatte.

»Gut, jetzt bewege deinen linken Fuß genauso. Er wird genau neben den anderen auf denselben Ast passen.«

Corrie tat, wie sie angewiesen wurde, und atmete tief durch. Okay, sie konnte es schaffen.

Sie setzten ihr langsames, gleichmäßiges Tempo den Baum hinunter fort, bis sie zu einem komplizierten Teil kamen. Corrie erinnerte sich an diese spezielle Lücke in den Ästen, als sie hinaufgeklettert war.

»Okay, das hier ist der letzte schwierige Teil, Corrie. Zwischen dem Ast, auf dem du derzeit stehst, und dem nächsten unter dir ist ein Abstand von etwa einem Meter zwanzig. Du musst in die Hocke gehen, einen Fuß auf dem Ast lassen und den anderen Fuß nach unten hängen lassen. Du wirst dich strecken müssen, aber deine Beine sind lang genug, um den Ast zu erreichen, versprochen. Ich werde deinen Fuß führen, damit du genau dort auftrittst, wo du auftreten sollst.«

Corrie nickte. Sie war schon so weit gekommen. Sie umschloss den Baumstamm mit beiden Armen und hockte sich hin. Dann ließ sie ihr linkes Bein hinuntergleiten, bis es in der Luft baumelte. Sie spürte, wie Hayden ihr Fußgelenk ergriff.

»Noch etwas mehr, genau so. Du hast es fast geschafft.«

Gerade als Corrie glaubte, den Ast unter ihrem Fuß zu spüren, rutschte ihr rechter Fuß von dem Ast ab, auf dem er sich befand.

Sie kreischte und stieß sich die Stirn an einem Ast auf Kopfhöhe, dann spürte sie, wie sie fiel. Ihr Schienbein krachte auf den Ast, auf dem sie gestanden hatte, und sie griff panisch nach dem breiten Stamm des Baumes, um sich festzuhalten. »Scheiße!«

»Corrie!« Quints Stimme war verzweifelt.

Haydens Stimme ertönte unter ihr. Sie war ruhig und gleichmäßig, als hätte sie nicht soeben zugesehen, wie Corrie beinahe von dem dämlichen Baum gepurzelt wäre. Corrie konnte den starken und sicheren Griff spüren, mit dem die andere Frau ihr Fußgelenk umschloss. Hayden hielt sie fest, während sie wie eine Idiotin auf ihrem Schienbein kniete.

»Kein Problem, Corrie. Du bist nur etwas abgerutscht. Nichts passiert.«

»Das ist das zweite Mal heute, dass ich geflucht habe, verflixt noch mal. Das ist nicht cool.«

Hayden kicherte. »Du bist einfach zu komisch. Ich glaube, du hast durchaus das Recht, ein, zwei Flüche auszusprechen.«

Corrie schüttelte den Kopf. »Nein, ich habe mir geschworen, dass ich damit aufhöre, wenn Ethan, der Sohn meiner Freundin, geboren wird. Vorher hatte ich ein richtig dreckiges Mundwerk. Ich musste einen kalten Entzug machen, andernfalls wäre sein erstes Wort ein Fluch, den er von seiner Tante Corrie gelernt hat.«

»Los, du bist fast unten. Vertrau mir. Stütze dich mit etwas von deinem Gewicht auf mir ab und ich werde deinen Fuß zum nächsten Ast führen.«

Corrie atmete erneut tief durch und tat, was

Hayden von ihr verlangte. Sie wollte endlich von diesem verflixten Baum runtersteigen, aber der einzige Weg, um das zu tun, bestand darin, diese Stelle zu überwinden. Sie verlagerte das Gewicht von ihrem Schienbein und spürte, wie Hayden ihren Fuß wie versprochen führte. Corrie spürte den stabilen Ast unter ihrem Fuß und atmete erleichtert durch.

»Okay, ich halte dich fest. Lass dein anderes Bein hinuntergleiten und halte dich mit den Händen an dem Ast fest, auf dem du eben gehockt hast.«

Corrie spürte eine von Haydens Händen an ihrem Kreuz und die andere an ihrer Wade. Sie veränderte die Position und Hayden bewegte die Hand, die an ihrer rechten Wade gewesen war, zu ihrer Hüfte. »Ja, genau so. Gut gemacht. Ein Kinderspiel. Wir sind nur noch etwa zweieinhalb Meter vom Boden entfernt und Quint wartet auf dich. Nur noch zwei weitere Schritte und er wird dich in die Arme schließen. Bist du bereit?«

Corrie nickte eifrig, denn sie war mehr als bereit.

Sie überwanden die nächsten Äste und genau wie Hayden gesagt hatte, spürte Corrie, wie große Hände sie an der Hüfte packten. Sie hatte noch nie so etwas Wunderbares gespürt wie Quints Arme, mit denen er sie umschloss.

»Gott sei Dank«, hörte Corrie Quint murmeln, als er sie aus dem Baum hob und in die Arme schloss. Sie hörte ein dumpfes Geräusch, als Hayden nach ihr vom

Baum sprang. Sie wusste, dass sie dem Hilfssheriff danken sollte, aber in Quints Armen zu sein und seinen einzigartigen Geruch zu riechen war nach allem, was sie durchgemacht hatte, mehr, als sie ertragen konnte.

Corrie brach in Tränen aus und vergrub ihr Gesicht an Quints Hals. Sie spürte, wie er die Hand an ihren Hinterkopf brachte und sie an sich drückte.

Quint neigte den Kopf und atmete in Corries Haar, als er sie in die Arme schloss. »Du bist okay, Süße. Ich habe dich. Alles ist gut.« Er flüsterte weiter beruhigende Worte, als er seinen Freunden durch den Wald zurück zu ihren Fahrzeugen folgte. Corrie wurde vage bewusst, dass sie die anderen Männer, die bei Quint waren, zumindest hätte begrüßen sollen, aber es war ihr nicht möglich, lange genug mit dem Weinen aufzuhören, um das zu tun. Sie hörte sie reden, während sie sich fortbewegten, konnte sich aber nicht auf ihre Worte konzentrieren.

Schnell erreichte ihre kleine Gruppe die Lichtung und Quint hielt nicht einmal an, um die Leichen zu betrachten, die neben dem schwarzen Geländewagen lagen. Jemand hatte angewiesen, dass die Polizei- und Feuerwehrfahrzeuge zur Hütte kommen, die nun hintereinanderstanden und warteten.

Quint drückte Corries Kopf an seinen Hals und ging direkt auf Haydens Geländewagen zu. Er bückte sich und es gelang ihm, die Tür zu öffnen, ohne Corrie loslassen zu müssen. Er setzte sich seitlich auf den Sitz und stellte die Füße auf dem Trittbrett ab. Sein Herz schmerzte, als Corrie in seinen Armen weinte. Nach ein paar Minuten bekam sie einen Schluckauf und er bemerkte, dass sie versuchte, sich wieder unter Kontrolle zu bekommen.

Er schaute sie von oben an und grinste mitfühlend. Sie hatte einen Kratzer an der Stirn, der vermutlich von ihrem Beinahefall beim Abstieg vom Baum stammte. An ihrem Kiefer und Wangenknochen bildeten sich Blutergüsse. Ihr Haar war zerzaust und ihr Gesicht war von der Nase bis zum Ohr dreckverschmiert.

Für ihn hatte sie nie hübscher ausgesehen.

»Ich liebe dich, Corrie Madison.« Quint hätte diese Worte nicht länger zurückhalten können, selbst wenn sein Leben davon abgehangen hätte. »Ich hatte in meinem ganzen Leben noch nie so viel Angst wie in dem Moment, in dem mir klar wurde, dass du nicht mehr da bist. Ich will nicht ohne dich durch dieses verrückte Leben gehen. Es ist mir egal, wie lange es dauert, ich werde dir tagein, tagaus zeigen, wie viel du mir bedeutest, in der Hoffnung, dass du mich irgendwann auch lieben wirst. Ich ...«

Er hielt inne. Corrie hatte die Hand an seinen Nacken gebracht und tippte dort leicht auf seine Haut. Sie machte zwei diagonale Punkte mit dem Finger, dann drei vertikale Punkte, dann fünf Punkte, die wie ein spiegelverkehrtes C waren. Sie tat es noch einmal. Dann noch einmal.

Er lächelte und jetzt war er dran, seine Nase an ihrem Hals zu vergraben. »Du liebst mich?«, murmelte er an ihr.

»Ja.« Corrie schniefte. Sie wusste, dass sie vermutlich wie der Tod auf Latschen aussah, aber Quint schien das nichts auszumachen. »Als ich blind durch den Wald gestolpert bin und nach einem Baum gesucht habe, auf den ich klettern kann, konnte ich einzig daran denken, wie sehr ich dich liebe und wie traurig ich war, es dir nicht gesagt zu haben. Aber weißt du, was noch?«

Sie spürte, wie Quint den Kopf hob. »Was?«

»Ich wusste, dass du nach mir suchen wirst. Ganz egal, was passiert. Und wenn es ewig gedauert hätte, hätte ich trotzdem in der Krone dieses verdammten Baumes ausgeharrt, weil ich wusste, dass du meine Nachricht entschlüsseln und mich finden würdest.«

»Mein Gott, Corrie.«

Plötzlich kam ihr ein anderer Gedanke. »Oh nein! Bethany ... ist sie okay? Was ist mit Emily und Ethan? Ich erinnere mich nicht, was passiert ist.«

Quint streichelte ihr mit der Hand erneut übers Haar, um sie zu beruhigen. »Es geht ihnen gut. Später werde ich dir alles erzählen, aber es geht ihnen gut.«

»Ehrlich?«

»Ja, ehrlich.«

Corrie kuschelte sich an Quint und gab wegen der kugelsicheren Weste zum ersten Mal ein missbilligendes Brummen von sich. Es war ihr zuvor nicht aufgefallen, aber jetzt wollte sie ihn. Ihn allein.

»Corrie? Meine Freunde Sledge und Crash sind hier. Sie sind Feuerwehrmänner und Rettungssanitäter. Sie wollen nur rasch einen Blick auf dich werfen, um sich davon zu überzeugen, dass mit dir alles in Ordnung ist.«

Corrie hatte die Arme fest um Quint geschlungen und bewegte sich nicht einmal. »Es geht mir gut.«

»Ich weiß, dass es dir gut geht, aber ich würde mich trotzdem besser fühlen, wenn du dich von ihnen untersuchen lässt.«

»Wir sind wirklich ganz nett, ehrlich«, sagte eine tiefe Stimme neben ihr.

Eine zweite Stimme meldete sich zu Wort. »Ja, allerdings bin ich der Gutaussehende.«

Corrie drehte den Kopf und versuchte, sich wieder zusammenzureißen. »Sledge und Crash?«, fragte sie.

»Lange Geschichte. Tut dir irgendetwas weh?«

Zehn Minuten später, nachdem Quint sich davon überzeugt hatte, dass es Corrie tatsächlich gut ging und sie lediglich verängstigt war und einige Kratzer und Blutergüsse davongetragen hatte, die in nicht allzu langer Zeit verblassen und heilen würden, erhob er sich mit Corrie auf den Armen. Er nickte Sledge und Crash zu und reckte in einer Geste der Dankbarkeit das Kinn in Richtung Penelope, Chief und Moose, die anderen Feuerwehrleute von Wache sieben, die neben den Fahrzeugen standen, für den Fall, dass sie gebraucht würden.

»Seid ihr so weit? Können wir fahren?«, fragte Hayden, als sie die Fahrertür öffnete.

»Ja.«

»Super, aber du kannst sie nicht so festhalten, Quint. Du kennst das Gesetz. Die Sicherheit geht vor.«

Corrie lachte über den verstimmten Laut, der aus Quints Kehle kam. »Wir müssen hinten sitzen, nicht wahr?«

Quints Antwort war, dass er aufstand, ohne Corrie loszulassen. Er schloss die Beifahrertür mit der Hüfte und öffnete die Tür zum Rücksitz. Er setzte sich in den Wagen, wobei er sie weiterhin festhielt, zog Corrie über seinen Schoß und platzierte sie auf der Rückbank neben sich. Er zog den Sicherheitsgurt über ihre Hüfte, dann schnallte er sich selbst an. Er ignorierte, dass das Material des Gurtes in seine Schulter schnitt, legte den Arm um Corrie und entspannte sich, als sie sich an ihn kuschelte.

»Bring uns nach Hause, Hayden.«

KAPITEL SECHZEHN

»Bist du sicher, dass mit dir alles in Ordnung ist?«, wollte Corrie zum scheinbar hundertsten Mal von Bethany wissen.

Quint hatte Hayden gebeten, sie direkt zum Krankenhaus zu fahren. Corrie hatte versucht, darauf zu beharren, dass sie keinen Arzt bräuchte, ganz besonders da seine Freunde einen Blick auf sie geworfen und gesagt hatten, dass mit ihr alles okay sei, aber Quint war das egal. Er vertraute Sledge und Crash, aber die beiden waren keine Ärzte. Er hatte Corrie gesagt, sie könne innere Verletzungen haben, von denen sie nichts wusste, weil ihr Körper immer noch voller Adrenalin war. Doch erst als er ihr erzählt hatte, was mit Emily, Bethany und Ethan passiert war, hatte sie zugestimmt – verdammt, sie hatte darauf bestanden.

Quint hatte sich geweigert, sie ihre Freundinnen

sehen zu lassen, bis ein Arzt sie untersucht hatte. Sie saß still da ... gerade so ... und beantwortete die Fragen des Arztes mit kaum verhohlener Ungeduld.

»Miss Madison, abgesehen von einigen Kratzern und Blutergüssen würde ich sagen, dass Sie sich sehr glücklich schätzen können.«

»Okay, wunderbar.« Corrie hatte sich in die Richtung umgedreht, wo Quint stand. »Ich habe es dir doch gesagt ... und Crash und Sledge ebenfalls. Kannst du mich *jetzt* zu Bethany bringen?«

Quint hatte ein Lachen unterdrückt, da er wusste, dass es Corrie verärgern und er dadurch vermutlich in Ungnade fallen würde. »Ja, Süße. Danke, Dr. Davis. Ich weiß es zu schätzen, dass Sie sich Corrie angesehen haben. Ich weiß nicht, was ich ohne sie tun würde.«

Corrie hatte zur Anerkennung seiner süßen Worte Quints Arm gedrückt, es aber kaputt gemacht, indem sie schnaubte: »Wenn ich sie selbst finden könnte, würde ich es tun, aber da ich vermutlich mit Menschen und Wänden zusammenstoßen würde, musst du mir zeigen, wo meine Freundinnen sind.«

Der Arzt hatte Quint zugenickt und gegrinst. Quint hatte den älteren Mann bloß ignoriert, Corries Hand ergriffen und sich aufgemacht, ihre Freundinnen zu finden.

Sobald Corrie das Krankenzimmer betreten hatte, in dem Bethany sich erholte, war Emily, die zu der Zeit zu Besuch war, in Tränen ausgebrochen. Emily hatte sich Corrie in die Arme geworfen und die beiden hatten mehrere Minuten damit verbracht, das Gefühl zu genießen, dass sie beide gesund und wohlauf waren.

Corrie nahm Emilys Gesicht in die Hände und strich mit den Fingern darüber. »Tut es weh?«

Emily lachte durch ihre Tränen. »Ungefähr so sehr wie deins wehtut, nehme ich an.«

Corrie verzog mitleidig das Gesicht.

»Hey, ihr zwei. Ich bin diejenige, die im Krankenbett liegt.«

Corrie eilte zu Bethany hinüber und fragte sie, ob sie in Ordnung sei.

»Es geht mir gut. Bist du sicher, dass du mich nicht hasst, Cor? Ich wollte es nicht tun, aber er hat Ethan bedroht.«

»Meine Güte, Bethany. *Selbstverständlich* hasse ich dich nicht. Oh mein Gott, ich hätte genauso gehandelt. Du hast das Richtige getan und abgesehen davon ist am Ende alles gut ausgegangen. Es tut mir nur leid, dass ihr beide in diese ganze Sache hineingezogen wurdet. Wenn ich nicht gewesen wäre –«

Emily und Quint sprachen gleichzeitig und unterbrachen sie.

»Es ist nicht –«

»Nein.« Quints Stimme war lauter. Er redete über das hinweg, was Emily sagen wollte. »Es ist nicht deine Schuld. Wenn du jemanden verantwortlich machen willst, dann gib Isaac die Schuld. Oder Dimitri oder sogar Shaun, aber ich werde auf keinen Fall zulassen, dass du dir die Schuld dafür gibst.«

»Aber –«

Quint brachte Corrie auf die einzige Art zum Schweigen, die er kannte. Er neigte den Kopf und bedeckte ihren Mund mit seinem. Entfernt hörte er, wie Emily und Bethany anerkennend pfiffen, doch er ließ nicht von ihr ab. Er schob ihr die Zunge in den Mund und als sie den Kuss erwiderte, war er erleichterter, als er laut zugegeben hätte. Er hatte Angst gehabt, dass sie wegen allem, was passiert war, zu verängstigt war, um seine Leidenschaft zu erwidern. Er hätte es besser wissen sollen.

Endlich hob er den Kopf und schnupperte seitlich an Corries Hals, als er versuchte, das dringende Bedürfnis unter Kontrolle zu bekommen, mit ihr allein zu sein und ihr zu zeigen, wie viel sie ihm bedeutete, aber auch, um etwas von dem Stress abzubauen, den er verspürt hatte, seit er erfahren hatte, dass sie entführt worden war.

»Falls es dich interessiert, Ethan geht es gut.«

Bei Emilys neckenden Worten wirbelte Corrie herum und verletzte Quint dabei beinahe am Kinn. »Ethan! Wo ist er? Geht es ihm wirklich gut? Ich bin eine furchtbare Tante, dass ich mich nicht einmal nach ihm *erkundigt* habe.«

Quint stand hinter Corrie und schlang die Arme

um ihre Taille. Er zog sie an sich und liebte es, wie sie ihm vertraute, ihr Gewicht zu halten.

»Beruhige dich, Cor. Mit ihm ist alles in Ordnung. Er wurde untersucht und hatte nicht einmal einen Kratzer. Gott sei Dank hatte Quint bemerkt, dass etwas nicht stimmte, und war zum richtigen Zeitpunkt aufgetaucht. Er war ein wenig unterkühlt, aber ansonsten ging es ihm gut.« Bethanys Worte waren fest und überzeugt.

Emily setzte sich auf den Stuhl neben Bethanys Bett und streichelte ihren Unterarm oberhalb der Bandagen, die ihre Hand bedeckten. Quint wusste, dass Bethany einen langen Genesungsweg vor sich hatte. Einige der Nerven in ihrer Hand waren durchtrennt worden und sie würde in Zukunft noch häufig operiert werden müssen.

»Meine Mom ist gekommen und hat ihn über Nacht zu sich genommen«, erklärte Emily.

»Deine Mom? Aber sie akzeptiert doch keine –«

»Ich weiß. Aber anscheinend hat die Tatsache, dass ich von einem Psychopathen verprügelt wurde, der außerdem beinahe meine Partnerin und meinen Sohn umgebracht hätte, sie dazu gebracht, ihre Meinung zu ändern.«

»Das wurde aber auch Zeit.«

Emily lachte bloß. »Also, jetzt, da du weißt, dass es uns gut geht, und wir gesehen haben, dass mit dir alles in Ordnung ist, fahr nach Hause.«

»Was?«

Emily wiederholte sich. »Fahr nach Hause, Cor. Du siehst erschöpft aus. Wenn ich mich nicht irre, hat dein Mann bereits Schaum vorm Mund, weil er es nicht abwarten kann, dich nach Hause zu bringen und sich um dich zu kümmern.«

Corrie legte den Kopf nach hinten, als würde sie tatsächlich zu ihm aufsehen. »Aber ... können wir denn nach Hause fahren?«

Quint küsste sie auf den Kopf, denn er wusste, was sie meinte. »Ja, Dax und Hayden haben Verstärkung gerufen. Nachdem die Spurensicherung ihre Arbeit verrichtet hatte, ist es ihnen gelungen, uns ein neues Bett zu beschaffen. Ich wollte keine Erinnerungen an das haben, was Bethany dort widerfahren ist. Alles ist gut, Süße.«

»Wirklich?«

»Ja. Ich würde dich nicht dorthin bringen, wenn ich mir nicht hundertprozentig sicher wäre, dass es sicher und sauber für dich ist.«

Corrie drehte sich zu ihren Freundinnen um. »Ich liebe euch. So sehr. Ich werde euch morgen wieder besuchen.«

»Okay. Du weißt, dass wir dich auch lieben. Gott sei Dank warst du klüger als diese Arschlöcher.«

Corrie lächelte. »Ich weiß nicht, ob ich klüger war, aber vielleicht entschlossener.«

»Das ist gut genug.«

»Gehen wir, Süße. Du bist vollkommen fertig. Lass uns nach Hause fahren.«

»Nach Hause. Das klingt gut.«

Quint lächelte strahlend. Sie hatte recht. Es klang wirklich gut.

Er wartete geduldig, als Corrie Emily noch einmal umarmte und sich zu Bethany hinunterbeugte, sie kurz in den Arm nahm und ihr einen Kuss auf die Wange gab. Dann kam sie zurück und ergriff seine Hand. »Ich liebe euch. Bis morgen.«

Quint führte Corrie aus dem Zimmer und durch den Flur zum Wartebereich. Er hob das Kinn in Richtung einiger Ärzte und Schwestern, die ihnen zuwinkten, als sie an ihnen vorbeigingen. Er konnte es nicht erwarten, Corrie nach Hause zu bringen.

Corrie war erleichtert, wieder in Quints Haus zu sein. Sie standen in seinem Schlafzimmer. Sobald sie angekommen waren, hatte er sie in diesen Raum gezerrt.

»Hast du keine Angst, wieder hier zu sein?«

Corrie schüttelte den Kopf. »Nein. Erstens bist du bei mir. Und zweitens hat Isaac mich bewusstlos geschlagen, nachdem ich die Tür geöffnet hatte. Ich erinnere mich an nichts, was passiert ist. Ich schätze, Bethany wird eine längere Zeit nicht hierherkommen wollen, aber ich? Mit mir ist alles in Ordnung.«

Quint zog Corrie an sich und genoss es, wie sie sich, ohne zu zögern, an ihn schmiegte. Er hatte ihr so viel zu sagen, aber zuerst wollte er, dass sie sich wusch und es sich bequem machte. »Gut. Geh duschen. Ich will nichts lieber, als dich so schnell wie möglich an mir festzuhalten.«

»Willst du mit mir duschen?«, fragte Corrie schüchtern.

Quint gab ihr einen Kuss auf die Stirn. »Wenn ich mit dir unter die Dusche gehe, werde ich nicht die Finger von dir lassen können.«

»Und das ist schlimm, weil ...«

»Weil ich dich festhalten will. Um mich zu vergewissern, dass mit dir wirklich alles in Ordnung ist. Ich hatte einen beschissenen Tag, ich war mir nicht sicher, ob ich dich jemals wieder warm und atmend in meinem Armen halten würde. Ich brauche dich in meinem Bett, in meinen Armen.«

»Okay, Quint. Ich werde mich beeilen. Ich brauche das auch.«

»Ich liebe dich, Corrie.«

»Ich liebe dich auch.«

»Geh duschen, ich werde in unserem Bett warten.«

Corrie nickte und Quint küsste sie noch einmal, bevor er sie in Richtung Bad drehte.

Er zog sich bis auf die Boxershorts aus und wartete darauf, dass Corrie aus der Dusche trat, die sich rasch mit Wasserdampf gefüllt hatte, während sie sich den Schmutz von den Ereignissen des Tages abwusch.

Innerhalb von zehn Minuten kam Corrie nur mit einem Handtuch um den Körper geschlungen aus dem Badezimmer. Quint hatte in seinem ganzen Leben noch nie etwas so Schönes gesehen. Und sie gehörte ganz ihm.

»Komm her, Süße.«

Mit einem vor sich ausgestreckten Arm ging Corrie vorsichtig zum Bett, wobei sie dafür sorgte, mit nichts zusammenzustoßen. Als ihre Knie die Matratze berührten, streckte sie die Hand dorthin aus, von wo Quints Stimme gekommen war. Quint ergriff sie und sah zu, wie sie das Handtuch löste und zu Boden fallen ließ.

»Heilige Scheiße, Corrie. Du bist so verdammt hübsch.«

Sie lächelte. »Rutsch rüber.«

Das tat er und sie kletterte unter die Decke und kuschelte sich in seine Arme.

»Sie riecht nicht mehr nach dir.«

»Was?«

»Die Bettwäsche. Sie riecht nicht mehr nach dir. Ich hasse das.«

»Das wird sie schon bald tun. Mach dir keine Sorgen.« Quint spürte, wie sein Herz sich zusammenzog, als Corrie sich an ihn drängte. Sie drückte die Nase an seinen Hals und atmete tief ein.

»Aber *du* riechst nach dir, das muss also reichen«, neckte sie.

Quint rollte Corrie unter sich. Er platzierte seine Beine links und rechts von ihr, drückte die Hüfte an ihre und stützte sich mit den Ellbogen neben ihren Schultern ab. Er wusste, dass er sie vermutlich erdrückte, aber er musste jeden Teil von ihr unter jedem Teil von sich spüren.

»Ich weiß, ich habe es dir heute schon gesagt, aber ich bin so stolz auf dich. Ich habe in meinem Leben schon sehr viele tapfere Dinge gesehen. Verprügelte Frauen, die den Mut haben, ihre missbräuchlichen Ehemänner zu verlassen, alleinerziehende Eltern, die ihre behinderten Kinder ganz allein großziehen, Stadtkinder, die den Verlockungen von Banden und Drogen widerstehen, Feuerwehrmänner, die in brennende Gebäude laufen, während alle anderen nach draußen eilen.«

Corrie atmete ein, um ihn zu unterbrechen, doch Quint sprach weiter.

»Selbst Mackenzie und Mickie, die Frauen von Dax und Cruz, beeindrucken mich immer wieder aufs Neue. Aber als ich auf dem Weg zu dir war, war ich mir nicht sicher, was ich finden würde. Ich dachte, dass du verängstigt und – ich schäme mich, das zuzugeben – gebrochen wärst.«

»Quint ...«

Quint überging ihren erneuten Versuch, ihn zum

Schweigen zu bringen, und sprach weiter. »Hayden war es, die mir gesagt hat, dass ich dich unterschätze. Und sie hatte recht. Sie hatte so verdammt recht. Du hast mich nicht gebraucht, um dich zu retten. Du hast dich selbst gerettet. Blind, verängstigt, mit Schmerzen und ohne jegliche Ahnung, wo zur Hölle du warst, hast du trotzdem einen Weg gefunden, dir selbst zu helfen.« Er schüttelte fasziniert den Kopf. »Ich werde dich nie wieder unterschätzen oder an dir zweifeln. Du kannst alles schaffen, was du willst. Und dafür liebe ich dich.«

»Darf ich jetzt reden?« Corries Stimme war leise und ernst.

Quint gab ihr einen Kuss auf die Nasenspitze. »Ja, du darfst reden.«

»Ich war einzig aus dem Grund tapfer, weil ich wusste, dass du auf dem Weg zu mir warst.«

»Verdammt richtig.«

»Hey, ich bin dran.« Ihre Hände ruhten auf Quints Oberarm, wo sie unbewusst über die dort eintätowierten Worte streichelte.

»Tut mir leid, Süße. Sprich weiter.«

»Danke. Wie ich bereits sagte, der einzige Grund, dass ich überhaupt versucht habe zu entkommen, war, um dir Zeit zu geben, mich zu finden. Ich wusste, was er mit mir tun wollte. Es hat ihm große Freude bereitet, mir zu erzählen, wie er mich töten würde und was er mit mir tun will, bevor er mir das Gehirn rauspustet.

Aber ich wollte mit jeder Faser meines Körpers am Leben bleiben. Zum ersten Mal in meinem Leben liebte ich einen Mann und ich wollte das erleben. Ich bin wütend geworden. Ich wollte mir das von ihnen nicht nehmen lassen. Ich war nicht tapfer, Quint. Jede Sekunde, die ich dort war, hatte ich furchtbare Angst.«

»Aber du hast es trotzdem getan.«

Corrie nickte. »Ich habe es trotzdem getan, weil ich wusste, dass du auf dem Weg warst. Wenn es mir möglich war, einen Weg zu finden, am Leben zu bleiben, würdest du dich um Isaac und Dimitri kümmern.«

»Selbstverständlich. Ich werde immer für dich sorgen, Süße. Du brauchst nur zu warten, und wann immer du Hilfe brauchst, werde ich da sein.«

»Ich weiß.«

»Wann bringen wir deine restlichen Sachen hierher?«

»Was?«

»Deine restlichen Sachen. Wir müssen mit deinem Vermieter sprechen und deine Wohnung kündigen. Du wirst so schnell wie möglich bei mir einziehen.«

Corrie wollte mit ihm diskutieren, aber es war schwer, wenn es nichts gab, das sie glücklicher machen würde, als dauerhaft mit Quint zusammenzuleben. Zu wissen, dass er es genauso wenig erwarten konnte, war ein berauschendes Gefühl. »Ich bin doch schon hier.

Ich habe nicht die Absicht, irgendwo anders hinzugehen.«

Quint lehnte seine Stirn gegen ihre. »Ich liebe dich.«

»Ich liebe dich.«

Als Quint sich nicht rührte, streichelte Corrie mit der Hand über seinen Hinterkopf und beugte sich zu ihm, um dort zu flüstern, wo sie sein Ohr vermutete. »Wirst du nun Liebe mit mir machen oder worauf wartest du?«

Quint bewegte sich keinen Zentimeter, aber sie spürte, wie er an ihr lächelte. »Ja, ich werde Liebe mit dir machen. Danach werde ich dich vögeln. Dann werde ich dich auslecken und dann werde ich dich erneut vögeln. Findet das Anklang bei dir?«

»Oh ja, solange ich mich dafür revanchieren darf.«

Quint nahm sein Gewicht gerade lange genug von Corrie, um seine Boxershorts abzustreifen, dann legte er sich wieder auf sie. »Lehn dich zurück und lass dir von mir zeigen, wie sehr ich es zu schätzen weiß, was für eine tapfere, knallharte Frau du bist. *Meine* tapfere, knallharte Frau.«

Corrie streckte die Hände über dem Kopf aus und bog den Rücken durch. »Leg los. Ich gehöre ganz dir.«

EPILOG

»Was ich getan habe, ist nicht erstaunlicher als das, was du durchgemacht hast, Mackenzie«, beharrte Corrie. Seit ihrer Entführung durch Dimitri und Isaac waren zwei Wochen vergangen und Quint hatte sie Dax' und Cruz' Freundinnen Mackenzie und Mickie vorgestellt. Sie hatte beide Männer ziemlich gut kennengelernt, da sie darauf bestanden hatten, zu Quint zu fahren und nach ihr zu sehen, wenn er arbeiten musste und nicht bei ihr zu Hause sein konnte. Heute hatten sie sich alle in einer Kneipe versammelt und erinnerten sich an die beschissenen Dinge, die ihnen widerfahren waren, sehr zum Leidwesen ihrer Männer.

»Das stimmt nicht. Ich kann nicht fassen, dass du den Mut hattest, ein Haus zu verlassen, obwohl du keine Ahnung hattest, wo du warst. Und nicht nur das, es ist dir ebenfalls gelungen, Tweedledee und Tweedledum auszutricksen«, sagte Mackenzie begeistert. »Ich habe bloß weinend dagelegen und gehofft, dass Dax mich finden würde.«

»Ihr seid beide tolle Frauen, okay?«, sagte Mickie genervt.

Mackenzie sah sie an und neckte: »Aber in der Gruppe bist du die Verrückte, Mickie. Du hast dich aufreizend angezogen und bist in einen Motorradclub reinmarschiert, als seist du die Sieben-Millionen-Dollar-Frau. Ich schwöre, eines Tages werde ich dich in dem Outfit sehen, von dem ich schon so viel gehört habe.«

Mickie kicherte. »Ja, das war ganz sicher nicht mein bester Moment.«

Corrie wusste, dass Mickies Schwester bei der Razzia getötet worden war, die während der Party durchgeführt wurde, zu der Mickie ohne Einladung erschienen war. »Das mit deiner Schwester tut mir leid, Mickie. Wirklich.«

»Danke, Corrie. Mir auch. Aber wenn ich zurückblicke, glaube ich nicht, dass sie sich geändert hätte. Ich will damit nicht sagen, dass ich froh bin, dass sie getötet wurde, aber ich denke, ihr Leben wäre weiterhin in einer Abwärtsspirale verlaufen, wenn es nicht passiert wäre.«

Weil Corries Gehör wegen ihrer Blindheit so viel besser war als das von allen anderen, hörte sie, wie

Cruz mit sanfter Stimme zu Mickie sprach, um sie zu trösten: »Ich liebe dich, Mickie.«

Sie drehte sich zu Quint um, bevor sie Mickies Antwort hörte. »Danke, dass du mich deinen Freunden vorgestellt hast.«

»Gern geschehen.«

»Ich dachte, Penelope wäre heute Abend hier.« Corrie war von der zierlichen Feuerwehrfrau fasziniert. Quint hatte ihr erzählt, dass sie die *Armeeprinzessin* war, die Soldatin, die während eines Einsatzes in der Türkei entführt worden war. Sie erinnerte sich daran, in den Nachrichten von ihr gehört zu haben, doch ihr war nicht bewusst gewesen, dass Sledge ihr Bruder und der Mann war, der hinter der großen medialen Aufmerksamkeit steckte, die der Fall erhalten hatte. Es war beinahe unwirklich.

»Sie hatte es eigentlich vorgehabt, aber dann ist sie für irgendwas nach Fort Hood gefahren«, sagte Quint zu ihr. »Es ist schon verrückt, dass dieser Tex, den TJ kennt und der herausgefunden hat, wo du hingebracht wurdest, derselbe Kerl ist, der mitgeholfen hat, Penelopes Befreiung zu koordinieren, nicht nur ein-, sondern gleich zweimal.« Fasziniert darüber, wie die Dinge zu funktionieren schienen, schüttelte er den Kopf. »Ich bin mir sicher, du wirst sie schon bald treffen. Sie kann es ebenfalls nicht erwarten, mit dir zu sprechen. Sie hat mir gesagt, wenn ich bis über beide Ohren in dich verliebt sei, müsstest du großartig sein.«

Corrie errötete. Sie kannte die Frau nicht einmal, aber sie schien jemand zu sein, mit dem sie sich sehr gut verstehen würde. Corrie lehnte sich an Quint und lauschte dem Gespräch, das um sie herum stattfand.

»Kannst du es glauben, dass der Kalender tatsächlich zustande kommt?«, fragte Mackenzie ihre Freundin Laine, die sich in der Kneipe zu ihnen gesellt hatte.

»Nein. Ehrlich gesagt bin ich schockiert, dass du deine neue Chefin davon überzeugt hast, die Sache abzusegnen«, sagte Laine zu ihrer besten Freundin und trank einen Schluck.

»Kalender?«, fragte Corrie und legte den Kopf zur Seite.

»Ja, so ein Wohltätigkeitsding. Jedes Jahr macht meine Firma etwas, um Geld für die Gemeinde zu sammeln, und jetzt, da uns diese scharfen Menschen zur Verfügung stehen, haben wir beschlossen, dass ein Kalender eine tolle Idee sei. Dieses Jahr sind die Gesetzeshüter dran und nächstes Jahr werden wir es hoffentlich mit den Feuerwehrleuten machen. Aber selbstverständlich haben wir noch nicht alle Models zusammen.« Mack sah mit großen Hundeaugen zu Dax auf, bevor sie weitersprach. »Aber wir arbeiten daran. Selbst Hayden hat zugestimmt, für uns zu posieren.«

»Dann sind es also nicht bloß Männer?«, erkundigte Corrie sich.

»Nein, aber hauptsächlich schon. Die meisten Frauen wollen nichts damit zu tun haben, auf einem Kalender zu erscheinen, aber Hayden konnten wir überzeugen.«

Hayden sah Mackenzie an und rollte mit den Augen. »Du hast mich nicht ›überzeugt‹, Mack. Du hast mich bedroht und erpresst.«

Alle lachten.

»Was hat sie gegen dich in der Hand?«

»Mack, wenn du Corrie das sagst, wirst du sterben«, drohte Hayden.

Mackenzie hob kapitulierend die Hände. »Meine Lippen sind versiegelt, aber wir brauchen *trotzdem* mindestens noch einen weiteren Mann. Ich bin mir ziemlich sicher, dass ich die anderen alle beisammen habe.«

»Ich kenne vielleicht jemanden«, sagte Daxton zu Mack.

Sie fuhr so schnell mit dem Kopf herum, dass es komisch aussah. »Wirklich? Wen?«

»Ein Kerl bei der Arbeit. Er heißt Wes und er arbeitet mit mir zusammen.«

»Ein Texas Ranger?«, fragte Corrie.

»Ja und ein Cowboy.«

»Ich stimme dafür«, meldete Laine sich zu Wort.

»Du weißt nicht einmal, wie er aussieht!«, rief Mack.

»Ich wette, dass er scharf ist. Ist er scharf, Dax?«

»Das kann ich nicht genau sagen. Ich bin kein Experte darin, was ihr Frauen scharf findet und was nicht, aber er wird *ständig* angemacht, wenn wir zu Einsätzen gerufen werden.«

»Oh ja, er ist scharf«, sagte Corrie entschieden. »Hayden? Kennst du ihn? Ist er scharf?«

»Auf einer Skala von eins bis zehn? Ich würde sagen, da ist er mindestens eine Zwölf«, seufzte der Hilfssheriff mit verträumter Stimme.

Alle lachten.

»Gut, dann ist es abgemacht. Daxton, besorge mir seine Nummer und ich werde ihn irgendwie an Bord holen. Laine, du wirst mich bei dem Fotoshooting begleiten, nicht wahr? Wir können absolut das Cowboy-Motiv benutzen, weil niemand der anderen Jungs darauf steht. Hat er eine Viehfarm? Ja, ich wette, die hat er. Laine, wir können gemeinsam zu ihm fahren, ihn uns genau ansehen und herausfinden, ob er ein paar scharfe Farmhelfer hat. Wir brauchen mehr Augenweiden in unserem Leben. Ich muss mich mit dem Fotografen in Verbindung setzen und die einzelnen Sessions planen, danach muss ich mit der Druckerei sprechen, um die endgültigen Fristen in Erfahrung zu bringen, und –«

Dax hielt Mack den Mund zu und hob sein Glas. »Da wir hier sind, um Corries Großartigkeit und ihre Fähigkeit zu feiern, wie ein Affe auf einen Baum zu klettern, würde ich gern etwas sagen. Auf Corrie. Du bist eine tolle Frau, die sich von nichts runterziehen lässt. Ich bewundere deine Sturheit und Widerstandsfähigkeit. Du bist eine zähe Frau und passt perfekt zu Quint. Willkommen in unserer Familie.«

Corrie konnte die Männer und Frauen nicht sehen, die am Tisch saßen, aber sie wusste, dass alle Quint und sie anschauten und lächelten. Sie war im Wald von sich selbst überrascht gewesen, aber sie führte ihre starke Motivation darauf zurück, dass sie für Quint am Leben bleiben wollte. Sie hob ebenfalls ihr Glas und entgegnete: »Ich habe es nicht allein getan. Ich wusste, dass Quint und ihr anderen auf dem Weg wart. Dass ihr mich finden würdet. Das war es, was mich hat weitermachen lassen, obwohl ich Angst hatte.« Sie atmete tief durch und drehte sich dorthin, wo Laine, Hayden, TJ, Conor und Calder saßen.

»Ich hoffe, ihr findet den Menschen, der für euch gemacht ist. Gebt nicht auf, er oder sie ist irgendwo da draußen und ihr wisst nie, wann ihr ihm begegnen werdet.«

»Meine Güte, das wird jetzt aber schnulzig«, beklagte Hayden sich gut gelaunt.

»Danke, dass du tapfer bist. Dafür, dass du dich von diesen Arschlöchern nicht hast einschüchtern lassen«, sagte Quint und beugte sich zu Corrie, um sie auf die Schläfe zu küssen. »Ich liebe dich. Du bedeutest mir die Welt.«

Alle seufzten zufrieden auf, als sie die Liebe

zwischen Quint und Corrie bezeugten. Sie hatte ihnen allen gezeigt, dass ein behinderter Mensch nicht automatisch hilflos war.

Nachdem sie angestoßen und getrunken hatten, drehte sich die Unterhaltung weiter um den Kalender und andere arbeitsspezifische Vorfälle.

Corrie kuschelte sich an Quint und ließ das Gespräch an sich vorbeiziehen. Sie war zufrieden, mit ihren neuen Freunden und ihrem Partner zusammenzusitzen und das Gute aufzusaugen, das sie alle umgab. Das Leben war schön und sie konnte sich sehr, sehr glücklich schätzen.

Laines Fotoshooting mit dem sexy Cowboy und Texas Ranger Weston King endet in einer stürmischen Romanze, doch es sind seine detektivischen Fähigkeiten, die sie brauchen wird, als sie verschwindet. Finden Sie heraus, was passiert – in *Gerechtigkeit für Laine*, dem nächsten Buch in der Badge-of-Honor-Reihe!

BÜCHER VON SUSAN STOKER

<u>Badge of Honor: Die Texas Heroes</u>
Gerechtigkeit für Mackenzie
Gerechtigkeit für Mickie
Gerechtigkeit für Corrie (1 Mar)
Gerechtigkeit für Laine (1 Mar)
Sicherheit für Elizabeth (1 Apr)
Gerechtigkeit für Boone (1 Apr)
Sicherheit für Adeline (1 Jun)
Sicherheit für Sophie (1 Jun)
Gerechtigkeit für Erin
Gerechtigkeit für Milena
Sicherheit für Blythe
Gerechtigkeit für Hope
Sicherheit für Quinn
Sicherheit für Koren
Sicherheit für Penelope

Die Männer von Alpha Cove
Ein Soldat für Britt (12 Aug)
Ein Seemann für Marit (3 Mar)
Ein Pilot für Harper
Ein Wächter für Jordan

Ein Spiel des Glücks
Ein Beschützer für Carlise
Ein Prinz für June
Ein Held für Marlowe
Ein Holzfäller für April

Die Männer von Silverstone
Vertrauen in Skylar
Vertrauen in Taylor
Vertrauen in Molly
Vertrauen in Cassidy

SEALs of Protection: Alliance
Schutz für Remi
Schutz für Wren
Schutz für Josie
Schutz für Maggie
Schutz für Addison
Schutz für Kelli
Schutz für Bree

Die Rescue Angels

Hilfe für Laryn (1 Jul)
Hilfe für Amanda (4 Nov)
Hilfe für Zita
Hilfe für Penny
Hilfe für Kara
Hilfe für Jennifer

Das Bergungsteam vom Eagle Point
Ein Retter für Lilly
Ein Retter für Elsie
Ein Retter für Bristol
Ein Retter für Caryn
Ein Retter für Finley
Ein Retter für Heather
Ein Retter für Khloe

Die SEALs von Hawaii:
Die Suche nach Elodie
Die Suche nach Lexie
Die Suche nach Kenna
Die Suche nach Monica
Die Suche nach Carly
Die Suche nach Ashlyn
Die Suche nach Jodelle

Die Zuflucht in den Bergen
Zuflucht für Alaska
Zuflucht für Henley

Zuflucht für Reese
Zuflucht für Cora
Zuflucht für Lara
Zuflucht für Maisy
Zuflucht für Ryleigh

SEALs of Protection: Legacy
Ein Beschützer für Caite
Ein Beschützer für Brenae
Ein Beschützer für Sidney
Ein Beschützer für Piper
Ein Beschützer für Zoey
Ein Beschützer für Avery
Ein Beschützer für Kalee
Ein Beschützer für Jane

Mountain Mercenaries:
Die Befreiung von Allye
Die Befreiung von Chloe
Die Befreiung von Morgan
Die Befreiung von Harlow
Die Befreiung von Everly
Die Befreiung von Zara
Die Befreiung von Raven

Ace Security Reihe:
Anspruch auf Grace
Anspruch auf Alexis

Anspruch auf Bailey
Anspruch auf Felicity
Anspruch auf Sarah

Die Delta Force Heroes:
Die Rettung von Rayne
Die Rettung von Emily
Die Rettung von Harley
Die Hochzeit von Emily
Die Rettung von Kassie
Die Rettung von Bryn
Die Rettung von Casey
Die Rettung von Wendy
Die Rettung von Sadie
Die Rettung von Mary
Die Rettung von Macie
Die Rettung von Annie

Delta Team Zwei
Ein Held für Gillian
Ein Held für Kinley
Ein Held für Aspen
Ein Held für Jayme
Ein Held für Riley
Ein Held für Devyn
Ein Held für Ember
Ein Held für Sierra

SEALs of Protection:
Schutz für Caroline
Schutz für Alabama
Schutz für Fiona
Die Hochzeit von Caroline
Schutz für Summer
Schutz für Cheyenne
Schutz für Jessyka
Schutz für Julie
Schutz für Melody
Schutz für die Zukunft
Schutz für Kiera
Schutz für Alabamas Kinder
Schutz für Dakota
Schutz für Tex

Eine Sammlung von Kurzgeschichten
Ein langer kurzer Augenblick

BIOGRAFIE

Susan Stoker ist die New York Times, USA Today und Wall Street Journal Bestsellerautorin der Buchreihen »Badge of Honor: Texas Heroes«, »SEAL of Protection«, »Die Delta Force Heroes« und einigen mehr. Stoker ist mit einem pensionierten Unteroffizier der US-Armee verheiratet und hat in ihrem Leben schon überall in den Vereinigten Staaten gelebt – von Missouri über Kalifornien bis hin zu Colorado. Zurzeit nennt sie die Region unter dem großen Himmel von Tennessee ihr Zuhause. Sie glaubt ganz und gar an Happy Ends und hat großen Spaß daran, Geschichten zu schreiben, in denen Romantik zu Liebe wird.

Besuchen Sie Susan im Netz!
www.stokeraces.com

facebook.com/authorsusanstoker
twitter.com/Susan_Stoker
bookbub.com/authors/susan-stoker
instagram.com/authorsusanstoker
Email: Susan@StokerAces.com

www.ingramcontent.com/pod-product-compliance
Lightning Source LLC
LaVergne TN
LVHW021757060526
838201LV00058B/3130